长篇小说

皮草商人

孙浩 著

领略皮商的风云传奇
感悟创富的商业智慧

作家出版社

目 录

第 一 章　　儿子丢了　　　　　　　　　　　　1

第 二 章　　婆婆气死　　　　　　　　　　　　13

第 三 章　　河边野合　　　　　　　　　　　　21

第 四 章　　另立门户　　　　　　　　　　　　32

第 五 章　　算盘吃亏　　　　　　　　　　　　40

第 六 章　　兴建市场　　　　　　　　　　　　47

第 七 章　　再谋财路　　　　　　　　　　　　55

第 八 章　　意外收获　　　　　　　　　　　　63

第 九 章　　阴差阳错　　　　　　　　　　　　71

第 十 章　　另辟蹊径　　　　　　　　　　　　80

第十一章　　刮目相看　　　　　　　　　　　　85

第十二章　　各自分家　　　　　　　　　　　　92

第十三章　　眼睛红了　　　　　　　　　　　　99

第十四章　　走出国门　　　　　　　　　　　107

第十五章　　大潮涌起　　　　　　　　　　　115

第十六章　　风云突变　　　　　　　　　　　123

第十七章　　艰难前行　　　　　　　　　　　130

第十八章　　各奔东西　　　　　　　　　　　137

第十九章　　竞争会长　　　　　　　　　　　146

第 二 十 章　　　云霞回来　　　　　　　　160

第二十一章　　　惊人一拍　　　　　　　　169

第二十二章　　　喜得贵子　　　　　　　　177

第二十三章　　　风暴来临　　　　　　　　189

第二十四章　　　进军裘皮　　　　　　　　195

第二十五章　　　洋人来了　　　　　　　　204

第二十六章　　　办皮装节　　　　　　　　213

第二十七章　　　走上邪路　　　　　　　　222

第二十八章　　　海关调查　　　　　　　　229

第二十九章　　　女儿接班　　　　　　　　238

第 三 十 章　　　大明吸毒　　　　　　　　248

第三十一章　　　翠华病倒　　　　　　　　257

第三十二章　　　突发车祸　　　　　　　　265

第三十三章　　　寻找亲人　　　　　　　　273

第三十四章　　　出手不凡　　　　　　　　284

第三十五章　　　引资风波　　　　　　　　292

第三十六章　　　投资之谜　　　　　　　　304

第三十七章　　　兄妹相恋　　　　　　　　312

第三十八章　　　真相大白　　　　　　　　318

第三十九章　　　皮草传情　　　　　　　　326

第 四 十 章　　　走进佟画　　　　　　　　335

后　记　　　　　　　　　　　　　　　　337

第 一 章

儿 子 丢 了

　　早春四月的佟二堡，刚经历了一个漫长而又寒冷的严冬。大地已经苏醒，万物开始复活。雪融了，草绿了，热蓬蓬的泥土气息散发在空气中。村东头大队部门前那棵老槐树早已被春风唤醒，露出了新绿。早上，挂在树上的灰色大喇叭突然响了起来，打破了佟二堡村的宁静。

　　"社员们请注意，我是队长佟德奎，请大伙儿吃完早饭马上到大队部开会。有要紧的事儿，要紧的事儿。"

　　五十多岁的佟德奎身材消瘦，一张黑黝黝的脸上布满了深一道浅一道的皱纹。他是一个地地道道的庄稼院把式，种地不含糊，为人办事就一个字：犟。他认准的理儿，十头牛也拉不回来。

　　佟德奎喊完了话，开始打扫队部的卫生，烧水，扫地。然后，一遍又一遍擦着那个已经见不到原色的旧办公桌。这个桌子跟了他十多年，现在就要离开，他真是舍不得。看看太阳已经很高了，还不见人来，他走出屋子，站在老槐树下焦急地等待着。

　　离大队部不远，有五间全村最好的青砖瓦房，围着大院，这就是大队会计高老算的家。高老算本名叫高万里，因为打得一手好算盘，再加上他脑子灵活，处处算账，村里人就叫他高老算。久而久之，他的本名已经没人记得了。

正在吃早饭的高老算对老婆说："这个佟德奎，队长当到头了。我跟他这些年，一直受他管，今儿个，我可要和他斗一斗。"

老婆说："这些年，凭啥他当队长，你当会计，处处都是佟家说了算？咱们高家这回要好好出口恶气。"

高老算点点头，习惯地拿过不离身边的那个灰色的磨得发亮的算盘，噼里啪啦地打了几下，又摸了摸下巴上不太长的小胡子，不紧不慢地说："我们和佟家比，啥都比他强。可就一条咱不如人家，咱没孙子呀！为这事儿，我急得都睡不着觉。这大事儿，你得管哪！"

老婆子听了，连连点头："我管，我管。我都教儿子大明好几招了。一会儿，我再过那屋，狠狠骂骂那个不争气的儿媳妇。"

高老算第一个进了队部，看见佟德奎还在冲着话筒喊话。生气地说："喊什么喊，愿意来的能来，不愿来的，喊也不来。"说完就坐在自己办公桌前，拿出不离手的算盘，又噼里啪啦地打了起来。

佟德奎关了扩音器，转过身，刚要开口，高老算又说话了："你这个队长，官儿马上当到头了。在你的领导下，我没过上什么好日子。今儿个，咱俩得好好算算账了。"

佟德奎一听，马上火了："高老算，你这个没良心的家伙，这些年，要不是我护着你，你早就成走资本主义道路的典型了。你仗着自己脑子活，会打算盘，就一心想着自己多攒钱。队里的事儿，集体的事儿，地里的事儿，你从来不想。你还配当这个会计？"

高老算一听，把手中的算盘往桌上使劲一摔："这个破会计，我早就不想当了。从今往后，没了生产队，咱俩就比试比试，是骡子是马遛遛看。"

两人争吵着，不时有几个佟姓、高姓的人进来。两个人就不吵了，又等了一阵子，也不见太多的人来。

佟德奎问高老算："为啥来开会的人这么少？"

高老算马上反问："你儿子为啥没来开会，你儿媳妇天天投机倒把卖东西，还有脸问我？"

佟德奎马上反击："你儿子也没来呀？他忙啥呢？是忙着在家造孙子呢吧？"

"对，就在家造孙子呢，就不来开会，怎么的吧？"高老算被佟德奎戳了短处，提高了嗓门说："你是队长，你儿子不来开会，你有脸说谁呢？呸！"

几句话像针一样刺痛了佟德奎，他的脸顿时通红，他把椅子使劲一摔："会一会儿再开，我回家找儿子、儿媳妇来开会，让你们看看。"

高老算哈哈大笑："我们在这等，找不来就别开会了。"说着又打起了算盘。

佟德奎气冲冲地回了家，儿子佟家恒、儿媳赵翠华、孙子佟大鹏都不在。老伴儿说是到集上去了。

"今儿个也不是集呀？"他掰着手指头数了数。

老伴儿说："现在公社门口天天有集，可热闹了。"

"不行，我得去找他们。"佟德奎说着快步出了门。

佟家恒三十出头，高个子，方脸膛，挺粗的眉毛。他骑着那辆很旧的"永久"牌自行车，横梁的小座上，坐着刚会说话的儿子大鹏，后面的货架上坐着媳妇赵翠华，一家三口来到了镇上。今天集上人多了，卖什么的都有。赵翠华东瞅瞅，西问问。见一个女人卖手工刺绣的门帘，就蹲下身子仔细看。她起身对家恒说："这活儿，我也能干。回去咱就做，做好了也来卖，也能挣钱。"

家恒说："我喜欢服装，最好能做衣服。"

两个人正合计着，佟德奎气呼呼地跑来，不容分说，上前就给家恒一巴掌。

"爹，你干啥打我？"家恒吃惊地看着脸色苍白的佟德奎。

"打你活该，为啥不去开会？"

"爹，生产队都黄了，你也不是队长了，还开啥会呀？我们来集上转转，想……"

"想什么想？有我在，你们什么都别想，赶紧跟我回去开会。"佟德奎一手抓紧儿子的手，一手抱起小孙子。赵翠华刚要开口，被家恒瞪了一眼："走，跟爹回去。"

佟德奎领着儿子、儿媳、孙子赶回来，队部已经人去屋空，桌上放着高老算留下的字条：佟队长，会不用开了，生产队没了，你这个队长也下台了。今后，就看咱们谁能挣钱了。

佟德奎气得把字条撕个粉碎。长叹道："辛辛苦苦几十年，一下子又回到了解放前。"说完，泪水止不住就流下来了。

佟家恒说："爹，这也许是好事，生产队穷呀，现在黄了，我们也可以琢磨点什么来钱道儿。我刚才在集上看，卖衣服的可挣钱了。"

赵翠华马上接茬："可不是嘛。爹，我手巧，集上那些刺绣的东西，还有衣服什么的，我都能做。"

"不行。别跟我提这事儿。"佟德奎大声说着。一行泪水又流了出来。家恒从小到大，很少看见爹流泪，这次，爹是真伤心了。

高老算的老婆姓刁，人也挺刁，村里人都叫她刁婆子。她轻手轻脚地来到儿子的屋前，一下子拉开了房门。儿媳妇陈兰芝正在穿衣服，儿子高大明还在被窝里躺着，脸色苍白，疲惫不堪的样子。

刁婆子知道，儿子昨夜一定是在不停地做那件制造孙子的事情。

"妈，你，你进屋敲敲门呀。"陈兰芝小声地说。

"有什么好敲的。你们那点事儿有什么怕看的。我恨不得看你们做，帮你们做，快点怀上孩子呀。高家可不能断后啊！"

陈兰芝一听这话，马上低下头，不敢再言语了。她是东部山区的姑娘，人长得挺漂亮，心灵手巧，因为家庭成分高，又想过上好日子，就嫁到了佟二堡。结婚两年多了，还没怀上孩子，像欠了高家一大笔债，处处抬不起头。

刁婆子来到儿子跟前说："我前几天教你的那几招儿都用了吗？"

大明点头说："都用了。她双腿向上，不能动，东西不能流出来，我要攒足劲，一个晚上不停地做。"大明很熟练地重复着。

刁婆子听了，满意地点点头，自言自语道："咳，也许是时辰未到，时辰到了，自然就有了。"

高老算来到了安澜寺。他很大方地掏出五块钱，扔到了功德箱里。

释安大师快步走来。"施主，想求什么？是官？是财？"

高老算摇着头说："我只求子。"

"您还想要儿子？"大师疑惑地看着五十多岁的高老算。

"不是。我求儿子的儿子。"

"啊，想要孙子。"

"对。"

大师拿来三炷香，给他点上。他跪在观世音像下，口中念念有词。然后，连磕了三个响头。起身后，狠了狠心，又掏出了五元钱，当着大师的面，放进了功德箱中，对大师说："大师，如果儿子得子，一定重谢。"

夜里，高大明继续折腾媳妇。刁婆子躲在外面偷听。二儿子高大白出来解手，见娘在哥哥的窗前偷听，也凑了过去。这一听不要紧，他本来说话就结巴，这下就更不成句了。"妈，不、不好啦，嫂、嫂子在、在叫，是不是病了呀？还是哥、哥打她了？我、我得去、去拉架。"

刁婆子一把拉住了他："去什么去。你别听了，等你有了媳妇就明白了，快走吧。"

高大白十分难过："我、我心、心疼嫂子。这，这么叫，一定很、很伤心。"

佟德奎病了，这是心病，一年三百六十五天，一天不歇的他突然一病不起。他把孙子大鹏抱了过来，反复看着、亲着。"这是我们佟家的根呀。"老伴儿过来，给他拿碗红糖水，让他喝下去，还要去公社医院找大夫。他摇头，让老伴儿把两个儿子一个媳妇叫来。一会儿的工夫，三个人都来了。佟德奎打起精神，从炕上起来，又拿出队长的架势："你们要记住，我们是农民，祖祖辈辈的农民，不能离开土地，不能三心二意，不能跟高老算学，总打鬼算盘。老二家顺要好好种地，挣钱说媳妇。老大家恒可以去外面做点瓦工，但不能去做买卖。翠华你要一心把两个女儿，特别是把儿子看好，教育好。你婆婆心脏不好，你要待在家里，不要去外面，家里不差你去挣那几毛钱。"

赵翠华听了，很不服气："爹，你这个话不对。现在不比过去了，改革开放了，谁能挣钱不挣啊。"

"啥？你还敢和我顶嘴？我就不是队长了，可我还是你爹呀！"佟德奎火了。

"这怎么是顶嘴呢，这是讲理呢。人穷不行，二弟就是因为穷，才没说上媳妇，我当嫂子的就是要挣钱，帮弟弟说上媳妇，让全家过上好日子。"赵翠华说。

家顺听了嫂子的话，一句话说不出来。感激地连连点头。

佟德奎气得直翻白眼，一家人不欢而散。

赵翠华吃过早饭，拉着儿子，拿着头天夜里绣的几个门帘去了集上。集上人特多，她把自己绣的几个门帘搭在了树上，还没等叫卖，就有几个人围上来，夸赞绣得好，问多少钱卖。她不知道价，想了半天，伸出一根手指头说"一元钱。"门帘立即被几个人买了。她一下子挣了五元钱，非常高兴。儿子大鹏看着卖冰果的不走，喊着要冰果。赵翠华狠了狠心，拿出五分钱，给儿子买了一根冰果。儿子高兴地吃一口，连说好吃，胖胖的脸蛋儿上全是欢喜。赵翠华说："儿子，有妈在，一定能让你吃上冰果。"

　　赵翠华看见村里的王秀芹在路边卖裤子，好多人买。她就过去问："这裤子哪来的？"王秀芹说是结婚时娘家陪送的。赵翠华听了摇头说："大妹子，你已经结婚一年多了，能有多少裤子？你都卖三天了，我天天看见，还都是男裤，哪有娘家陪送这么多男裤的？"

　　秀芹笑笑，没言语。赵翠华帮着她卖完了裤子，秀芹数了钱，给她一块钱。翠华不要，说："不能白要你的钱，告诉我实话。"

　　秀芹这才说："这裤子是我自己做的，在沈阳买的布，一条裤子挣好几块呢。"翠华听了很激动，说："快，带我去看看。"

　　王秀芹带翠华去了她家，一台缝纫机，一个台案子，几个纸样子。她说："你要干，我可以帮你，做裤子比绣花挣得多呀。"

　　翠华点头，高兴地说："行啊！"

　　翠华回到家，赶快做饭，喂猪，干家务活。中午，她把两个女儿叫到了跟前。对大女儿大萍说："你是妈的老大，都快上中学了，从今往后，家里的活儿，你多干点，学着做饭洗衣。"

　　大萍不愿意："我得学习呢，我是班里的学习委员。"

　　翠华说："那也不行，妈从今往后要做活了，不能守在家里，要多挣钱，只有挣了钱，才能供你们几个上学。"

　　二女儿二萍说："妈，我不爱学习，我跟你去做活，帮你挣钱。有空的时候，我带弟弟，跟弟弟玩。"

赵翠华说："我们家就一个小子，你们谁带我都不放心，我走哪就要带他去哪儿，听见没？"

两个女儿一齐回答："听见了。"

高老算把家人叫到一起，正式宣布："我要带着大白出去挣钱。"

高大明一听急了："爹，这挣钱的事，我也要去。"

高老算说："你当务之急不是出去挣钱，是在家抓紧给我生孙子，这是我们高家最大的事。"说完看看刁婆子："你在家好好伺候，等我们回来，一定要让兰芝怀上。"

刁婆子点头。

高老算带着大白走了，刁婆子把陈兰芝叫到屋里，问她来没来例假，几时来的。然后，又把儿子叫来，让他吃刚弄到的几服偏方药。

刁婆子又去集市上，买了一条鲜鱼，买鱼的时候，看到了赵翠华。赵翠华刚把自己做的裤子搭在两树之间的一条绳子上，就有人来问价钱，很快两条裤子就卖出去了，挣了十元钱。

刁婆子拿着还在跳动的鲜鱼走过来，大鹏伸手去摸，被她拦住了。她对赵翠华说："这活鱼呀，有营养，给儿媳妇买的，快怀上了，准能生个大孙子。"她看到赵翠华卖了两条裤子，摇着头说："两条裤子算啥，咱家老算领着二儿子出去挣大钱了。像你这样零打碎敲的，啥时候能发财呀。"说完乐呵呵地走了。

大鹏看着活鱼，一个劲儿地说要吃鱼。赵翠华说："小孩子别嘴馋，那鱼不是给小孩吃的，是给大人吃的。"

"为啥呀？"

"你小，别问了。"

翠华问一旁卖裤子的秀芹："你的布是从哪儿进的？"

秀芹说："是沈阳的五爱市场，专门卖衣服布的，比这便宜多了。"

翠华问："能便宜多少，我也想去看看？"

秀芹说："等有空，我领你去。"

刁婆子回到家，一边收拾鱼，一边说俏腔。"我长这么大，还是第一次给人买鱼做鱼，我爹我妈，我公公婆婆，都没吃过我做的鲜鱼。我这是为啥呀，都是为了孙子呀，咱高家现在不缺钱，不缺势，就缺一个大孙子。养个母鸡还能下蛋，娶个儿媳妇，别看脸蛋儿好看，就是不能开怀，这可是哪辈子造的孽呀！"

陈兰芝在屋里听着，默默地掉眼泪。

鱼做好了，刁婆子把鱼送到儿子面前，说："这是活鱼，大补呢，快吃了吧。我都算好了，这两天就是日子，抓紧点儿，一定要怀上。"大明点点头，陈兰芝满脸通红。

晚上，高大明开始折腾媳妇，一次又一次。刁婆子一直在门外偷听，最后媳妇被折腾得嚎啕大哭，刁婆子自言自语地说："这回行了，准能怀上。"才放心回屋。

第二天早上，太阳都升起很高了，儿子屋子还没有动静。刁婆子推门进去，两人都躺在那里，地上一堆手纸。儿子小脸煞白，眼坑也陷下去了。他有气无力地说："妈，我尽力了。"陈兰芝也躺在那里，如同死人一般。刁婆子开心地笑了："我去给你们做饭。"

赵翠华在集上又卖了几条裤子，一边数着钱，一边对王秀芹说："大妹子，咱啥时去那个五爱市场呀，我已经没有布了，我想用这些天赚的钱买点布，再做裤子卖。"

王秀芹说："好呀，明天吧，一大早走，坐大客。"

翠华高兴答应。她回到家，开始做明天的饭菜。吃晚饭时，她告诉家人，明天和秀芹去沈阳的五爱市场进布。一听这话，佟德奎马上不高兴了："谁让你做什么服装呀，我不是说了吗，在家好好待候婆婆，带好我的孙子。"

翠华与他争辩："这些日子我挣了些钱，其实挣钱很容易，我干嘛不去呀，人还怕钱咬手吗？这些天家里已经见肉了。"

佟德奎生气地说："我宁可不吃肉，你也不能去做服装买卖，咱们庄稼人，别跟高老算学，俗话说无奸不商，经商的都不是好人。"

儿媳妇和老公公争吵起来。佟家恒不知说谁，只好叹气。

赵翠华说："我把明天早中晚的饭都做出来了，我带大鹏一块去。"

佟德奎说："孙子不许带走，留在家里。"

"儿子我怎么能不带呢？带在身边我才放心。"赵翠华反对。

"我说不行就是不行。孙子是我的心头肉，你带走，我不放心。留在家里，让他奶带。"佟德奎说。

"我带倒是行，可我这几天心脏不太好，怕看不住他。"老伴儿说。

"你闭嘴！心脏不好还能死啊？你不带，我带。"佟德奎狠狠地说。

两个人为大鹏的事争吵不停。

翠华说："谁来带孩子，孩子说了算。问问孩子吧。"

三岁的大鹏说："我要跟妈妈去坐大客车，去买冰果。"

佟德奎一听，气得摔了碗，就差打儿媳妇了。他大骂家恒没用，没骨气，饭也没吃，回屋了。

佟家恒劝媳妇："别惹爹，他近来心情不好。"

赵翠华没言语。

第二天天没亮，赵翠华就起来了，收拾一下，拿着小包袱，带上这些日子挣的钱，抱起还没睡醒的大鹏。家恒用自行车送她到了汽车站。

秀芹还没来。赵翠华让家恒快回去，还要照顾两个上学的孩子。汽车来了，赵翠华抱着孩子，焦急地等着秀芹，司机按着喇叭："走不走呀？"这时秀芹跑来了，"大姐，昨天夜里娘家来人，说我娘病了，我得回去，今儿个我去不了沈阳了。要不你一个人去，要不就等我回来了咱一块儿去？"

翠华不知道怎么办。秀芹又说："这车就是到五爱市场的，下车就到，你看好了，买完布，下午三点钟车还回来，一个大活人，又丢不了。"

司机又按喇叭，赵翠华一咬牙："没事，我自己能去。"说完，就上了车。在后排找个座，紧紧抱着儿子。

车到五爱市场，天已经全亮了，赵翠华抱着儿子下了车。一看繁华热闹的五爱市场，赵翠华眼睛都不够使了，一个庄稼院的女人，还从来没见过这样的情景。那么长、那么宽的大街一眼望不到头。街两边全是店铺，远处还有不少高楼。街上人挤人，人挨人。街边儿上都是卖东西的，细一看，卖什么的都有。到了布匹商铺前，赵翠华的精神头一下子来了，她拉着儿子挤进了人群。许多人都在买一种蓝色的布。一问价，比起家里的便宜多了。赵翠华把兜里的钱都拿出来，争抢着，买到了最后一捆布。买到了物美价廉的布料，赵翠华非常高兴。她抱着布料，擦着头上的汗。

儿子大鹏说："妈妈，我饿了。"

赵翠华这才想起，兜里只留下回去坐车的钱，没留给儿子买吃的钱。她拿出干粮给儿子。

儿子摇头说："我要冰果。"

"妈妈的钱不够了，等回家挣了钱，咱再买冰果，好不好？"

大鹏不高兴了，他噘着小嘴儿，看着卖冰果的，一动也不动，他不走了。

这时，前面又有降价的叫卖声，赵翠华想去看看。她抱起儿子，可儿子闹着说不去。她想了一下，把儿子放在那捆布料上，告诉他："大鹏，你坐着别动啊，我过去看看就回，你千万别动啊。"

儿子点头。

赵翠华好不容易挤进人群，是卖一种更便宜的布，比自己刚才买的还好还便宜，可惜兜里没钱了。

她问卖布的："大兄弟，这布啥时还卖？"

那人说："三天后还来卖。"

"好，三天后我来买。"

赵翠华挤出人群，回到原地，发现布在那里，儿子没了。她大喊："大鹏，大鹏，儿子，儿子。"

没有回答。

她抱起布，边打听边喊，四处去找。可熙熙攘攘的大街上，根本没有儿子的影子。

"儿子丢了，儿子丢了！儿子，儿子——"赵翠华大声哭喊，人一急，昏倒了……

第二章

婆婆气死

"快醒醒，快醒醒。"一个穿制服的警察摇着赵翠华的身子，一个好心妇女掐着她的人中。身边围着许多人。

赵翠华慢慢睁开眼睛，她一眼看到警察，起身拽住警察的手："警察，快，我的儿子，我的儿子。"

"你怎么不看好孩子呢？这里人这么多，这么乱，已经有好几个人丢孩子了，快把情况跟我讲讲。"警察说。

赵翠华讲了一下经过，又哭了起来。

警察说："你放心，我们会尽力帮你找，你自己也快点去找吧。"

赵翠华开始在大市场找儿子。茫茫人海，儿子在哪里呀！看见一个小孩，背影很像，她赶忙跑过去喊："儿子，儿子"，可仔细一看，不是。

又看见一个小孩，追了上去："儿子，大鹏！"可细一看，是个女孩。女孩的家长吃惊地看着她，以为她精神有病。

赵翠华像疯了一样，在大市场中寻找。天渐渐地黑了，市场的人越来越少，没有她的儿子，她呆在那里，嚎啕大哭。几个女人围过来，看着她，跟着掉泪，一个女人递过馒头："大妹子，吃点吧，你一天没吃东西了吧？"赵翠华摇着头，不吃不喝，泪流满面。

天已经黑了，一辆大客车停在那里，司机按着喇叭："上车了，上车了，最后一辆了，再不上车，今儿个就回不去了。"一个好心的女人拉着赵翠华上了大客车。

高老算领着二儿子高大白出去挣钱，儿子结结巴巴地问："爹，咱、咱们也卖衣、衣服吗？"

高老算说："衣服的事我现在还没看准，以后再说。咱先图快的，挣点现钱。"

儿子问："干啥挣钱、钱快啊？"

高老算说："你听我的吧。"

他们去了县城。早些日子，高老算就听说县里的小工厂翻砂需要大量的劈材引火。他找到厂长，说自己能弄到劈材，价格还便宜。厂长当即答应要他的劈材。

大白问："爹，咱也没、没有劈材呀，这、这不是骗、骗人呢吗？"

高老算不吱声，领大白来到了县城外的大荒地村，这里有个农场，大片的杨树要砍伐，正愁没地方卖呢。高老算组织村里人伐木头，刨树根，一连干了五天。然后，用牛车把木头拉到了小工厂。厂长高兴地直拍高老算的肩膀，让会计马上给结账。高老算拿出随身带着的算盘，当即噼里啪啦地打了一阵，去掉给林场的，给干活儿的，净剩了六百多。拿着那厚厚的票子，高老算得意地对儿子说："咋样儿？你爹行吧。没费劲，没出力，几天挣了这么多。"

高大白吃惊地看着那些钱和爹得意的脸，半天说不出一句话来。

在县里的一家小饭店吃了顿饱饭，高老算还喝了二两酒。高大白说想家了，不知道嫂子怎么样了，他惦记嫂子。

高老算把二儿子骂了一顿："没出息，如果她不能给高家生孩子，就不要她，等挣了大钱。爹就给你娶个媳妇，比她好。"

高大白说："我要娶，就娶、嫂、嫂子那样的，她长得好，也善良。可我哥总嫌弃她，夜里她总是叫。"

高老算说："你懂什么。"他拉着儿子又去倒卖铜。

天已经很黑了，佟家的人见儿媳妇没回来，都非常焦急，佟家恒在门口来回转，两个女儿喊着想妈妈。

佟德奎一个劲地抽烟，嘴里还不停地骂，老太婆急得心口直疼。

八点多钟了，赵翠华抱着买的那捆子布，脸色苍白走进家门。

佟家恒说："你回来了？"

佟德奎马上问："我孙子呢？大鹏呢？"

两个女儿问："妈，我弟弟呢？"

佟家恒大声问："我儿子呢，儿子呢？"

"儿子，儿子丢了。"赵翠华说完，一下子跪在地上，失声痛哭。

"啊，儿子丢了，你……"佟家恒上前就给赵翠华一个大嘴巴。

老太太"啊"的一声，心脏病突犯。佟德奎马上过去，大叫老太太，让大孙女快找大夫去，佟家一片混乱。

佟家恒抱着妈妈："妈，没事，孙子不会丢，我们明天去找，我们都去找，一定能找到大鹏。"

老太太奄奄一息。村里的大夫来了，听诊、拿药、打针。

后半夜，老太太清醒了。佟德奎气得脸色铁青，他不顾老太太有病，大声骂着："都怪你这个死老太太，要是你能带孙子，大鹏也不能丢啊。孙子真找不着，看我怎么收拾你。"

老太太满脸泪水，有气无力地说："怪我，怪我呀。明天，我也去找孙子。"

赵翠华连哭带急，嗓子沙哑，说不出话了。佟家恒找出儿子的照片，直愣愣地看着。这一夜，佟家谁都没有入睡。

第二天一早，佟家全部出动，带着大鹏的照片，去沈阳找孩子。

在村口，遇到了陈兰芝。听说大鹏丢了，兰芝拉住赵翠华的手说："嫂子，孩子一定能找回来，你可千万要挺住啊。"

家恒对陈兰芝有好感，知道她没孩子，高家一直不满意。

"大哥，去沈阳找一定要细心，要带上孩子的照片，要找派出所。"陈兰芝不放心地对家恒说。

家恒感激地点点头，一家人上了汽车。

到了五爱市场，赵翠华就在孩子丢的地方，拿着儿子的照片问过往的每一个人："求求你看看照片，我的儿子大鹏，昨天在这里丢了，你看没看见我儿子呀？"

来往匆忙的路人，有的停下脚步，看看照片，摇摇头；有的看都不看，急匆匆地走过去了。

佟德奎、佟家恒去找警察。警察说已经立案了，正在寻找。

中午了，谁都不吃饭，两个姐姐都哭着喊弟弟，佟德奎气得当众大骂赵翠华："如果找不到我孙子，你就别再进我们佟家的门，我也不认你这个儿媳妇。"

赵翠华已经哭成泪人了。

晚上回到家，发现老太太已经过世了。

佟家丢了孙子，死了老太婆，真是祸不单行，村里人都跟着伤心。

刁婆子进儿媳妇屋里，数着指头问陈兰芝："按日子，你今天身上应该来了，来没来啊？"陈兰芝摇头。老太太高兴地说："没来就好，那是怀上了？一定是怀上了！"兰芝半信半疑。老太太又问："你有什么感觉？"兰芝小声说："就是小肚子一直不好受，总胀胀的。"

"放心，那一定是怀上了，而且一定是小子，我当年怀大明的时候，就是这个感觉。"刁婆子满脸喜悦地说。

陈兰芝说："妈，听说佟家丢了孩子，老太太被气死了，我想过去看看，一个村的，这也是大事。"

刁婆子挺高兴，笑着说："我们高家和佟家历来不和，你公公和佟德奎也是冤家，他有孙子，我没孙子，总觉得矮他半截。如今不同了，我家怀了孙子，他家丢了孙子，应当去，应当去，我和你一同去。"

"你去不好吧?"兰芝说。

"有什么不好，我正想去看看热闹呢。"

刁婆子拉着兰芝来到了佟家。

佟家正在办丧事，搭着灵棚，放着哀乐。佟家人在守灵，村里人都来了，送烧纸的，送花圈的，上礼钱的，没有空手去的。刁婆子领着儿媳妇过去，既没送烧纸，也没送花圈，也没上礼钱。她们冲着老太太的灵柩行了礼，刁婆子就开始对佟德奎说些不在行的话："佟队长啊，告诉你一个好消息，我家媳妇怀上了，都一个月了，而且是个小子。我们高家马上就要有孙子了，可你们佟家，有了孙子还整丢了。老天有眼，这真是天报应啊。"

"你，你说的这是什么话?"佟德奎指着她，气得翻白眼。

赵翠华冲过来抓住了刁婆子的衣服，两人厮打起来，赵翠华狠狠地打了刁婆子一个耳光。刁婆子要还手，陈兰芝拉住了婆婆。

佟家恒过来，骂了赵翠华。

丧事现场一片混乱。

陈兰芝拉着婆婆回家，说婆婆做得不对，被刁婆子骂了一顿，说她胳膊肘往外拐，不是高家人，早晚得滚蛋。兰芝不敢回话。

高老算知道县里的机电厂加工零件需要铜。而几十里外的弓长岭铁矿是个大企业，少不了废铜烂铁。他就带着高大白来到了铁矿。他不想挨家挨户收购废弃的铜丝、铜疙瘩。虽然能挣钱，但来得慢。他早打听好价格，就到废品收购站直接收。他打着算盘，和人家讨价还价，一分钱也争得脸红脖子粗。他用那六百元钱买了废铜，送回县里的机电厂，几天下来，没费什么气力，就挣了一千多元钱。他领着大白高高兴兴地回到了佟二堡。进了家门，就把一兜子的十元票子倒到了炕上。

刁婆子没见过这么多钱，眼珠子都发亮了。高老算大讲自己如何能算计，挣了这么多的钱。

刁婆子说："告诉你两件好事，一是媳妇怀上了，而且肯定是孙子。二是佟家丢了孙子、死了老婆，真是双喜临门啊。"

兰芝说："妈，咱别幸灾乐祸，这样不好。"

刁婆子骂她："你这个吃里爬外的东西，总向着佟家人说话，佟家和你有什么关系？"

高大白实在看不下去了，结结巴巴地说："妈，嫂、嫂子说得对。人家丢、丢孩子，死、死人，多难过。"

刁婆子不满意地看着二儿子说："你怎么总向着你嫂子，不向着你妈，你跟她穿一条裤子呀？"

高老算一听忙说："别瞎说，小叔子怎么能跟嫂子穿一条裤子呢？成何体统。"

刁婆子不再言语了。

高老算说："儿子丢了，还可以再生。"

"生不了了，赵翠华为了生小子，已经超生，做了绝育手术，这我知道。佟家从此就绝后了，看我们高家的吧。"刁婆子眉飞色舞地说："快，杀只鸡，做几个好菜，老头子挣钱了，儿媳妇怀上了，都是好事。"

高大白用特殊的目光看着嫂子，想开口问什么，又不好开口。他从兜里拿出一样东西："嫂子，我出门，给你、给你，买了一个礼物。"

"啥东西？"陈兰芝接过来问。

"老二，你怎么还给你嫂子买东西？"高老算不解地问。

高大白没吱声，转身出去了。

陈兰芝回屋，打开小叔子送的东西，是一条漂亮的红纱巾，她看着纱巾，久久无语。

空旷的山坡上，多了一座新坟。下葬的人都走了，只有赵翠华跪在那里。她已经没有了眼泪，一个人小声地说着："妈，儿媳妇对不住您，让您就这么走了。我一定要把您的孙子找回来，让他在您的坟头烧张纸。如果找不到您的孙子，我就从此不进佟家的门，我也不配做佟家的儿媳妇。"

两个女儿站在远处看着妈妈，然后跑过来，扑到赵翠华的怀里，大声叫着"妈妈，妈妈"。

赵翠华抚摸着两个女儿："你们两个都大了，妈要出去找弟弟，大萍是姐姐，要带好你妹妹。"

"妈，我也跟你一起去找弟弟。"大萍说。

"对，妈妈，我也要去找弟弟。"二萍紧跟着说。

"不行，你们要读书，还要照顾爷爷，还有爸爸。"赵翠华说。

在村口，佟德奎和高老算不期而遇。高老算是满脸灿烂的笑容，而佟德奎一脸愁容，他想转身走开，被高老算拦住："佟队长，你这是干什么，没看见我吗？"

"别这么叫我，我早就不是队长了。"佟德奎说。

"不，你在我心里，永远都是队长，你们佟家当队长十八年，把我们高家欺负得不像样子，好了，现在我们终于翻身得解放了。听说你们家出了一些事情，宝贝孙子丢了，老太太又一气之下走了，我深表悲痛啊。我本想过去看看，可出去一趟，挣了几千元钱，挺累的，又怕你见到我心情不好，我就没去。我高老算还是挺同情人的，不像你佟老倔一个劲批判我是资本主义，投机倒把。告诉你，我这次真的倒了一把，我有这个头脑。倒是你，死脑筋，就会种地，土里刨食，没出息。还有更好的消息，你听了可千万别昏过去，我儿媳妇怀上了，可能还是个小子，你佟家丢了孙子，我们高家得孙子，这真是报应呀。"

佟德奎气得满脸通红，他握紧拳头，冲着高老算吼着："滚，你他妈的给我滚。"

高老算哈哈大笑："佟队长，别生气呀，我们高家好日子还在后头呢，你就等着瞧吧，可千万别发火，气大伤身，弄不好，再像你老婆那样……"说完，笑着走了。

佟德奎一屁股坐在地上，大声吼着："老天呀，你为啥对我这么不公平啊！"

第 三 章

河 边 野 合

一大早，高老算和刁婆子商量说："我挣了钱，在佟二堡村终于扬眉吐气了。佟家也不行了，我想找几个人庆贺庆贺，办几桌。可不知道找个啥由头。"

刁婆子说："那好办，咱儿媳妇怀上孩子了，这是大事儿，头等大事儿，摆几桌应当。"

"儿媳妇真怀了吗?"高老算不放心地问。

"那还能假，一个多月没来了，肯定是真的。"刁婆子蛮有把握地回答。

"我看，还是应当去县里检查检查，整准成了再说。"

"不用，假不了。"刁婆子肯定地说。

"那好，就弄几桌，整点响动。我去通知，你准备饭菜。"

高老算吃了早饭，到高家的几个亲属家请客。刁婆子让大明去集上买菜。大明觉得为时尚早。大白也说这样不好，担心嫂子不同意。

刁婆子脸一板说："这事由不得她，这是高家的大事儿，她只要好好把孩子生下来就行。"

大明拿钱去买菜，鸡鸭鱼肉，一样不少，累得满头大汗。

赵翠华"砰"的一声就给警察跪下了："警察同志，你一定要帮帮我，帮我找到儿子……"

警察赶忙把她扶起："我们会尽量找的。现在，丢孩子的已经有十几个了，说不定是人贩子拐卖了孩子。一旦有线索，我们立刻通知你。"

赵翠华问："这市场上的南方人都是哪的人呀？"

警察想了想说："在这里的，大多是温州的、宁海的。"

赵翠华回家把这些事告诉了家人："总算有了点线索，我要到南方温州、宁海去找儿子。"

佟德奎点头同意："只要找回孙子，去哪都行。你放心去，两个孙女我照看。"说着，拿出自己攒的五十元钱给赵翠华。佟家恒也拿出三十元钱。这些钱不够，赵翠华去找和自己一同做生意的王秀芹，借了五十元。还是不够，村里没几个有钱的，只有高家有钱，经过反复考虑，赵翠华硬着头皮，进了高家的门。

刁婆子听说是来借钱，脑袋摇得像拨浪鼓："我家没钱，真的没钱。有几个钱，前几天办事情都花光了。"

赵翠华刚要走，高老算从外面回来了。赵翠华说了要借钱出去找儿子的事儿，保证借了一定还。

看着赵翠华可怜巴巴的样子，高老算的心情特别好，头几天假得孙子的不快一扫而光："要说钱呢，我肯定有，我们高家，肯定比你们佟家有钱。"

"那是，那是。别说我们佟家比不了，就整个佟二堡村，你也是最有钱的呀。"赵翠华赶紧点头："所以，我才上门借的呀。"

高老算说："可是，这钱是会生钱的。我是会计出身，就是会算账。钱到了我手里，就如同母鸡一样，那是要下蛋的，而且是连蛋。"

赵翠华明白了："这好办，到时候我给你利息，本利一同还。"

"这……"高老算看着赵翠华焦急万分的样子，心里又是一阵快乐，幸灾乐祸的心思全都写在脸上了："按说呢，我倒是想借你，这丢了孩子是天大不幸啊。可真是太不巧了，刚挣的几个钱都投到生意上了，我买布料了，也想和你一样做服装，挣大钱。这样，等年底我挣了大钱，一定借给你。"

"你……"看着高老算得意的样子，赵翠华人格受到了极大的侮辱，她真想上前打他几个大耳光。她咬着牙，攥紧拳头，用刀子一样的目光看着白白胖胖的高老算，一句话也没说，转身出了门。

"嫂子，你等等。"陈兰芝追了出来，她拿出一枚金戒子："这是我结婚时娘家陪送的。我没钱，这个你拿去，关键时候能换几个钱。"

赵翠华十分感动，她看着这个全村最漂亮的女人，迟疑了一下，接过了戒子，给陈兰芝行了个大礼。

赵翠华回到家，亲吻着两个熟睡中的女儿，流着眼泪说："别怪妈妈心狠，妈妈要到很远很远的地方去找你们的弟弟。"

第二天，天还没亮，赵翠华拿着干粮上路了。

一大早，刁婆子就板着个脸，开始骂儿媳妇了："你还不起来，快起来，又没怀孕，装什么装？从今往后，高家的活全是你的。除了洗衣做饭，养鸡喂猪，还要下地种菜，要把这些日子耽误的活，都补回来。"

陈兰芝哭丧着脸，小心地干活，忙完这样忙那样，手脚不停歇。

刁婆子指桑骂槐，看见鸡就骂鸡："这个该死的鸡也不下蛋，养你干什么，还不如趁早杀了吃肉。咱们高家作了什么孽，养的全是没用的东西！"

陈兰芝一边做饭，一边流泪。

高大明听着，不以为然。一边抽烟，一边听收音机。

25

高大白听了，觉得过意不去，对妈说："妈，你别、别这么说，不好……"

"你少插嘴，轮不着你说话。赶紧给我娶媳妇，快点儿给我生个孙子，再找，一定找个肚子能怀上的。"刁婆子没好气地说。

吃过饭，高老算说刁婆子："你天天这么骂也不是办法，儿媳妇没怀，将来怎么办？现在村里都知道怀了，喜酒也喝了，到时候生不出来，咱这老脸往哪放啊！我看，先让她装怀孕，然后找机会把她赶走，再重找。"

刁婆子说："好，还是你会算计，找茬把她休了算了。"

兰芝做饭，洗碗，洗衣，又喂鸡，喂猪，打扫院子，忙得满头是汗，腰都直不起来。

刁婆子坐在屋子里又说："你快下地去，把园子侍弄侍弄，快点。"

兰芝干完手头的活儿，又扛起锄头去下地。村里的几个妇女看见她下地，就说："兰芝，你有身子了，还下地干活？高家还是不是人？家里有老爷们，还有小叔子，老人也不老，还让你下地？"

兰芝就装没听见，不抬头，也不说话，眼睛里都是泪水。

她一个人在地里干活。高大白跑来了："嫂、嫂子，你、你别干了，这活我我、干。"

"我能行，我又没怀孕。"陈兰芝说。

"妈、妈心太、太狠。"高大白气愤地说。

陈兰芝感激地看着小叔子，没有开口。

大地里，佟德奎领着两个儿子干活。干了一阵子，佟家恒说："爹，我想出去做瓦工挣点钱。总在这地里也不是个法子，你看高家，都出去经商了，人家挣了。"

佟德奎说："不行，我们是农民，就是要靠种地，经什么商，要不经商，我孙子能丢吗？往后，不准提经商的事。"

佟家恒说："爹，我不挣钱怎么行啊，两个女儿上学要钱，弟弟还没钱娶媳妇，我这当哥哥的……"

家顺一听赶紧说："爹，让哥哥出去吧，家里的这点地，我一个人就都能干，两个侄女我也能照看。"

佟德奎脸一板："我说不行就不行！别看我不是队长了，可这个家，还是我说了算，从今往后，不准跟我说出去的事。"

两个儿子你看看我，我看看你，只得叹气。

晚上，家顺找到家恒说："哥，我看你还是出去干吧，挣点钱。"

家恒说："我也是这么想的，可爹不同意，妈又刚走，爹的脾气你也知道，我要是在佟二堡做服装，爹非得气死不可。"

家顺说："那你就先别在家做服装，你会瓦匠手艺，去城里盖大楼去。等挣了钱，帮我娶上媳妇，再做服装不也行吗？"

家恒点点头，想了想说："那我怎么走啊，跟爹说，他肯定不同意。"

家顺说："你就偷着走，别告诉爹。等你走了，我再告诉他。家里的事，你就放心，两个孩子也大了，还有我呢。等你找了活，过些日子拿着挣来的钱回来，生米煮成熟饭了，爹也不能把你咋地。"

家恒说："这是个办法，可怎么走呢，爹天天在家，怎么走啊。"

家顺说："你可以晚上走呀，趁爹睡着了，第二天人也没了，他也没办法。"

"这事儿，让我想想再说吧。"家恒说。

拥挤的列车上，赵翠华挤在一个座位边儿上。饿了，她就吃口带来的大饼子，渴了，就喝点生水。看着身边座位上的一个小男孩，她想起了儿子，忍不住掉起了眼泪。

小男孩的妈妈问她："大姐，你去哪啊?"

"去温州。"

"干什么去呀?"

"串门去。"

女人看着她紧盯着自己的孩子，问道："大姐，你也有儿子呀?"

"是啊，他三岁，叫大鹏，和你儿子一样可爱。"

女人一听，笑了。在儿子脸蛋儿上亲了一口，高兴地说："有儿子，真好。"

坐了三天三夜的火车，她困了，睡着了，梦见找到儿子啊，她喊啊喊："大鹏，大鹏，快，让妈妈抱抱，抱抱……"

旁边的女人把她叫醒："大姐，你怎么了?"

她才知道，是做了场梦。

火车到了温州，赵翠华跟着人群走出了火车站。眼前高楼大厦，人山人海，她懵了。

她漫步在街头，到哪儿去找儿子呢? 她找到了一个大市场，问一个摊主，见没见过一个小男孩，并拿出照片，摊主摇了摇头。她又来到另一个摊主前，继续打听，人家用南方话回答她，她一句也听不懂，就用手比划，人家直摇头。

中午了，她算计着手中的钱，买了一个面包，狼吞虎咽地吃了下去。突然，看见前面有一个小个子秃顶的男人，她马上快步追过去，上前拉住人家的衣服："你，是不是你偷了我的儿子?"那男人回过头，愣愣地看着她，骂了她一句。

赵翠华呆呆地站在那里，又发现一个矮个子、秃顶的男人，拉着一个小男孩。她又是一喜，快步冲过去："大鹏，大鹏。"她拉住那个孩子，孩子回过头，不是她的儿子。小男孩吓哭了，秃头男人挥着拳头，骂了一句她听不懂的南方话。

"对不起，对不起。"赵翠华赶紧给人家赔礼。

天黑了，下雨了，店铺都关了，街上没了行人。赵翠华躲在一边避雨。她饿得肚子咕咕叫，又算计手中的钱，跑进一家小面馆，买了一碗面条，几口吃了，根本没饱。她看旁边的桌子上，有人剩了半碗面，店员还没收拾走，她看看左右没人，拿起那半碗面条，几口就吃进了肚里。夜晚，躲在一个水泥管里，电闪雷鸣，她吓得一夜不敢入睡。

高老算领着两个儿子去沈阳五爱街市场，开始做服装生意了。三个男人一走，刁婆子就开始狠狠整治兰芝了。中午，兰芝把饭做好，端到了婆婆面前，小声说："妈，您吃饭吧。"

刁婆子恶狠狠地看着她，吃了一口，大叫起来："这么热，你要烫死我呀？"

兰芝赶紧拿过饭碗，用嘴吹吹。

刁婆子又大叫："吹什么吹？你嘴干净呀？"

兰芝赶忙又去拿个碗来，盛出了一半，用筷子不断地搅动，饭凉了，再端给婆婆。

刁婆子没好脸子地接过碗，吃了一口，立即吐了，大喊："这么硬，根本就没熟，你想噎死我呀？"

兰芝说："熟了，挺烂糊的。"

"你，你还敢跟我顶嘴。"刁婆子把手中的饭碗朝兰芝头上砸去。饭碗碎了，兰芝的头流血了。

兰芝捂着头，哭着跑到队里的卫生所。在门口，遇到了刚从地里干活儿回来的佟家恒。

"你咋啦？头上出血了？"家恒关切地问。

"我，不小心磕的。"兰芝哭着说，满是委屈。

医生一边包扎一边问："这是谁打的，口子还挺深，下手真狠呀。"

兰芝只是流着眼泪，一句话也没说。

家恒掏出两毛钱，给了大夫。兰芝感激地看着家恒，说了声"谢谢"。

陈兰芝已经伤透了心，娘家没人疼，婆家没人爱。因为不能生孩子，在这个家里，猪狗不如，生不如死。整个下午，她就想着一个字：死。

晚饭她没做，也没吃，刁婆子也没理她。天黑的时候，她仔细地洗了脸，仔细地擦了雪花膏，仔细地梳了头发，从里到外，换上了干净的衣服。照镜子看看，还是那么漂亮。看着镜中的自己，她满意地笑了笑，走出了家门，没有回头，没有看这个家最后一眼。

天已经黑了，但月色很好。陈兰芝来到村边的小浑河，这时正是雨季，河水湍急，泛着白光。她看看左右没有什么人，犹豫了一会儿，鼓足了勇气："扑通"一声，跳进了河中。

这时，从家里偷着跑出来要去打工的佟家恒走到这里，见有人在河中挣扎，就一下子跳了进去。他身体好，水性好，几下子游到了兰芝的身边，将她推上了岸。

"妹子，你这是干什么？"家恒吃惊地问。

"大哥，你不要救我，我不想活了。"

"为啥？高家人欺负你？"

兰芝哭了，哭得非常伤心。

家恒说："有什么难事儿，你说出来，我可以帮你，万万不能死啊。你头上还有伤，溃脓就糟了。"

兰芝看了一眼心地善良、身体强壮的佟家恒，想了一会儿，小声说："大哥，如果你真想帮我，那你就要了我，给我一个孩子吧。"

这话，把佟家恒吓了一跳："妹子，这、这可不行呀。"

“既然你不答应，那我只能死了。”陈兰芝趁家恒不经意，一下子又跳进了河里。兰芝的身子在湍急的河水里上下浮动，佟家恒又一次跃进了河里，他奋力游动，终于把已经被水呛晕了的兰芝救上了岸。

家恒帮助兰芝吐水，急救。好一会儿，兰芝醒了，看着家恒说："大哥，你是好人。你走吧，不要管我了。如果没有孩子，我早晚都得死啊，他们不会放过我的。"

看着这样一个温柔漂亮的女人，看着这样一个鲜活的生命，佟家恒不能让她死，但自己又不能做那样的事儿。怎么办啊？他万分矛盾，无法选择。

“我送你回家吧？”家恒说，“这样会生病的。”

“我不回家，没有孩子，我就死路一条啊……”兰芝说着搂住了家恒的脖子："家恒哥，我求你了!"

湿淋淋温软的身子贴在家恒身上，他最后还是没有战胜自己，他抱着兰芝，走进了河边的树林，把她放到草坪上……

兰芝在他的身下突然扭动起来，大叫起来，那么舒畅，又像是在宣泄，这叫声也激起了他久违的激情……

“谢谢你啦，家恒哥。”兰芝躺在草地上，举着两腿，她要留住能带给她孩子的东西。

村里的鸡叫了，天也快亮了，她才回了家……

第四章

另立门户

赵翠华为找儿子，已经到了山穷水尽的地步，兜里一分钱也没有了，她已经饿了一天，饿得实在不行了。眼前是一家服装厂，她找到老板，拿出了兜里的金戒指，想换一点钱。

好心的老板看了看金戒指，又看了看消瘦疲惫的赵翠华说："这个戒指挺好，换钱太可惜了。"

赵翠华哭了，说了找儿子的经历和现在的困境。老板很同情，让人给她拿来了饭菜。赵翠华狼吞虎咽地吃了。老板说："你找儿子我理解，可这么找不行。你得先有饭吃，有地方住，有了吃住才能找儿子。"赵翠华听了点头。老板又问她："你能干什么？"她回答："我什么都能干，身体好，啥苦都能吃。"老板说："我开的服装厂，也缺人手，要不你就在这干吧，管吃管住。"赵翠华说："不行，我要找儿子。"老板想了想，又说："你半天上班，半天找儿子，你看行不行？"赵翠华点头同意了。

赵翠华就在厂里住下了，她早上起来，先是扫地，打水，做饭，收拾卫生，活儿干得认真，又好又快。吃完午饭，她就出去找儿子，带了水和干粮。又是一家一户打听，拿着儿子的照片，问一家不知道，又问一家还是不知道，很晚了她才回来。老板问她找得怎样，她摇着头，一句话都不

说。晚上，看着儿子的照片，默默流泪

就这么干了几天，老板对她说："我看你干得挺好，就别在这干粗活了，你去车间干点技术活，学点手艺，我给你找个师傅。"

到了车间，赵翠华跟一个姓王的老师傅学裁剪。师傅手把手教她，她心灵手巧学得很快。下午，她依然要出去找儿子，外面刮着风还下着雨。老板说："这么大的雨别去找了。"赵翠华摇头，老板给她拿来了伞。她冒着大雨出去找儿子，晚上很晚才回来。师傅和老板都在等她，老板问怎么样，她仍然摇头。师傅给她端来了饭菜："快吃吧，一定是饿了。"翠华大口吃起来。老板想了想说："你这么找儿子不行，得想个办法。要不，把你儿子的情况写出来，咱们印个传单，到处贴，到处发，这样看的人就多了，有消息了就会告诉咱们。"赵翠华一听，非常高兴。师傅说我帮你弄，他们连夜写材料，第二天又找小印刷厂印传单，印传单的钱都是老板出的。赵翠华说："这是我欠你的钱，有钱了，我一定还给你。"老板说："这钱是我自愿出的，有钱了也不用你还。"

传单印出来以后，老板召集全厂二十多个人开会。说下了班有任务，都出去发传单，帮赵翠华找儿子，大家都愿意。下了班，二十几个人分头行动，在城市各个角落发传单，贴传单。赵翠华感动得泪流满面，她给师傅和老板跪下，感谢他们的恩德。

刁婆子继续刁难陈兰芝，天天找茬辱骂她，还四处托人到外村给大儿子找媳妇，并把这话说给陈兰芝听。陈兰芝在痛苦中咬牙坚守着。高大明回来了，说是倒腾衣服钱不够取钱。晚上，兰芝主动提出要求。大明说："我累了，怎么做也生不出娃来。"兰芝说："也许这次就能怀上呢。"大明想了想，应了她。

一个月后，应当来的例假没来，兰芝偷偷高兴可又不敢说。她继续等待，突然有一天早上她想吐，有了早期的早孕反应。刁婆子看见了还骂她装相。

兰芝偷偷坐汽车去了县城，到医院去检查，医生看了化验单告诉她，你怀孕了。她高兴得哭了。回到家，刁婆子没好脸地问她："你死哪去了？一死出去就是大半天。"兰芝理直气壮地说："我怀孕了，刚去县城医院做的检查。"

刁婆子一听，不信："怎么能怀孕呢？你是骗我，怕我休了你。"

兰芝说："信不信由你。"说着，把化验单甩了过去。

刁婆子拿着化验单，仔仔细细看了又看，还是不信："这东西你是从哪弄来的？明天我领你去检查，看看到底是真是假。"

第二天，刁婆子领着陈兰芝来到了县医院。妇科大夫看着兰芝说："你昨天来了，今天还来干什么？"兰芝说："我回家说怀孕了，婆婆不相信，说我骗她，今天她领我来的。"

大夫仔细打量刁婆子说："你儿媳妇怀孕了。"

刁婆子说："我不信，是不是弄错了，我还要再检查一次。"

大夫无奈，只好又开了化验单。刁婆子亲自去女厕所，看着兰芝接尿液，又亲自送到了检验室，一切都是她亲自做，生怕出错。然后，就一直守在检验室窗口，等化验单出来了，她拿着单子去找大夫。

大夫用手指着单子说："你看看，呈阳性，和昨天的检查结果一样。你儿媳妇怀孕了。"

刁婆子这才相信，她谢了大夫，拉着兰芝出了医院，然后就进了商店，给兰芝买了很多好吃的，说是要给肚子里的孙子好好补一补。

高老算领着两个儿子去北边背包卖衣服。三个人背着同样的大包，下了长途汽车，艰难地行走在乡村的土路上。走了一会儿，高大明说："爹，歇会儿吧，我背不动了。"高老算点头同意，爷仁停下，擦擦头上的汗，拿出包里的干粮，就着水壶里的凉水，大口地吃着。

高老算用手指着前面说："前面是三个自然屯，我们三个一人去一个屯，我去最远的，记住了，衣服要价不能太低也不能太高，要看对方条件，给他们砍价的空间，但我们要有保底价，这么远背来了，怎么也不能赔啊。能多挣一分是一分，多挣一角是一角。"

高大明说："爹，我明白，钱这东西，越多越好，能多挣就多挣。"

高大白结结巴巴地说："可、可人家就、就是没那么多钱，又看、看好咱这衣服，给、给个本儿，不也行吗？"

高老算说："做买卖这东西，没有绝对的，到底多少卖多少不卖，还要自己掌握，有时赔本了也得卖，具体怎么卖，你们哥俩悟吧。"

三个人分手，进了三个不同的屯子。

高老算卖东西会说，见什么人说什么话，大价小价都会讲，先卖了两个妇女两件衣服，又卖了一个爷们儿一条裤子，引来屯子里很多人观看。黑龙江最北边的屯子，平时很少有外人来。现在来了个卖货的，又会讲，又会打算盘，他们很好奇。很快，高老算就卖出去了二十几件衣服。

高大明进了另一个屯子，一家一户叫卖，也卖出了几件，但他要价太狠，差几毛钱也不肯降价，有几个妇女讨价还价，高大明就是不落价，妇女不高兴地走了。

高大白进了第三个屯子，这个屯子是最穷的。他一家一户去敲门，不是不开门就是开门一听说是卖衣服的就摇头，有的问问价，连连摇头说贵，不买。还有一家放出一条大狗，把高大白追得乱跑，屯子里的人看了哈哈大笑。一个上午，一件衣服也没卖出去。

中午在村小学操场，爷儿仨会合了，高老算卖得最多，大明其次，大白没开张。高老算批评二儿子不会做买卖，夸大儿子是做买卖的料儿。

高老算数着钱说："回去给你哥换个媳妇。"

大白急着说："干嘛换、换啊，嫂子多、多好。"

高老算说："高家要有后人，我们会越来越有钱的，有了钱，就要有后人来继承。"

大白结结巴巴地夸嫂子人长得好，又贤惠。

高老算又扛起了大包说："咱们再使把劲，再走几个村，争取到晚上把这些衣服都卖了。"

两个儿子都很累了，但看着爹扛着大包走在了前面，他们又跟着继续前行。

佟德奎从地里急匆匆地赶回家，给两个孙女做饭。这个从来也不做家务的老爷们儿，没有法子，二儿子有事去了县城。他又是淘米，又是烧火，忙得满头大汗。两个上学的孙女先后回来了，大孙女大萍说："我想妈了，走了这么多天了，也没个信，不知道找没找到弟弟。"二孙女二萍说："我想爹了，爹出门也好多天了，还不回来，我们都快成孤儿了。"两个孙女都哭了，又想爹又想妈，让爷爷别下地了，赶紧把爹妈都找回来吧。佟德奎心如刀绞，不知咋办是好。

赵翠华做了一个梦，梦见了两个女儿一起喊妈妈。两个女儿都病了，哭声凄惨。她一下子醒了，满脸是泪。仔细数数，出来已经一个多月了，家里还有两个女儿没人照顾呢，她想女儿了。

一大早，她找到老板，说想女儿了，梦见女儿都病了，她想回去，这边找儿子的事，就拜托老板和大伙了，有什么消息就赶快给她去个信。她留下了地址。老板让她放心，要是有消息，立即打电报。师傅舍不得她走，送她一些衣服样子，全厂工人都依依不舍地送她到大门口。

高老算领着两个儿子回到了佟二堡，手里的衣服全卖光了，挣了很多钱。村里人都过来打听他如何出去背包，如何挣钱。高老算和高大明大讲出去挣钱容易，鼓励都出去倒腾衣服。

刁婆子告诉高老算说："儿媳妇怀孕了，这回肯定是真的，已经到县医院检查了，我亲自带她去的。"

高老算很高兴，转念一想，说："结婚这么长时间了，一直怀不上，也不一定就是兰芝的毛病。这、这会不会是别人的？"

刁婆子一听，脸色马上变了，她立刻把大明叫过来，问道："你和媳妇这一段办没办事？"

高大明摇头，后来细想，又点了点头。

刁婆子又问："你好好想想，啥时候的事儿？"

大明小声说："就是我回家取钱那天呗。"

刁婆子悬着的心终于放下："你们不在家，我一直看着她，没见有外人。"

高老算很高兴，拿出五百元钱给了刁婆子，说是奖励。

晚上，高大明要和媳妇亲热，陈兰芝坚决不让。她说："大夫说了，这个时候不能做这事儿，会流产的，好不容易才怀上的。"

高大明又问："那么长时间都没怀上，那天怎么就能怀上呢？"

陈兰芝说："那我怎么知道，反正是你的种。"说完，背过身子睡了。

赵翠华回到家，两个女儿一起扑到她的怀里，诉说着想妈妈的苦，这些日子的难，说得大人孩子都流泪。赵翠华赶忙给两个女儿做饭洗衣，收拾屋子。晚上，佟德奎从地里回来，看到家里变了样，知道儿媳妇回来了。赵翠华对佟德奎说："我出去了一个多月，没找到儿子大鹏，但我心不死，托了人继续找。家里两个女儿我得照顾，因为我丢了儿子，婆婆一气之下也走了，家恒也出去了，我对不起佟家。我说话算话，找不到儿子，我不回佟家。明天我带着两个女儿出去过，离开佟家，什么时候找到儿子我再回来。"

佟德奎说:"孙子丢了,也不都怪你,你也不是故意的。我当时说了很多气话,看在两个孙女的分上,你还是别走了。我说过的话算是没说。"

赵翠华态度坚决一定要离开,她连夜收拾东西。第二天,她来到镇上,找了一家旧门市房,租了下来。她带着两个女儿、一台缝纫机搬出了佟家。

佟德奎对赵翠华说:"你实在要走,我也留不住你。但是,你一定要照顾好我的两个孙女,不能再有什么闪失。还有,别做什么买卖了,做那玩意不行,咱农民还是本本分分种地。"

赵翠华摇头说:"爹,你放心。我会把两个女儿带大成人,让她们都有出息。但我决不放弃做买卖,我认准了这个挣钱道儿。"

佟德奎看着儿媳妇拉着两个孙女走了,他流泪了:"我们佟家,怎么就这么惨呢。"

赵翠华找到了王秀芹,要她和自己一块做买卖。王秀芹说:"让我和你一块背包去卖衣服吗?"

赵翠华说:"我去南方找儿子,学到了手艺,我会裁衣服了。咱们去买布,自己做,自己卖,这样能挣到更多。"

王秀芹看着赵翠华问:"能行吗?"

"行,南方人能行,咱也一定能行。"赵翠华坚定地说。

家顺来劝嫂子回去,说了很多好话,赵翠华说:"我主意已定,你就别劝了。你要好好伺候爹,等我挣钱了,一定帮你娶上一个好媳妇。"

佟家恒一个人来到省城,去找建筑工地,先去了一个,问要不要工人,人家说不要。他又去第二个工地,依然不要人。中午饿了,他就吃口自带的干粮。傍晚时,他在城边子找到了一个工地,姓张的工头儿上下打量他,问他会啥手艺。

家恒高兴地说："我会瓦匠，能砌砖，抹灰。"

工头儿说："我们不缺大工，只缺力工。"

家恒想想说："行，力工也行。"

家恒开始在工地干活。张工头把最差最累的活给他干，推灰，推沙子，扛水泥，抬钢筋，家恒干得很努力。几天后，正赶上一个瓦工生病了，缺人手。张工头看他干活实在不偷懒，就问他："你试试，干好了就用你。"

家恒拿起瓦刀，砌的砖又齐又快，旁边的工友都看呆了。家恒说："我以前在生产队干过，是半个手艺人。"

张工头走过来看看说："行，你干得挺好，工资给你涨两倍。"

干了一个多月，瓦工班长不小心摔了一下，腿断了，没人领班不行。张工头对家恒说："你就干班长吧，把瓦工班给我带好，钱少不了你的。"

家恒点头答应。他起早贪黑，加班加点，瓦工班的活儿都干在前面。有一次，一个新来的瓦工干得不好，把墙砌歪了，家恒把墙给拆了，自己加班两个小时，重新砌好。张工头看见了，什么也没说。月末，给他加了工资。家恒拿着钱问工头："怎么多给了我二十元钱？"张工头说："你帮别人干的活我知道了，给你加点钱，应该的。"家恒说："这钱我不要。"他把钱给退了回去。工头对他的人品非常满意。不久，张工头提升为经理，他提拔家恒当了队长。

第五章

算盘吃亏

高老算来到赵翠华租的门市房，看看那台缝纫机和案子，摇着头对赵翠华说："你啊，就不应当经商，你天生就不是经商的料。你看看，你一经商，儿子丢了，婆婆死了，丈夫走了，一个女人家，本本分分在家带孩子过日子就行了，经商挣钱那是男人的事。"

赵翠华摇头反驳说："我不比你差什么，你能做的，我也能做。我能挣到钱，也一定能找回儿子。"

高老算"哼"了一声："中国那么大，去哪儿找儿子？死了这个心吧。你实在想干点啥，就跟着我干吧。我马上要出去挣一笔大钱，缺女人看个包、望个门什么的。你就别一个人做服装了。"

赵翠华摇头不同意。高老算笑着走了。

高老算把村里几户高姓的人找到家里开会，说："我决定带你们去福建石狮倒腾氨纶裤子，挣一笔钱。我一个人挣钱不算能耐，高家的人都挣钱才行，咱给佟家人看看。刚才，我看见了赵翠华，她一个人裁衣服呢。她能干什么？还有那个佟德奎，领着二儿子在地里干活呢。看着吧，用不了多长时间，他们就穷得光屁股。"

"这次跟你出去，能挣多少钱？"一个亲戚问。

高老算打着算盘："一个人最少三千，最多五千，弄好了，一下子就能成万元户。"

"啊！"几家人都惊呆了，都同意出去闯一闯。

高大白结结巴巴地说："话不能说、说得太满了，那钱也、也不好挣。"

高老算不满地骂了他一句："你懂什么？黄嘴丫子还没褪净呢。"

高大明马上说："我们都听爹的，爹是什么人，是会计，能算，错不了。"

大家一致同意，拿出手头所有的钱，一同去石狮倒腾氨纶裤子。

一路上，他们一行八人坐火车坐汽车，车上人多挤得喘不过气，吃不好，睡不好，经过几天的苦熬，终于来到了石狮。那里是氨纶裤子的批发地，人山人海，东西特多，让人眼花缭乱。

高老算一一问价，有的五十元一条，有的六十元一条。几个人觉得很便宜要买。高老算摇头说贵，要砍价。他们和卖家开始砍价，从六十元讲到五十元讲到四十元。价格讲不下去了，有几个人觉得行了，开始掏钱买。高老算还说贵。高大白说："行、行了，这、这价也差不多、多啦。"

卖家也说："我给你是最低价了，全市场没有比我再低的了。"几个人都花钱买了，唯有高老算不买，他还是嫌贵，别人买完后，托运，然后出去玩了。

高老算领着两个儿子继续转市场，转来转去，还是嫌贵。到傍晚了，市场要收了，一个卖主主动找来说："我手里有一批裤子，五千条，算你三十元，怎么样？"

高老算说："我看看。"

卖家拿出样品，高老算看和刚才要买的差不多，还说贵。卖家想一想，又跺跺脚说："二十元一条，就认赔了，五千条全卖你。"

高老算想想，还说贵。卖家说不卖了，不再理他。

高老算忙拿出烟递过去，套近乎，最后讲到十五元一条，卖家同意了。但高老算又砍去一元，说是运费补助，十四元一条成交了。他们当场看了样品，数了货，就送到运货的地方，交了钱，办了托运手续，

晚上回到旅店，高老算对那几个人说："怎么样，你们花三十元，我花了十四元，一次买了五千条，我挣了。你们啊，出来真得跟我学。"

几个人一听都后悔了，不如跟着高老算了，都怪自己太急了。高老算打着算盘说："这次多挣了这么多钱，咱们坐飞机回去。没坐过飞机吧，过去都是县长镇长那些有头有脸的人物坐。现在有钱了，咱们也坐坐。"

八个农民第一次坐飞机。到了飞机场，眼神就不够用了。去卫生间，不会用坐便，坐在那里拉不出来。过安检更是笑料百出。终于坐上了飞机，东看看西看看，感到一切都新奇。机上给吃的东西，有人问要不要钱。听说不要钱，就赶紧吃，一份没够，再要一份，其他乘客看了直笑。

高大明烟瘾上来了，去卫生间偷着抽烟，报警器响了，他被空姐好个批评。

飞机到了沈阳，他们打了一辆面包车，神气地回到了佟二堡。全村人都知道这次出去挣了大钱，都来为他们祝贺，高老算更是神采飞扬，大讲自己如何低价买来的好裤子，比别人更挣钱。很快，第一包货发来了，是别人的两百条裤子。拿到集上，六十元一条，翻了一倍，很快就卖光了。

第二包货也到了，也是别人的，一条七十元，涨价了，仍然被人抢光了。

第三、第四包货都陆续到了，氨纶裤子成了最时髦的抢手货，也被一抢而空，有人开始倒卖加价。

高老算盼着自己的货快点到，到镇上邮局打电话问，卖家说货已经发出来了，这几天就能到。高老算晚上做梦，梦见自己的五千条氨纶裤子到了，一下子被抢光，每条一百元。那钱啊，都往自己的腰包里装，装满了

都流出来了。"钱，钱!"高老算醒了。

第二天，他的货果然运到了，两个大包，托运到了集上。高老算四处喊人，要买裤子的快来排队，已经涨到一百二十元一条了。他让两个儿子准备收钱，人们排着队，等着买他的裤子。

货包打开了，拿出来卖，裤子不太好，有点小，人们试试，穿不下去，太小了。高老算让人往下翻，能有大的，可是越翻越小，有的就是小孩子的裤子，他知道上当了。他急得满头大汗，突然灵机一动，大喊："降价，降价!"裤子从一百二十元降到一百元，再到八十、五十、二十，最后降到了十五元，有几个人买了几条，说是给孩子穿的。很快，围着的人都散去了，高老算傻了。

高老算和高大明大骂石狮人太坏，骗了他们。二儿子结结巴巴说："这也怪、怪、咱们，太、太图便宜，便宜没好货，好货不、不便宜。"

"你懂个屁。"高老算火了，"我不能吃这个愣亏，我要找他们算账。"他去邮局打电话，那边已没有人接电话了。高老算忙到镇派出所报案，说自己上当受骗了。

所长接待他，听他讲完，说这事不归公安管，假冒伪劣什么的都归工商局管。高老算又来到了工商所，万所长听了情况说："我们只管当地，石狮那么远，我们管不了。"

高老算回到家，越想越生气，不能吃这个亏!他买了烟酒，拿着东西去了工商所万所长家。进门就给人家跪下了，"所长，我亏大了，你一定要帮帮我，保护我们啊……"说着，泪水就下来了。

所长收了东西说："咱工商所要保护群众利益，这件事太复杂，容我向上级汇报一下，争取去一次石狮，找他们算账。"

高老算千恩万谢地离开所长家。

赵翠华做的裤子拿到集上不落地，有多少，卖多少，生意特别好。她就和王秀芹商量，发动全村妇女一起做，不管是佟家的还是高家的。很快，全村妇女都跟着做起了裤子。

家顺和爹在地里干农活。爹干得很认真很卖力，家顺干一会儿，就歇一会儿。这时，一个小伙子骑着红色的大幸福摩托车疾驰而过，那声音那速度那气势让人眼红。摩托车驮了好几个大包，那是倒腾衣服挣了钱的人。家顺看呆了。德奎喊道："家顺，别看了，干活吧。"家顺极不情愿地又干起活来。一会儿，又一个小伙子骑着本田345型摩托过来了，那车更好看，声音更好听，比幸福牌的更气派。家顺自言自语地说："我啥时候能骑上这幸福和本田的摩托车呢？"佟德奎说："你好好干农活，爹挣了钱也给你买摩托。不，不对，挣了钱，得先给你说上媳妇，你也老大不小了。"

"不，我一定要挣钱买摩托，我、我要跟嫂子去做买卖。"佟家顺扔下了手里的锄头。

"不行，这活你必须干，咱农民就是要靠地吃饭，靠地生活，离开了地，啥都不行。那些做买卖的，早晚得赔净，还得回来种地。"德奎教训着儿子。

"我不信。不种地，一样能过好日子。"家顺说，"你看老高家，人家多有钱。"

"这……"佟德奎张着嘴，却吐不出一个字来。

"爹，我求您了，让我去找嫂子，她干得好，我就去和她一起干。"

"不行，我说不行就不行。"佟德奎拿起锄头要打儿子。

这时，赵翠华从远处骑着车子来了。"家顺啊，你别在地里干活了，我那里活儿干不过来，缺人手，跟嫂子干吧，不亏你，保证让你一年内娶上媳妇。"

"嫂子，我正要找你呢，跟你干。"家顺扔下锄头，看也不看佟德奎一眼，撒腿就跑。

赵翠华冲佟德奎说："爹，对不起了，我这么做是为家顺好。要不，您也别种地了，我们一起做买卖吧。"

"呸，我不去。你别打我的主意，我一辈子也不能离开这土地。"佟德奎大声吼着，一屁股坐在地头上，长叹一声，"老祖宗留下的地都不种了，没有粮食，你们喝西北风啊！"

佟家顺骑着自行车，往王家村送活取活，到集上叫卖。赵翠华做的裤子，成了抢手货，附近的村镇还有外县人，专买赵翠华做的裤子。两个女儿除了上学，也起早贪黑地跟着妈妈做裤子。

看着佟家做的裤子卖得这么好，高老算很着急，他几次偷偷地跑来观看。赵翠华看见了却假装没看见。王秀芹却要逗他几句："高会计，你的氨纶裤子换回来没有？这次是挣了还是赔了啊？你这个铁算盘怎能做这赔本的买卖呢？"

高老算忙说："我等信儿呢，工商所都找了，他们答应帮我解决。过几天，我就和他们去石狮，不仅要把损失找回来，还要让他们赔我几倍、十几倍的钱！我高老算什么时候吃过这么大的亏。"

王秀芹和其他女人听了，哈哈大笑，高老算不好意思地走了。

万所长找到高老算说："你的事我请示了局长，同意我去一趟石狮，但要说清楚，除了我的车费外，其他的花销都是你的。"

高老算连连点头："行。所长，咱们快点动身吧，我着急呀。"

"那就明天吧，坐火车去，别坐飞机了，太贵。"万所长当即答应。

高老算和两个儿子跟着万所长来到了石狮，找到了那里的工商所，拿出了介绍信，说明了被骗的情况。

当地的刘所长说："我把他找来，你们先面对面谈谈。"

一会儿，卖裤子的那个老板让工商所的人找来了。高老算一见，上前就拽住人家的脖领子："好呀，你这个骗子，骗了我，我要找你算账，你要赔我损失。"

刘所长一见忙把他拉开:"不能动手,有话说话,有理讲理。"

老板说:"我没有骗你,是你图便宜,自愿买的。这市场上哪有十四元一条成人的氨纶裤子?就连成本也下不来啊?"

高老算说:"我看的裤子比这好,比这大,你是以次充好,骗我!"

两人各讲各的理,声音越来越大,谁也不让谁。

刘所长毕竟会向着本地的人,他对万所长说:"是你们图便宜,只能这样了。"

万所长一听不满意了:"我们是执法部门,对你们这样的欺骗行为要执法。"

"怎么?你敢在我这儿执法?"刘所长不相信地看着万所长。

双方僵持着,互不相让。这时,外面突然来了几十人,把工商所给包围了,他们拿着棒子,喊着要打北方人。

刘所长说:"这事是你们的毛病,这里的百姓不好惹。前几天也有个北方人,让我们给打了,住了院。法不责众,我们也没办法,看在咱们全国工商是一家的分上,我从后门放你们走,别让他们打了。"高老算不同意,说:"打就打,谁怕谁,难道没有王法了吗?"

高大明也脱了衣服,准备大打一场。高大白结结巴巴地说:"还是走、走吧,好汉不、不吃眼前亏,他们人多。"

万所长想了想说:"老高,这事也怪你,太图便宜,吃亏就算长见识吧,打掉牙往肚里咽,还是走吧。"

刘所长开了后门,让他们四个人快走。他们刚走出去不远,后来的人就追来了,这些人手拿棒子,喊着要打他们。四个人拦了一辆出租车,赶快钻进去,让车快开。

高老算在车里长叹了一口气:"这次我是亏了,亏大发了!"

第 六 章

兴 建 市 场

天刚见亮，佟二堡镇政府门前的集市上，就已经有很多人了，急急匆匆，吵吵嚷嚷。推车的，担担的，背包的，有附近三里五村的，也有邻近乡镇的，还有更远沈阳辽中的，他们都是来占摊位的。市场地方太小，做买卖的人多，一块地方好几个人争。

一个小伙子和一个姑娘吵起来了，小伙子说："我来得早，这地儿是我的，我刚才尿尿去了。"

姑娘说："哪里写着是你的，我的货放上了，这地方就是我的。"

"你把货拿走，要不然，我给你扬了！"

"你扬一个，我看看，我今天就在这卖了。"

两个人互不相让，差点儿动了手。

还有几个人，也因为抢占地方，打了起来。

家顺领着两个侄女占了三个摊位。大萍说："叔，我得走了，我还得上学呢"

"这么早就把你们从被窝里叫起来，吃不好、睡不好的，真没办法。"家顺无奈地说。

大萍和二萍拿着吃的，起身走了。

赵翠华背着大包来了，开始摆放裤子。

她对小叔子说："地方太小，下雨阴天也不能卖，要是能有个封闭的市场就好了。"

家顺说："别做梦了。有个地方卖就不错了。"

镇政府里，书记、镇长来得特别早，正在会议室准备汇报材料。四十多岁的田书记说："县委汪书记从外地调来才半个月，就到佟二堡来调研，这说明重视咱们。一定要汇报好。"

镇长说："就是咱门前不好弄，书记的车怕是进不来，都让集市给占了。我刚才让人去撵，根本撵不走。弄不好，怕是得挨新书记批评了。"

田书记到门口看了看，摆地摊儿的已经把镇政府大门堵上了。他走过去，大声喊道："请大家让一让，把大门口让出来。今天，县里的领导来，是新来的县委书记。大家行行好，让个地方。"

没人理睬他的话，继续自顾自地叫卖。田书记无奈地叹了口气，头上的汗已经出来了。看来，今天非挨新书记批评不可。

九点钟，一辆北京212吉普车下了公路朝佟二堡镇开来，在离镇政府挺远的地方就开不了了，只能停下。

县委办公室主任说："怎么搞的，佟二堡也知道汪书记今天来啊，怎么不把市场的人撵一撵，怎么做的工作？这乱哄哄的。"汪书记叫汪明，三十四五岁的样子，白净脸，留着分头，戴着眼镜，一副大学教师的模样。他是省委从黑中县调到这里的。汪书记笑笑说："为什么要撵啊，有这么个市场多好呀，搞活经济嘛。走，咱们下去走走。"汪书记领着一班人在市场上走着，并不时停住脚步，问问价格，看看东西。

田书记和镇长听说汪书记到了，赶紧从院子里跑出来，上前就检讨："汪书记，实在是对不起，工作没做好。这里天天这样，天不亮就聚这么多人，赶也赶不走，让您的车没进来，是我们错了，我们错了。"

"你错什么啊？我看，你们不但没错，你们还做得很好！市场这么热闹，人这么多，说明你们佟二堡繁荣了，兴旺了。要说错，就是没有建一个像样的大市场，让老百姓风吹雨淋日头晒的。我们有责任啊。"

一席话，说得田书记心里热乎乎的，他领汪书记进来会议室。

没有寒暄，没有客套。汪书记一坐下就说："今天，我们县委县政府的负责同志带领有关部门的同志到佟二堡来，专门研究佟二堡的市场建设问题。你们先汇报吧。"

田书记擦了一下头上的汗，拿起准备好的稿子念。汪书记不时打断他的汇报，问一些具体数字，问得田书记头上的汗层出不穷。人们发现，这个年纪不大的新书记，问话不紧不慢，问的全是关键性的问题。没有很好的准备，不了解实际情况，是答不上来的。

一个多小时的汇报，断断续续地完了。田书记喝了一口水，擦擦头上的汗。

汪书记停下笔，抬起头说："相关部门谈谈意见吧。"

工商、税务、城建、财政、商业等部门的一把手都纷纷发言。有的说建市场行，但没有钱，近期建不成；有的说，建封闭大市场不适合农村，早晚还得改作它用；还有的说，这么搞不是社会主义，是往资本主义道路上走。大家意见不一致，争争吵吵。一个上午，文质彬彬的汪书记一句话不说，脸上透着少见的怒气。

中午，小餐厅里只有几个人。田书记给汪书记倒了一杯啤酒，想说几句欢迎感激的话。汪书记把酒杯狠狠地摔在了地上，气愤地说："这酒我不喝。我对上午会议极不满意！我们有的干部本位主义、个人主义思想严重，考虑问题不从全县大局利益出发；有的干部畏首畏尾，缺少发展商品经济的意识，受'一左二右'的影响太深。下午，谁再打横，我就摘谁的乌纱帽！"

汪书记发火的消息在参会的干部中迅速传递，人们议论纷纷。

下午复会，汪书记首先讲话，他说："今天，我们在这里开这个会，绝不只是研究佟二堡一个市场的问题，而是表明我们县委对发展全县个体经济的决定态度。党的十三大文件已经指出，在社会主义初级阶段，要在以公有制为主导的前提下发展多种经济成分，在共同富裕的目标下，鼓励一部分人通过诚实劳动和合法经营先富起来。佟二堡走的路是对的，符合农村实际，符合党的文件精神，我们大力支持。佟二堡服装市场的繁荣，不仅扩大税源，增加农村财政收入，也增加农民的收入。让这一地区尽快富起来，意义极其重大深远。"

汪书记讲这些话的时候，态度坚决，语气铿锵。他明确提出：佟二堡发展以市场建设为主；在经济成分上，以个体私营经济为主；在经营品种上，以皮装为主。同时决定，县工商局出资三十万元，县财政出资三十万元，在业户中集资六十万元。用一百二十万元建设三千六百平方米的封闭式服装交易大厅。地点就在镇政府最热闹的地方。镇政府搬走。

这是佟二堡皮装发展史上最重要的一次会议，具有里程碑的意义。

镇里随后马上开会，发动业户集资，赵翠华第一个响应，拿了五千元钱。高老算却不拿，他害怕，去南边被骗一次，他更加小心。他打着算盘算账，五千元钱，一年的利息多少？镇里说建就能建？万一建不成，钱打了水漂怎么办？他要好好看看。

高大白焦急地说："爹，你、你不集资，将来没、没摊位，怎、怎么办？"

高老算说："能不能建，现在还不好说。即使建好了，生意好不好还不好说。这钱我还另有用处。"

过了几天，高老算去镇上，看见镇政府开始拆了，不少人在搬东西，还有不少人围着看。他上前打听，一个管事的镇干部说，马上要建大市场，钱都够了，半年就建完，你们就等着发财吧。

耳听为虚，眼见为实。看来，这是真要干了。高老算又偷着来到赵翠华的门市房前，这里人来人往，很是热闹。小屋里放着五六台机器，六七个女人在忙碌着，还有不少人取活送活。

高老算有些着急了，高家不能输给佟家，他必须想办法。他来到自家后院不远的一个废弃的大坑前，这是队里过去一个养鱼池，很多年没用了，有不少垃圾。他转来转去，拿出随身带的算盘不停地打着。打了好久，终于打出了笑容。

回到家，他召集全家人开会。他说："我赔了几个钱，做生意嘛，有赔有挣，是正常的事，吃亏长见识嘛。现在县里要建大市场，这里肯定要发展，我想来想去，决定咱们也建个工厂做服装，要干就干大的。"

"大的？在哪儿建呢？哪有地方啊？"大明吃惊地问。

"我看好了，咱房后那个没人用的大坑，把坑填平，在那上面建厂房。"高老算说。

"能行吗？"大儿子怀疑。

高大白一听，马上反对："那大坑，是、是队里的，是、是大伙的。"

高老算说："队都黄了，哪还有队啊，趁着没人管，谁干是谁的。反正也是个废地方，没人用。"

刁婆子极力赞成。说干就干，高家开始运土石填大坑，全家齐上阵。佟德奎看见了，过去问人家干什么，高家也不告诉他。

高老算把家里的钱都拿出来，还向儿子、老婆要了钱，要集中力量干大事。他很有办法，拆镇政府的那些垃圾，都免费拉到了大坑里，大坑很快就填平了。他又找人设计，开始建房子。当地基起来的时候，佟德奎发现了。他火冲冲地找到高老算，"你、你快停工吧，这地方不是你的。"

高老算哈哈大笑："停工？笑话。"

"这大坑是队里的，是集体的。你不能这么干，干了，也是白干。"佟德奎说。

"这大坑是我填的，这地方就是我的，我看谁敢不让我干。"高老算说。

高大明和刁婆子也在一旁帮腔助阵。

佟德奎见制止不了，把高老算告到了派出所，派出所说这事管不了，应该归镇政府管。

佟德奎又找到镇里，一个副镇长说，大坑是集体的，没错，可是没什么用，垃圾乱扔，臭烘烘的，填了也是好事。用于盖厂房发展经济，更是好事，应该支持。佟德奎听了，气得直翻白眼。

镇领导找高老算说："这样吧，你给镇里交点钱，补办个手续，地就归你用了。"

高老算不高兴了，还要拿钱，他恨佟德奎，让自己出了血，可没办法，只好照办。

佟德奎更不高兴，那么一个大坑，他没花多少钱就变成自己的地了，我家后院不远处也有个大坑，我也要填，他决定学愚公移山，每天填坑不止。别人问他填坑干什么，他说填坑造地，多种几棵苞米。

镇税务所的小刘来到了赵翠华家，要她交税，不但要交当月的，还要补交以前没交的。

赵翠华弄不明白为什么要交税，自己辛辛苦苦干活，挣的钱为什么要给你们，她不交。反复做工作，她还是不交。小刘火了："不交税是违法的，我要封你的房子，还可以抓人。"赵翠华急了："你抓吧，我让你抓。"两个人争吵起来，不欢而散。

王秀芹说就交点吧，但赵翠华就是不同意，说什么都不交。

第二天，税务所来了好几个人，都穿着制服，态度严肃。小刘给赵翠华算了应当补交的税款，还有滞纳金什么的一大笔钱，如果不交税就要抓人。

赵翠华犟脾气上来了，说死也不交。她和王秀芹商量，连夜拿着那些做好的裤子去了海城东柳大市场。

第二天，税务所来人，见人去屋空，就贴了封条，还找到正在填坑的佟德奎："你儿媳妇犯法了，不交税逃了，如果回来就报告，不然连你也一同抓。"佟德奎听了，又急又火，埋怨儿媳妇不该做买卖，惹是生非。

赵翠华去东柳卖裤子，她打听为什么要上税，西柳人给她讲了商户上税的道理，讲了我国的税法。她有所觉悟。

赵翠华走了，那么多人不能做裤子供货了，没有活儿干了。许多人找到镇上，希望把赵翠华找回来。

田书记知道了这件事，马上找来了税务所长，"你必须把赵翠华请回来，农民不懂法，没学过，不知道税收是怎么回事，我们要多宣传教育，不能一封了之。"

所长亲自去了东柳，见到了赵翠华，态度诚恳地说："大姐，是我们态度不好，田书记请你回去。"赵翠华也觉得不对，就跟着回去了。

田书记亲自登门来看赵翠华，检讨工作做得不细，又讲了国防建设、军队，还有教育都需要花钱，都要税收来支付，税收是谁的？都是大伙交的，你挣钱了，就应当上税。还给了她一本税法书。希望她带领姐妹们做好服装，共同致富。

赵翠华感激地连连点头。她主动上税，还给工厂起了个好听的名字：雅丽服装厂。她第一个到县里办理了营业执照，成了一个正式的个体商户。拿回那个小本子，心里好不激动。

陈兰芝怀胎十月，生了个女儿。高家又是欢喜又是忧，欢喜的是有了后代，忧的是生了个女孩，不可心。高老算说："开裆就连蛋，来年准能生个孙子。"

高家摆了宴席，庆贺孙女出生。赵翠华也来了，送了一套小孩儿衣服，还回了戒指，多谢兰芝当初的帮助。

陈兰芝说："嫂子，听说你干得不错，为咱女人争了光，等我女儿兰兰大点儿，我也和你们一块做。"

赵翠华抱着小兰兰，突然想起了丢失的儿子大鹏，心里又是一阵难过。

第七章

再谋财路

高老算把算盘打得啪啪响。刁婆子说:"你别打了,倒腾裤子都赔了,还打什么打、算什么算。"

高老算哈哈一笑说:"快去把两个儿子叫来,我有话要说。"

刁婆子瞪他一眼,不高兴地出去了。一会儿,两个儿子都来了。

高老算打着算盘问:"你们说,今年冬天做什么能挣钱?"

高大明想想,摇头说不知道。

高大白结结巴巴地说:"我看,佟家做、做裤子,挺挣钱,我们也……"

"我给你们看一样东西。"高老算不等二儿子说完,拿出一个小本子,上面记着天气。两个儿子莫名其妙。高老算说:"前年的冬天不冷,说是暖冬。去年呢,也不太冷,只下了几场雪。我推算,今年冬天一定很冷。"

"爹,你又不是气象专家,研究天气干什么?"高大明说。

"这里的学问可大了,天冷不冷和做衣服有关啊。我想,今年冬天一定冷,而且一定大冷,几年一个周期嘛。天冷,人们要穿什么?"高老算问。

"大棉袄呗。"高大明马上接话。

"错,那是过去。现在时兴的是羽绒服,那东西虽然贵点,但好看,暖和,轻巧,咱们就弄这个,保准挣大钱。"高老算说。

"那，那能行吗？"两个儿子听呆了，不相信地问。

"我已经买回一件了，你们看看。"高老算说着从柜里拿出一件紫红色的羽绒服，已经拆开了，"咱们就按照这个样式做，我看不难。现在，咱就去跑原料。"

高老算领着两个儿子去沈阳的市场，问卖羽绒服的人，布料是从哪里进的。人家愣愣地看着他，连连摇头。他又问第二家，人家说不知道。高老算想了想，去门口买了一包香烟。进第三家的时候，他先挑衣服，做出要买的样子，让两个儿子轮番试穿。卖衣服的是个四十多岁的男子，会抽烟。高老算就把香烟扔了过去，还主动给人家点上。男子抽了他的烟，话就多了。高老算就问："这衣服的料子是从哪儿进的？"男子说："可能是青岛，可能是厦门，也可能是天津，我也说不准。羽绒呢，肯定是江西。"

高老算决定，三个人分头行动，去青岛、厦门、天津，十天后回来，看谁能买到布料。

高大白去了青岛，问了很多厂子，都说没有布料。好不容易找到一个大厂，厂家有货但不卖。他没有收获就回来了。

高大明去了厦门，飞机去飞机回，图个快。他边打听货，边游山玩水，钱花光了，正事一点儿没办。

高老算去了天津，在一家纺织厂发现羽绒服布料，防水，防雪，颜色特别好。他到销售科一问，人家不卖他。等货的人在外面排了长队。

高老算找到销售科长，一个五十多岁的男子，送烟，人家不抽，请吃饭，人家不吃。这可怎么办，高老算左套又套，后来套上了老乡，科长的老婆是辽宁人，两人聊得很投机。高老算偷着给科长的抽屉里扔了一个一千元的信封，什么都没说就走了。

第二天，他又去销售科，也不吱声，看那么多人等着排号儿，看见科长也装作没看见。快中午了，科长把他叫进屋，小声问："你要多少，什么颜色?"

高老算伸出一个巴掌:"五千米,要红色。"

高老算拿着批条,马上交钱提货。女保管员冷冷地说:"没有红色,只有白色。"

高老算马上掏出三百元钱塞进她的兜里。女保管员笑笑:"有红色的,刚出车间,快提走吧。"高老算满载而归。

有了布料,还缺羽绒,高大明去了江西,很快就买回了羽绒。高家找人裁,开始做羽绒服。

全村的人都来看,但高老算不让任何人看,告诉两个儿子加班加点,抓紧制作,抢占市场。

这一年的冬天来得特别早,立冬就下雪,气温骤降,人们都说冷。羽绒服卖得特别好。高家生产的衣服不落地,想买的排成长队,成了抢手货,而且价格一天一涨,高老算手拿算盘,高兴地算着,嘴里说道:"挣了,挣大发了,比卖裤子强多了。"

赵翠华生产的裤子已经不红火了,看着高家羽绒服卖得那么好,就和王秀芹、佟家顺商量,想改做羽绒服。赵翠华来到高家,想看看羽绒服是怎么做的,高老算把她拦在了门口,不让进屋,怕她学了技术。

赵翠华问:"大叔,我们也想做羽绒服,想问问你的原料从哪进的?"

高老算眼睛都不眨一下,马上说:"布在济南买的,羽绒在黑龙江买的。"

赵翠华信以为真,和佟家顺分头去了济南和黑龙江,结果什么也没买到。陈兰芝知道了这件事,偷着跑来告诉赵翠华,布在天津买的,羽绒在江西买的。赵翠华谢了陈兰芝,第二次出去采购。

赵翠华找到了天津那家纺织厂,找到了那个销售科长。买布料的人依然那么多。赵翠华说了很多好话,又拿出了烟和酒,科长开始没要,后来见这个女人也不容易，吃干粮，排大队，嘴起大泡，挺可怜她，就答应批她三千米。赵翠华非常高兴，千恩万谢，科长突然问了一句："你是哪的？"

赵翠华马上回答："辽宁佟二堡的。"

一听是佟二堡的，科长马上脸色变了："不行，不行，不能卖你。"

赵翠华马上问："啥？"

科长摇头不语，赵翠华反复问，他才说："你认识高老算吗？"

"认识认识，我们是一个村的，我就是看他做羽绒服生意好，才找到这的。"赵翠华赶紧说。

科长说："大妹子，别怪我不能卖你，高老算跟我说过，布料卖谁都行，就是不能卖佟二堡的人。"

"啥？"赵翠华不解地问。

"这不明摆着吗？你也做羽绒服，不就和他竞争了吗，就是抢他的生意啊。"

赵翠华说："我不告诉他在你这买的。"

"那也不行，我收了人家的好处，答应人家了，不能不讲信誉啊。大妹子，实在对不起了，你再找别的厂家吧。"科长客气地把赵翠华送出了门。

在厂大门口，赵翠华看到了高老算。他春风得意的样子，离老远就笑着打招呼："翠华，你怎么到这来了？想买布料是吧，不好买吧？买到了吗？"

赵翠华不认识似的看着高老算白胖的脸，看着他唇上留着的小胡子，笑着说："这儿的布料不好，我不买。"

高老算哈哈大笑："你不买？骗鬼吧，你是买不到吧？"

赵翠华又在天津转了两天，终于在一个小厂，买到了三千米羽绒布，但是质量和那个大厂却差了一些。

佟家顺去江西买羽绒，大厂鸭绒都卖光了，没货。他从几个小贩手里买了一些鸭绒，这些鸭绒质量不好，是没有经过处理的鸭绒。他被骗了。

原料买齐了，赵翠华领着那些做裤子的妇女改做羽绒服了。她们照着样子裁，照着样子做。一次不行，两次，做了拆，拆了再做，反反复复……

正是寒冷的冬季，滴水成冰，大萍驮着一包羽绒艰难地行走在呼呼的北风中。因为路太滑，车子倒了，袋子也刮坏了，鸭绒撒了一地，北风一吹，漫天飞舞，像下了雪一样。大萍没有办法，坐在冰凉的地上大哭起来。

没日没夜地干了一个多月，春节都没歇着，几千件羽绒服终于做出来了。看着这些漂亮的羽绒服，赵翠华的脸上露出了久违的笑容。

可是春节过去了，开春了，天暖了，衣服卖不动了，而且那鸭绒没有经过特殊处理，天一热，就发了臭味，一件也卖不出去。

赵翠华上火了，嘴上烧起了大泡。跟着她一块儿干的王秀芹等几个妇女，都哭天抹泪的。

高老算知道了，满脸带笑地来到了赵翠华的门市房，进门就用手捂住了鼻子，大叫："怎么这么臭啊，像是进了茅房。"

高老算这一说，王秀芹忍不住大哭了起来。

高老算看着满屋堆放的发着臭味的羽绒服，拿出了随身带着的算盘，噼噼啪啪地打了起来。"你们这回是赔了，赔大发了。我给你们算了，应当赔了四万四千四百四十四元多一点。我算得没错吧？这个数太不吉利，全是事儿。"

赵翠华强忍着，没有让泪水流出来。

"我早就说过，不是谁都能做买卖，不是谁都能做羽绒服。我高老算这次挣了多少，你们知道吗？"高老算笑着问。

王秀芹摇头，说不知道。

"我告诉你们吧，听了会吓你们一大跳。"高老算又噼噼啪啪地打起算盘，"我这次挣了十四万。"

"啊？多少？"王秀芹瞪大了眼睛，吃惊地问。

"这才是刚开始。我看，你们往后给我干吧，我给你们活儿，你们给我加工，工钱少不了你们的。"高老算说。

几个妇女的目光齐刷刷地看着赵翠华，赵翠华摇着头，坚定地说："不，我们自己干。"

"还干？赔的事儿还在后头呢。"高老算说完走了。

一天，赵翠华家来了一个外地商人，要低价收购这些散发着臭味的羽绒服。王秀芹一听很高兴，马上谈价张罗卖。羽绒服打了包，准备装车时，赵翠华回来了，她拦住王秀芹说："这衣服，不能卖。"

"为啥？"王秀芹急着问。

"他们倒腾这些衣服也是坑人。"

"咱不能管那么多，能少赔一点是一点啊。"

"不行，咱不能坑别人。"

"那你说怎么办？"

"我要全烧了。"

"啥？烧了？"王秀芹和几个姐妹面面相觑，不相信自己的耳朵。

"是，全烧了。"赵翠华平静地说。

"你是疯了，这不是烧钱吗？"王秀芹大声质问。

家顺来了，听说嫂子要烧羽绒服，赶快阻拦："嫂子，这万万不能烧啊，能省一分是一分啊，这可是咱们的心血啊。"

佟德奎听到消息也跑来了，他用身子压着那些大包，大声吼道："你要烧，就连我一起烧了！"

两个女儿也喊着："妈妈，不能烧，不能烧啊！"

面对所有人的反对，赵翠华斩钉截铁，"衣服是我领头做的，挣了是大伙儿的，赔了是我赵翠华一个人的。我算过了，凭我手头上的这些钱，这些衣服我还赔得起。"

"嫂子，我就不明白，你为什么非要烧呢？"家顺皱着眉头，再一次发问。

"兄弟，咱做人要讲什么？要讲良心。咱经商做买卖呢，也要讲良心。不能因为这几件衣服，坏了咱佟二堡人的名声，那以后谁还敢买咱的衣服呢？谁都不买咱的衣服了，那才是大损失啊。这件事，我主意已定，谁都不要再拦着我了。"

一个没有文化的家庭妇女，在几万元的损失面前，表现出的这种气概，让在场的人很是震惊。

赵翠华把这些衣服拉到了河边，点把火烧着了。看着熊熊大火，赵翠华失声痛哭。随后，她大病了一场……

高家挣了钱，着急要孙子了，刁婆子让大儿子抓紧办。

高大明想跟陈兰芝做那事，陈兰芝知道他根本不行，也烦他那个见利忘义的德行，就找各种理由拒绝他。刁婆子知道了，就骂儿子无能。她告诉陈兰芝，要是不能给高家生孙子就离婚，再找。

高大明也觉得陈兰芝对自己不好，也想再找一个年轻漂亮的。

高大白听说了，说爹妈和哥哥心太狠，结果被刁婆子臭骂了一顿。还指着他说，你也快点给我找媳妇，快点给我生孙子。

来高家给大白提亲的一个接着一个，说的姑娘一个比一个漂亮，但高大白就是看不上，说自己喜欢嫂子那样的。这让高大明看了很不舒服。

高老算花大价钱，买了一个BB机挂在腰上，这在各村，在镇里都是第一个，许多人都不明白这是干什么用的，他就大讲这玩意的用处，显得自己有钱。BB机一响，他就到处找电话。

高大明买了一台幸福摩托车，在村里和镇上到处骑，还故意停在佟家顺的面前，"我这车子咋样？七千元买的，你遛遛不？我借你骑一会儿。"

家顺用喜爱的目光看着那红得刺眼的摩托车，摇摇头。

赵翠华看见了，对家顺说："用不到一年，我也给你买一台，比他的还好。"

家顺感激地看着嫂子，点了点头。

第 八 章

意 外 收 获

家顺去找家恒了，说了家里的事。家恒得知赵翠华做羽绒服赔了，还大病一场，决定回家。

张经理舍不得家恒走，恳切地说："你在这好好干，我再给你多一些工资。过两年，提你当副经理。"

家恒拒绝说："我一直放不下家里，想回去做服装生意。"

张经理看挽留不住，说："家恒，你什么时候想回来都行，公司随时欢迎你。"

家恒回家马上去见赵翠华。她大病刚好，身子虚弱，看见佟家恒强打着精神，装作没事的样子："你来干什么?"

"我来看看你。"

"看我，我有什么好看的? 我挺好的。"赵翠华勉强笑笑。

"我都知道了，你做羽绒服赔了一大笔，家顺都跟我说了。这是我一年搞建筑挣的钱，你拿着用吧，千万别上火。"佟家恒说着拿出一个小包，里面有一万元钱。

赵翠华看看钱，又看看佟家恒，淡淡一笑："我要你钱干什么? 我跟你没什么关系了，我挣得起，也赔得起，这点事算不了什么。"

"我们俩没离婚，我们还是夫妻，这钱应当给你，你带着两个女儿过日子呢。"

赵翠华连连摇头："我们是没离婚，可我说过，在找到儿子之前，我不是你们佟家的媳妇，我们不是夫妻。"

"这话，你怎么还记着呢？"家恒不解地问。

"我说过的话，一辈子都能记住。丢了儿子，是我的错。这钱你拿回去，我一分也不要。"赵翠华斩钉截铁地说。

这时，家顺来了："嫂子，因为我的失误，收了质量不好的鸭绒，受了损失。我哥这钱，你一定要收下。"

"这和你没什么关系，做买卖哪有不赔的，别说我呀，就是高老算，弄裤子不也赔了嘛。这就像小孩子走路，刚学走时，一定要摔几个跟头，摔倒再爬起来，没什么了不起的。现在当着你哥哥的面，嫂子答应过你两件事，咱马上就办。"

"啥事？"家顺问。

"第一件，要给你买台幸福牌的摩托车，你喜欢红色的。这是六千元钱，你有空去县城买吧。"赵翠华说着从柜里拿出了一包钱，放到了家顺的面前。

"嫂子，这、这怎么行呢？你赔了那么多钱，怎么还能给我买摩托呢？"家顺推开嫂子递过来的钱。

"嫂子说过的话就算数，一个唾沫一个钉，做羽绒服虽是赔了，可做裤子还是挣了，我算了，挣的比赔的多。这钱，嫂子早给你准备出来了，有了摩托车，送活取活更快，更省事了。"佟家顺听着嫂子的话，看着一包钱，一句话也说不出来了。

"这第二件事，就是给你提亲，你也老大不小了。这阵子我就在一直帮你选，下王家村有个姑娘叫王爱菊，没少给我加工裤子，人不错，活儿做得也好，我看她挺好，你们也认识，她对你印象也不错，你要是乐意，明天我就给你们俩提提，你看怎么样？"

"我听嫂子的。"家顺红着脸说。

"因为我粗心，丢了大鹏，才气得妈早早地走了，你这结婚的事啊，嫂子我全包了。"赵翠华笑着说。

佟家顺不知说什么好，他给赵翠华行个大礼："谢谢嫂子。"

佟家恒看到这一切，什么话都无法说了。这一年多，媳妇变了，变得那么能干，那么大气，那么让人刮目相看了。

佟家恒去见爹，看他正在那里填坑呢，坑基本填平了。见大儿子回来，佟德奎说："你回来得正好，这一年来，我把坑填平了，我准备种苞米，不跟老高家学，盖什么房子。"

佟家恒看着那块新填好的地，又看着远处高家的二层小楼，"爹，这地不能种苞米，咱也盖厂房，做服装吧。"

"啥？你也要盖厂房？"佟德奎瞪大眼睛问。

"是啊。"家恒回答。

"不行。这坑是我填的，我说了算，我就要种苞米。"

"爹，种苞米咱有大田，这块地盖厂房正好。"

"我说不行就不行。你不能帮我种地就赶快走吧，我也不想见你。"佟德奎摆着手说。

家恒说："我这次回来就不走了，我要做服装。"

一听大儿子回来要做服装，佟德奎气得说不出话来。

赵翠华坐着佟家顺新买的红色幸福摩托车，来到了下王家村，去见王爱菊，村里人看着红色大幸福，都出来看个新鲜。

王爱菊二十四五岁的年纪，端庄大方。出门迎接的时候，手里还拿着针线活儿。她跟家顺早就认识，这次一见面，脸就红了。

在炕沿上坐下，赵翠华对王爱菊说："我今天来，给你们两个牵个线。我这小叔子，人好，能干，挣钱不花，会过日子。爱菊你呢，炕上地上的活儿都拿得起来。我看，你们两个挺般配，成亲准行。"

王爱菊红着脸，小声地说："我听你的。"

高老算正在家里打着算盘，高大明推门进来："爹，佟家恒从外地回来了，挣了一笔钱，说是不走了，也要做服装生意，咱可又多了一个竞争的对手。"

高老算停下手中的算盘，想了想说："他可不是我的对手，他那两下子，砌个砖、盖个房子还行，做生意，讲挣钱，他远着呢。不过，将来啊，他可能是你的对手。"

"这话怎讲？"大明瞪大了眼睛问。

"到时候我老了，你们是同龄人，你们相争吧。"高老算说。

"他？我还真没看得起他。爹，眼下咱羽绒服做得这么好，佟家儿媳妇让我们给打败了，咱没了对手，你还打什么算盘，算计啥呀？"大明问。

"这你就不懂了。古人云：人无远虑，必有近忧。做生意也是如此，你以为佟家媳妇是我们打败的吗？那是他们不懂，吃亏上当，等明白过来，还是我们的强大对手，咱万不可掉以轻心，咱羽绒服的生意现在还有问题。"

"啥问题？"大明问。

"你说啥地方最需要羽绒服？当然是最冷的地方，离我们最近最冷的地方是哪？当然是黑龙江，再远，是大鼻子苏联，我们要把羽绒服弄到那边去，还能贵，还能多挣钱。"高老算说。

"啊，出口啊，咱也没弄过啊？"

"所以，我准备去趟满洲里，到边界那边去看一看，能不能做这方面的生意。"

"那我跟你去。"

"你，你可不行，你在家里还有一个更重要的任务。"

"啥任务？"

"赶紧给我生孙子，我们高家的买卖会越做越大，钱越挣越多，我们高家的钱不都是留给孙子的吗，我的孙女都一岁了，赶紧给我生个孙子吧，这可是大孝！"

"好。"

"我带你弟弟去，要是外面有合适的，我从外面给他带回来一个。这里的姑娘他都没看好，介绍一个不成一个。"

"他心里头恐怕早有别人了。"

"谁？"

"兰芝呗。"

"啊，别瞎说，这话可不能乱说，等我给他领回一个，水到渠成，他也就死了这份心。"

"那就好。"

赵翠华一个人去省城，在太原街一个商场给小叔子看结婚的东西，发现那边买床罩的人挺多，不一会儿就卖出去五六个床罩。她就过去问服务员："床罩为什么卖得这么好？"

服务员告诉她："现在结婚的人太多了，都想买床罩，所以销路特好。"

赵翠华想了想，掏钱买了一个。她拿着床罩回到家，王秀芹和佟家顺问她买这个干什么？赵翠华讲了床罩在太原街卖得如何快，她也想照着做。她边说边把床罩拆开了。又把王爱菊几个人找来，商量如何做这样的床罩，又让佟家顺去沈阳五爱市场进布料。第二天晚上，布料进来了，她们就照着那个床罩的样子裁，照着样做。又找来了几个手巧的女人在上面绣花。几天的工夫，三个床罩做出来了，和买来的床罩比比，不差什么，她们很高兴。

第二天一早，赵翠华拿着做好的三个床罩去了沈阳太原街的商场，找到了那个女服务员，"我们也做了几个床罩，你给看看怎么样？"

女服务员看得很仔细，和卖的没什么不同。就问她："这床罩是从哪买的，多少钱？"

赵翠华说："是我们自己做的，想让你们给代卖一下。"

服务员说："这事儿得找经理。"说着，领她去见了一个男经理。

经理很仔细地看了床罩，爽快地说："这床罩我们可以代卖，如果卖出去，我们要收些费用，如果卖不出去，你们就拿回去。"

赵翠华答应，把床罩放在那了，并留下了电话。

回到家，她又组织人生产床罩，又进货，几天就做出了二十个，又送到沈阳。那三个床罩还摆在那里，一个也没有卖出去。

经理说："这一阵子销得都不好，这些先放在这吧，如果年底卖不出去，就都拿回去。"

赵翠华同意。东西卖不出去，也不敢再做了，只有等了。又等了一个多月，没有一点音信。赵翠华第三次去沈阳，到了那个商店一看，床罩一个没有了。她问服务员，服务员说："我们这几天到处找你，你留的电话也没了，快回去组织生产吧，床罩这几天都卖光了，十一结婚的人多。"说完把钱给了赵翠华。

一听说床罩在省城卖得好，全村妇女都来做了，小小的门市就不够用了，佟家顺找哥哥想办法。佟家恒说："我早就想好了，得盖厂房，就在爹填的那个坑上盖。可是爹种的包米已经长穗了。"

家顺说："赶紧拔了吧。"

哥俩来到地里，开始拔已经长出穗的苞米。正干得起劲儿，佟德奎来了，嘴里大喊："为啥拔我的苞米？"

"爹，我要在这盖厂房。"家恒头也不抬地说。

"不行。我的地我说了算！"佟德奎大叫。

"爹，嫂子做的床罩销量可好了，可是现在没车间，咱盖了厂房能挣大钱啊。"家顺说。

"挣多少钱也不行。你们赔我的苞米，两个败家子。"佟德奎指着他们骂。

"爹，你怎么这么犟呢？"家恒说。

"我就这么犟，犟一辈子，谁能把我怎么的？快赔我苞米！"

"不赔。我还要全拔了呢。"家恒说。

"你敢？"佟德奎气得眼珠子都要瞪出来了。

"拔！"家恒喊了一声，哥俩个又接着拔苞米。佟德奎上前阻拦，哪里是两个年轻力壮儿子的对手。他拦不住，气得大叫："没王法了。"一下子倒在地上，昏了过去。

家顺赶紧背起爹跑向村卫生所，家恒继续拔苞米。傍晚，佟德奎从卫生所打完针出来，苞米地都平整了，家恒还拉来了沙石。佟德奎气得手在颤抖，这是他用愚公移山精神填的一块好地啊。

高大明没完没了地折腾陈兰芝，让陈兰芝快点生儿子。陈兰芝已经很厌倦了，她知道，靠他是不会生出儿子来，她极不配合做那件事。高大明火了，骂她，两个人吵了起来。高大明气得打她一个嘴巴子。兰芝火了，咬了他一口。这时，刁婆子来了，破口大骂："你要是不能生孙子，高家就不要你了，高家我说了算，等你爹回来，一定要有个了断。"

兰芝哭了，抱着女儿哭得非常伤心。晚上，高大明也没回她的屋子。

赵翠华的床罩卖火了，已经不用往省城送货，而是商场派车到村里等货。赵翠华组织全村和外村的妇女大规模生产。

大萍已经高中毕业,在学校当了代课老师,业余时间帮妈妈做床罩。二萍刚上中学就说不念了,她剪了一个男孩子头型,要给妈妈当儿子,她整天跟在妈妈身边,什么活儿都学着干,是丫头却像个小子。

家恒盖房子就是一个字:快。他过去就会瓦匠活儿,到省城又当了一年多的工程队长,啥活儿都明白,三百平米的二层小楼,很快就盖起来了。

看着盖好的小楼,佟德奎的心里很不是滋味。他也知道盖房子建工厂能挣大钱,可他还是舍不得自己造的那块地。他对两个儿子的做法极为不满。他气愤地来到镇政府,向田书记告儿子的状。他向田书记讲述了事情的经过,讲到难受时,老泪纵横。他请书记给评评理,给自己撑腰。

田书记起身给他倒了一杯热水,听他讲完,笑着说:"你填大坑是好事,镇里支持。但坑填好了干什么,种苞米当然好,可以多打粮,但是盖厂房发展服装业,镇里更支持,我们要把佟二堡建设成一个服装大市场,没厂房怎么能行呢?"

佟德奎不太高兴地看着田书记:"那,那……"

"老佟啊,咱们是农民,祖祖辈辈是农民,热爱土地没错。可现在,要大力发展经济,咱们的目光就要看得长远些,不能就看这一亩三分地,你说对吧?"田书记笑着说,"你回去,赶紧让你儿子来镇里办相关手续,凡是水坑、废地,经过整理,盖成厂房,发展经济的,政府都给予政策支持。"

"这,这……"田书记的一席话,让满肚子委屈的佟德奎再也说不出什么了。他站起来就走,田书记送他到门口,还一个劲地叮嘱:"让你儿子快点来办手续啊!"

第九章

阴差阳错

高老算领着二儿子高大白坐火车来到了满洲里。这是个不大的城市，因为紧挨着苏联，有点异国的风味。

他们先去考察市场，这里边贸特别活跃，大大小小的公司一个挨一个，牌子挂得满街都是，皮包公司也不少。苏联人、中国人、英国人、法国人，说着各种语言。

高老算腰里别着BB机，却看见不少生意人拿着砖头一样的大哥大，边走边打，特别神奇，特别气派，他很羡慕。就过去问："这东西多少钱？哪买的？"

人家看了他的穿戴，瞧不起的样子说："你问什么，你买不起。"

高老算用鼻子哼了他一下："我买不起？我马上就买一个，给你看看！"

他问了好几个人，终于找到了卖大哥大的地方，一问，三万元一个。大白结结巴巴说："爹，你来、来这干、干什么？咱不是来、来推、推销羽绒服、服吗？"

高老算说："你懂什么，这东西是身价，你看那个人做起买卖来肯定容易成，我得买一个。"他反复和人家讲价，又拿出随身带着的算盘，算来算去，选了一个外皮有点破损的，把价砍到了最低，花两万多元买了一个大哥大，宝贝似的拿着。

大白不解："不就是、是个电、电话吗？这么贵！真是的。"

"你看着吧，老爹拿着它给你做生意。"

高老算手拿大哥大，腰里别着BB机，又买了一个小皮箱，开始一个公司一个公司谈买卖，他专门进门脸亮堂的大公司。

他进了四海边贸公司，经理姓王，三十出头，一看他手拿大哥大，又拿着小皮箱，知道是有钱人，又让座又倒茶。

高老算说："我手里有一批高档羽绒服，跟你合伙，一起卖给大鼻子。"经理说："让我看看样品。"

高老算让儿子从背包里拿出了羽绒服，一件男款，一件女款。老板仔细看了，问："你要多少钱？"

高老算伸出三个指头："三百。"

"太贵，太贵了，这个价出去，我没挣头了。"经理摇着头说。

高老算拿出算盘，噼里啪啦地打起来："这个价，你还有剩，我了解。大鼻子那边的东西贵着呢，我是出不去，没有出口权。"

两个人开始讨价还价。讲了一阵子，高老算不高兴了，"就这价一分不能少。你不要，还有别人等着要呢。"说完，起身就走。

刚要迈出门的时候，王经理还是叫住了他："我看你的东西还行，就按你说的价格吧。我要五千件，八月份必须交货，都要这个质量，都是大号的。"

"行，我们签个协议吧。"高老算回身坐下。拿出大哥大，像模像样地打了两个电话。然后说："我是辽宁佟二堡的，佟二堡知道吗？"

王经理点点头，又摇摇头。

高老算说："我是佟二堡做羽绒服的大户，有四个工厂，一百多工人。

和我做生意，你就放心吧。"

双方签了协议。

走出四海公司，高老算又来到了不远处的五洲经贸公司。大白问："还、还来这里干、干什么？"

高老算说："这你就不懂了，做生意要眼观六路，耳听八方，一只脚要踏几只船，两只船都不行，你知道哪只船漏水，哪只船要翻，我得多订几家。"

大白结结巴巴地问："我们要是、要是生、生产不出来，怎么办？"

"那我就不管他们了，只要我生产出来的能销出去就行，我不吃亏就行，还管别人。"高老算得意地说。

他和五洲公司的马经理又谈了一番，比刚才的价格高了十元，又签了五千件合同。

一万件的订单就这么签成了。回到小旅店，高老算拍着大哥大对儿子说："看看这东西，一个电话没打成，我就做成了两个单子，一万件。等有了钱，我得买小汽车，还得买好的，这可是实力的证明啊。"

高大白结结巴巴地反对："这、这是坑、坑人，骗、骗人。"

"可他们就是让你坑，让你骗，你说怪不怪？走，下楼吃饭去。"高老算说完，又拿起了大哥大。

大白不解地问："吃饭拿、拿这东西干、干什么？"

"你不知道，吃饭也得讲身价，说不定还有什么好事，靠这东西得到呢。"

他们来到一楼的餐厅，一个年轻漂亮的女服务员主动接待他们，让座上茶，还甜甜地问想吃点什么。

高老算仔细打量这姑娘，觉得不错，就问："都有什么好吃的，挑最贵的上，再来一瓶好酒。"说着，把大哥大放在桌子上。趁女服务员出去的时候，他问大白："这姑娘你看怎么样？"

高大白莫名其妙地说："还，还行吧。"

"你说行，那就行了，咱把她带回去"

"行，行吗？"高大白瞪大了眼睛，半信半疑。

"你看我的，保证行。"高老算蛮有把握地说。

菜上来了，酒也上来了，高老算对女服务员说："孩子，你别走，陪我们一起吃个饭。"

女服务员说："老板有话，服务员不能上桌。"

"我就是老板，我说了算，来，加一双筷子。老板说你，我给钱。"他让女服务员坐下来，问了姓名，知道她叫李云霞，是附近农村来的，刚中学毕业，找不到事做，爹有病死了，妈跟着去了哥哥家。高老算喝了一杯酒说："姑娘，当这服务员才挣几个钱啊，跟我去辽宁佟二堡吧，我是生产羽绒服的大老板，我家有厂子，有工人。"

"真的？"姑娘高兴地问。

"我还能骗你吗？这是我二儿子叫高大白，这是我刚和两家贸易公司签的合同，一万件衣服呀！"高老算掏出了合同，让李云霞看。

李云霞很认真地看了合同，她知道四海公司和五洲公司都是挺大的公司，不能有假。她羡慕地点了点头。

高老算又喝了一杯酒问："你在这一个月挣多少钱？"

李云霞说："管吃管住一百。"

"太少了太少了，不够我们厂子一个工人一天挣的，我们厂像你这样的姑娘不少，有几十人，每人每月都挣几千元呢。"

李云霞一听，眼睛瞪得大大的："你们工厂缺人吗？"

"缺，缺你这样的，你给我当业务员，能说会道的，来，喝酒。"

"你说话算话？"

"当然算话。"

"你骗我怎么办？"

"我把身份证给你，合同也给你，你要是再不信，就到派出所登个记，出了事找我。"

"那行，我就跟你们去了。"李云霞高兴地喝了酒。

高大白出去方便，高老算小声对姑娘说："我和二儿子都看好你了，你去了好好干，争取给我当儿媳妇，生个孙子。"

姑娘听了，羞得脸色通红。

经过半年多的紧张施工，一个造型美观漂亮、内部设施先进、建筑面积三千六百平方米的封闭式二层服装大市场建成了，共有两千七百个床位。这不仅在佟二堡，就是在全县也是最先进的了。开业前夕，附近三里五村的人都来观看。家恒来了，和抱着孩子的陈兰芝不期而遇。兰芝想躲，已经来不及了。家恒回来一直想看看兰芝，找不到借口。兰芝看着家恒，神色不太自然，这是他们河边之后头一次相见。家恒细看兰芝，比过去胖了一些，更白净，更好看了。他看她怀里的孩子，小声问："你有孩子了？"

"是，这是我和高大明的女儿。"兰芝特意把高大明三个字说得很重。

家恒点点头："真为你高兴。"

兰芝说："听说，你回来不想走了？"

"是啊，我也想做服装生意。"家恒说。

"那好啊。"兰芝说完，抱着孩子逃也似的走了。

家恒看着兰芝的背影，河边的情景闪现出来，他想如果孩子是自己的，也该这么大了吧。

市场建好了，开始分摊位了，赵翠华因为是第一个交了五千元集资款，按照政策可以得到两个摊位，而且可以先挑。她选了一楼最好的地方，开始装修。

高大明急三火四地跑来，问镇领导："为什么没有我家的摊位？"

镇领导说："当时集资时，你爸不同意，怕把你们的钱骗走，也怕丢了利息，你爸太能算了，他这次又是占了小便宜，吃了大亏。你爸呢？"

"带着我弟弟去北边了。"

正说着话，一辆出租车停下，高老算风尘仆仆地从车里下来。他问镇领导："听说分摊位了，为啥没有我的？"

"你当初不集资，所以就没你的呗。"镇领导回答。

高老算挥着手中的大哥大："我现在生意做得这么好，又到北边签了一万件羽绒服，不给我摊位，说不过去，为什么不支持我这大户？"

镇领导说："这是按政策办，不参加集资的，都没有。"

赵翠华看着高老算故意气他问："你的摊位呢？"

高老算说："你放心，我一定有摊位，绝不会比你的差，我马上写告示，高价收摊位。我有钱，还怕没摊位？"

高老算带着李云霞回到家，对刁婆子说："你看这丫头咋样？我在北边选中的，给咱做二儿媳妇。"

刁婆子说："我得考验考验。"

她开始支使李云霞干这干那，女孩什么都能干，态度还好，又是做饭，又是洗衣，而且心灵手巧，活干得不错。几天下来，刁婆子很满意，她对高老算说："我看行，赶紧娶过来吧。这回，我的孙子有盼头了。"

高老算和刁婆子把高大白找来，说这个事。高大白连连摇头，根本不同意。

高老算说："是你看好这姑娘，我才把她带回来当儿媳妇的。"

高大白结结巴巴地说："我、我不、不要。"说完，转身走了。

高大白找到了陈兰芝，给她带回来一个狐狸围脖，这是他去北边背着爹，偷偷买的。陈兰芝很感激这个小叔子，问了一下那个李云霞是怎么回事，是不是给你找的媳妇。大白结结巴巴地说："这、这是爹的意思，可、可我不同意，我要找、找嫂子这样的。"

陈兰芝听着，脸色通红，再没问什么话。

见二儿子不同意，刁婆子不知道怎么办了。高老算打着算盘说："这事只能生米煮成熟饭才行，他呀，心里有人，没看见他老往嫂子那跑吗？"

刁婆子点头明白。她找到李云霞说："这些日子，我和老头子都看好你了，可二儿子呢，还有点想不通，你呢，就找个机会，和他亲近亲近。"

"咋个亲近？"李云霞问。

"这你还不明白，二小子一个人在后院住，晚上有机会，你就过去，要是生米做成了熟饭，我们家就都认了。"

"那能行吗？"李云霞红着脸问。

"行，怎么不行？"刁婆子说。

李云霞听完，脸又红了，点点头。

晚上，高大白睡觉了，他平时也不插门，睡到半夜时，感到身边热呼呼的，一摸，是个人，吓得叫了一声，开了灯，看见李云霞在他的被窝里，只穿了一个胸罩和裤头。"你、你，来干、干什么？"高大白一急更结巴了，头上冒出了大汗。

"我、我想和你好，做你媳妇。"李云霞说着就搂住了大白的脖子。大白赶紧把她推开："不、不行，我、我、我不喜欢你。"

李云霞忙说："我跟你结婚，这是你爹你妈的意思。你看我哪儿不好啊，我指定是个姑娘。"

高大白一听，马上把眼睛闭上："别，别脱。"

高大白顾不上穿衣服，跑了出去。李云霞坐在那里，伤心地哭了。

这一切都让门外的高老算和刁婆子听得一清二楚，刁婆子说："二小子犟着呢，他不干，九头牛也拉不动啊。"高老算说，"我再想想，会有办法的。"

高大明和陈兰芝已经分居好长时间了，他对新来的李云霞贼眉鼠眼的不怀好心，听刁婆子说弟弟没动这个姑娘，就起了坏心。晚上，他偷偷进了李云霞的屋子。李云霞已经躺下，他对人家动手，李云霞反抗说："我是你弟弟的媳妇，你别动我。"

"我弟弟没看好你，没动你啊。"

"可你，你已经有媳妇，有孩子了啊。"

高大明说："我媳妇不能给我生儿子，我准备不要她了。只要你跟我好，有了儿子，咱就结婚，咱们的财产你能分到一半。"

李云霞被高大明说得动了心，半推半就地就应了高大明。

高大白张罗着生产羽绒服的事，开始进货、生产，每天都忙忙碌碌的。陈兰芝把孩子送到了镇上的幼儿园，找到了高大白也要参与做衣服。高大白很高兴。两个人跑货源，看质量，组织生产，工作得很愉快。一天晚上，他们很晚才回家，进了院子，发现高大明进了李云霞的屋子。陈兰芝装作没看见，高大白气得冲进了屋子，把两个人堵在了炕上。

高大白指着高大明，满脸怒气地发问："哥，你、你怎么能、能这么做呢？"

高大明说："我怎么了，你看不好的女人，不准我看好吗？"

高大白说："你、你有媳妇，你、你对得起，嫂、嫂子吗？"

"有什么对不起的，她不给我生儿子，还不准我找别人生吗？"高大明理直气壮地说。

高大白气得上前给哥一个大嘴巴，哥俩打了起来。李云霞吓得跑出去，喊救人。高老算听见呼声跑进来，看着两个儿子打成了一团，大喊：

"住手，还没王法了？"

两个儿子停了手。高大白结结巴巴地说："他、他……"

高老算说："你别说了，这事我知道，你就一心去做衣服，家里的事你少管。"

刁婆子跑进来说："给你找回来的媳妇，你不要。介绍的，又不看。你想怎么的？想让我们高家断子绝孙吗？"

高大白气得一句话也说不出来，跑了出去。

高老算看看高大明和李云霞，说了句："你们该干啥干啥吧，我等着抱孙子呢。"

第 十 章

另 辟 蹊 径

佟家恒用从建筑工地挣的钱盖起了二层小楼，赵翠华和家顺把工厂搬了进去，又招了些工人，开始了大规模生产。但家恒却陷入了深深的矛盾之中。

赵翠华不接纳他，他几次找到她，希望能和好，一起过日子，一起做生意。但赵翠华的回答就是那么一句话："我对不起你们佟家，丢了儿子，在找到儿子之前，我不能和你和好。"

家恒说："真的就差儿子吗？"

"是，就差儿子。"赵翠华回答，"我这心里边有堵墙，堵得慌，一直打不开。现在常常梦见儿子，我对不起你们佟家，对不起啊。"说到这里，赵翠华动情地哭了。

佟家恒看到她床罩生意做得好，就说："那我和你一起做生意吧，我什么都能干。"

赵翠华还是摇头："不行，我不想见到你，看到你我就是不得劲，就没心思做买卖，你趁早离我远点，让我好好平静平静。"话说得一点余地都不给，看来和赵翠华和好、合作是没戏了

家恒找到弟弟家顺，他正一门心思和王爱菊谈婚论嫁，收拾房子准备

结婚。他对哥哥的痛苦一点都不理解，反倒说："我嫂子现在领着我们干得有多好，你一个泥瓦匠懂什么？你掺和进来干啥？让嫂子不高兴，我们就都不高兴，你要想干，就自己琢磨干点什么吧。"

弟弟的话让他很不高兴。倒是佟德奎看出了儿子的心思。晚上，他把家恒找来，炒了两个菜，烫了一壶酒，他边喝边说："家恒啊，我看出来了，你有心事，不知道回来干什么。我看，你还是跟我种地吧，少操那些闲心，我这辈子地还没种够。"

佟家恒哪有心思种地啊，心里明明知道种地是没什么出路的，看着做衣服做床罩一天天大把地进钱，谁还能有心思种地呢。他看老爹对土地对庄稼那么热爱，再不忍心说伤害他的话了，就草草地吃了几口菜，说头疼，回屋休息了。这一晚上，他翻来覆去睡不着。

第二天，家恒在村口看见了骑着摩托车的高大明，他手拿大哥大，满面笑容，在他跟前停下车，主动打招呼。"听说你挣了钱回来了，又盖起了小楼，怎么，你也想在佟二堡发展了？"

家恒笑笑说："看你们干得那么好，我也想做点买卖。"

"你做？"高大明上上下下打量佟家恒："你做什么？你就是个泥瓦匠，砌个墙、盖个房还可以，挣点辛苦钱。做生意那是靠脑袋的活，你能行？也不拿块豆饼照照自己，你不是那块料。"

家恒一听火了，两个人吵了起来，差点动起手来，佟家恒真是被激怒了，高大明骑着摩托车跑了。

"家恒，我找你。"陈兰芝出现在家恒面前。她头上浸着一层细汗，阳光下，前额亮光光的，看样子走得很急。

"啥事？"家恒问。

"你不是想干点什么吗？"

"是啊。"

"我刚听到一个好消息，镇里的皮鞋厂黄了，厂房设备往外卖呢，你去看看吧，也许是一个机会。"

"皮鞋厂黄了能做什么？"佟家恒不解地问。

"能做皮装啊，上面不是说佟二堡要发展皮装吗?！现在，好多人都张罗做皮夹克呢，就看谁干得快了。谁快，谁就能抢占最好的商机。"陈兰芝的这番话就像在黑夜里给佟家恒点亮了一盏明灯。

"好，我马上去。"佟家恒连个"谢"字都没说，转身就向镇政府跑去。

进了镇政府，管企业的副镇长正在写皮鞋厂出卖的广告。佟家恒说："别写了，这个企业我租了。"

副镇长说："你租了，你拿什么租？一年六万元租金呀。"

家恒笑笑说："我有钱，你领我去看看吧。"

副镇长领他去了皮鞋厂。厂房还行，院子也不小，设备是做皮鞋用的。佟家恒看看说："行，我租了。我先付一万元定金，其余的十天内给你。"

副镇长说："行，先写个协议，十天内不拿出余下的五万，这一万也不给你了，我再租别人。"

佟家恒回到家，取出了一万元现金，到镇里签了协议。

佟德奎听说了直摇头，对家恒说："这回非吃亏不可，集体的鞋厂都黄了，你租过来能干什么？再说，家里也没有这么多钱啊。"

赵翠华知道这件事，过来说："你干吧，我支持你，我这一万元你拿着。"

家恒没要，赌气说："我和你没什么关系，我干嘛要你的钱？"

佟家恒来到省城，找到原来的建筑公司张经理。张经理以为他在家干不下去又要回来，表示欢迎。佟家恒坐下说："我包了一个皮鞋厂，想做皮夹克。现在缺钱，想用家里的二层楼做抵押，跟你借点儿钱。"

张经理爽快地说："我了解你的为人，做皮夹克能行，支持你当老板。钱，我借你五万。不足的，你用那个房子抵押，到银行贷款去。我对皮装有点了解，家里的大爷就是皮匠，你不明白的，我找他帮帮你。"

家恒一把握住了张经理的手，高兴地说："这真是太好了！谢谢你呀！"

当天下午，张经理领着家恒来到省城皮革厂，见到了皮匠张师傅。他满头白发，面目慈祥，一看就是好心人。家恒说明了来意，张师傅开始不同意，经过张经理和家恒的反复央求，终于同意过些日子去佟二堡看看。

高家的羽绒服生意特别火，北边电报、电话不停，催着要货，这边却生产不过来。高老算开始偷工减料，把大号的服装全部改做小号的，这样可以省很多布料，里边的羽绒也缺斤少两。高大明更是心眼灵活，把一批废旧的化纤材料和一些不合格的鸡毛掺进去。因为签订的数量实在太大，生产不出来，他们就低价收购小作坊生产的不合格的羽绒服，贴上自己的商标。

高大白看见了，坚决反对。高老算和高大明都说他太实，缺心眼儿。高老算说："这是出口给大鼻子的，能挣一分是一分，一锤子买卖，东西卖出国了，谁上哪儿找咱们，大鼻子就得糊弄。"

就这样，一包一包不合格的羽绒服装车往外运走。

高老算打着算盘，这一次又能挣很多很多的钱。

晚上，高大明去找李云霞，进屋就抱住了她，往炕上推："你有没有动静啊，要是怀了，我就结婚。"

李云霞说："可能有了，这月没来例假。"

高大明非常欢喜。

赵翠华去沈阳，商场的经理说："告诉你个好消息，外贸公司看好你们的床罩了，要一万件出口，从大连出，你干不干？资金你先垫付，产品出口了才能把钱返回来给你。"

　　赵翠华回去和大伙儿商量，能出口当然好，能挣大钱，但眼前进料的钱没有。大伙儿决定，集资做这笔出口生意。

第十一章

刮 目 相 看

杂草丛生，荒废了几年的皮鞋厂仿佛一夜之间就变了模样。杂乱的厂区被佟家恒打扫得干干净净，破旧的车间也被佟家恒收拾得井井有条。佟家恒打扫卫生，清扫垃圾，干得满头是汗。

佟德奎来了，这位对农业、对土地满怀深情的老人，却走进了这个工厂，这是家恒万万没有想到的。他扔下手里的家什，上前问："爹，你咋来了？"

"咋，我不能来？"

"我不是这个意思。"

"那你啥意思？"

"我、我也没啥意思。爹，你来有啥急事吧？"

"没急事就不能来了？"

"不是……"

"你是不是我儿子？"

"当然是，永远是。"

"那就得了，我儿子买下的厂子，我当爹的当然要来看看了。"佟德奎挺自豪地说。

"这不是我买的厂子，是租的。"佟家恒赶忙纠正。

"我不管什么买啊、租啊的，你拿了那么多钱，厂子归你。这几天，我睡不着觉，也想了想，看看咱佟二堡，家家办厂子，人人做衣服，日子越来越好。我这思想也在变呀。虽然早就不是队长了，可广播我还是天天听的。改革开放好呀！我老了，也不是做买卖的料。从今天起，我就帮你吧，能干点啥就干点啥。"

"爹，真的？"佟家恒不相信地看着佟德奎。

"爹啥时候说过假话。你说吧，让我干啥活？"佟德奎拎起地上的锄头。

"先清理院子。我从沈阳请来的师傅一会儿就到。下一步怎么干，我得听他的。"

二萍跑来了，一身男孩子打扮，进了院子东看西看，见到佟德奎，她大声喊道："爷爷，你怎么在这儿？你不是最烦爹做买卖吗？"

佟德奎看着孙女笑着说："那都是过去的事儿啦！"

"二萍，你不在你妈那做床罩，到我这来干什么？"家恒问。

"我不愿意做床罩，我想做皮装。"女儿说。

"为啥？"

"皮装好，漂亮，我喜欢。"

"快回去，回你妈那。"

"为啥？"

"你妈缺人手。"

"不，是我妈让我来的，让我帮你。从今天起，我就跟你干了。"

"跟我想干点儿啥？"家恒问女儿。

"我想学裁剪，拿着剪刀咔咔咔，咔咔咔，多带劲儿呀。"二萍边说边比划。

"一会儿大师傅就从省城来，我到车站接。"佟家恒说。

"那我也去，我认他做师傅，跟他学手艺。"二萍很有信心地说。

张师傅来到了佟二堡。他一下车，佟家恒赶忙迎上前去："张师傅，可把您盼来了"

"是啊，我也是好不容易才抽出身啊。"张师傅笑着说。

二萍跑过来，握住张师傅的手，大声叫着："爷爷，您来啦。"

"这是谁啊？"张师傅问。

"这是我女儿，二萍。"

"女儿？我看是个男孩子啊。"张师傅仔细再看。

"我是小子，但是假小子。"二萍说着大笑，张师傅也大笑。

"快，快帮我拿东西。"张师傅说着从长途汽车上搬下来几袋子很沉的东西。

"这是什么？"佟家恒问。

"这是宝贝，我们厂子去年换了新设备，倒下来的一些设备，我看还能用，就买下来，你要做皮装，这几件设备都能用上。"

"太好了，您想得真周到！"佟家恒高兴得不知道说什么好，他赶忙叫了一台手推车，将几袋子东西装上去，拉回厂里。

高老算手拿算盘，在厂门口转来转去。正在除草的佟德奎看见他，放下锄头，快步赶过来，厉声问道："看什么看，想偷东西吗？"

正东张西望的高老算看是佟德奎，嘿嘿一笑，"一个破厂房，有什么好偷的。一个生产队长，不好好种地，到工厂里能干什么？莫非你佟德奎也要改行？"

"我……你管得着吗？"佟德奎不知道该如何回答。

"我告诉你吧，我现在有工厂，是厂长了。"高老算故意气着佟德奎说。

"你是厂长，我也是厂长。"佟德奎不服气地说。

"你怎么变成厂长了？"高老算吃惊地问。

"这是我儿子开的厂子，他是厂长，我是副厂长。"

"哈哈！"高老算乐了，"你就是厂长，也改变不了你的秉性。看，这副厂长也离不开你的看家宝贝——锄头。看在我俩十几年的关系，我今儿个来看看，告诉你儿子小心点吧，你们佟家不是做买卖的料，还是安心务农牢靠些。花了那么多钱，租了这个厂，弄不好，你得赔个精光，连买裤子的钱都没有，要光腚啊。"

高老算的一番话，把佟德奎气得直发抖。论斗嘴，他不是高老算的对手，他脸色苍白，指着高老算喊道："你……你……你给我滚！"

高老算撇了撇嘴，拿着算盘走了。

"爹，你怎么啦？脸色这么不好？"家恒领着张师傅进了院子。

"我没事儿，这位是——"佟德奎看着张师傅问。

家恒给他们做了介绍。张师傅马上进车间，把不用的设备拆除，把他拿来的几件设备装上。家恒给他打下手，佟德奎也跟着搬东西，弄设备。几个人都是一身油，一头汗。

忙了一天，新设备安装完了，车间面貌一新。二萍已经做好了饭菜，大家一起吃饭喝酒。

佟家恒说："师傅，我想给这个厂起名叫永恒皮装厂，您看行吗？"

张师傅想了想说："永恒这个名字好，永是永远，恒是恒定，也是你的名字的最后一个字。我看，衣服的牌子也叫永恒。"

"行。"佟家恒给师傅倒酒。

张师傅说："现在厂里设备、水电都行了，下一步要做的，有这么几件事，第一要赶紧招工人，明天就写通知，张贴出去。"

"怎么这么急招工人呢？"家恒问。

"工人来了不能马上干活，要培训呀。过去的工人都是做服装的，做羽绒服的，它和做皮子还不完全一样，要培训才行。"

家恒听了，点头赞成。

"第二呢，我明天和你一起去河北的辛集买皮子，买皮子可有说道了，学问大了。好了坏了、贵了贱了都不一样，你跟我一起去，我边买边教你。"

"那太好了。"家恒说。

"第三呢，你找个心灵手巧的人，我教她裁剪、打板，这是做皮衣最关键的环节。"

"这好办，我的女儿早就想拜您为师了。"家恒笑着说。

二萍一听，当场给张师傅跪下，叫了声师傅，敬了师傅酒。

高老算回了家，进门就对两个儿子说："我刚才到佟家恒租的那个厂子看了看，啥东西没有，厂子倒打扫得很干净，就连佟德奎那个老顽固也去厂里帮忙了。"

高大明说："我昨天也去看了，没啥东西。"

高大白结结巴巴地说："爹，咱、咱干吗要、要和佟家斗、斗呢?"

"你懂什么? 咱高家跟佟家从种地开始就没和过，现在做生意又是两大伙，咱不能输给他们。"高老算说。

这时刁婆子进来问大儿子："你的事儿怎么样了?"

"啥事儿啊?"高大明问。

"大事呗，咱高家最大的事儿! 这么长时间了，李云霞肚子有动静没啊?"

大明叹了口气，难过地摇了摇头。

"你得抓紧啊!"刁婆子说。

"我抓紧了，累得我都快要散架子了。"高大明说。

刁婆子要给高大白介绍对象，说又有一个条件好的，但高大白坚决不看，转身走了。气得刁婆子边哭边骂。

赵翠华张罗家顺和王爱菊结婚的事，因为钱都垫出去了，结婚的东西只能少买一些，又帮着收拾房子，准备下个月结婚。

张师傅领着佟家恒来到了河北辛集，这里是北方皮子销售的集散地。那么多商家，那么多皮子，那么多顾客，让佟家恒目瞪口呆。

张师傅领着他一家一家地转，边转边讲如何识别皮子的好与坏，如何讲价。佟家恒认真学习，牢牢记住。他们选了一款中档皮子，买了一些，连夜坐车回到了佟二堡。

第二天，张师傅开始剪皮衣，边剪边讲，二萍在一边认真学，认真记。

衣服裁好了一些，马上让新来的工人做，工人有的做不好，张师傅又认真看，仔细讲，做得不好的返工。天黑了，车间里亮起了灯光，工人们在加班加点地做皮衣。

很快，五百件皮衣做出来了，都缝着永恒牌商标。佟家恒问张师傅多少钱一件。张师傅算了算成本，说不能太贵。

佟家恒把这五百件皮衣送到了服装大市场赵翠华的摊位上，立即引来了很多顾客。

这时节天渐凉了，也正是买皮装的时候。家恒做的这些皮衣质量好，款式也不错，价格还便宜。你买一件我买一件，一人传一人，都过来买，只两天的工夫，五百件衣服就全部卖出去了。

二萍拿着那么多钱跑回工厂，进门就喊："爹，光了，光了，都光了。"

佟家恒问："什么都光了？"

"皮夹克，皮夹克都卖光了。"

"真的?"

"真的，好多人问还有没有呢，都要买呢。"

佟家恒不敢相信衣服这么快就都卖了，说："我连夜去买皮子，赶快再加工。"

佟德奎听孙女说衣服卖光了，他不信，又问了两遍，说是真的。他高兴地马上回家，把自己偷偷攒的一千元钱拿给儿子。

家恒问："爹，给我钱干啥?"

"你钱少，买皮子去吧，也算我一份。"

家恒看着爹满是皱纹的脸，看着那一千元钱，激动地说："行，爹，算你一份。"

佟家恒连夜乘车去了河北辛集买皮子，回来后，又抓紧时间加工。

佟家恒去信用社请求贷款，请主任和信贷部的人员看自己的工厂和服装，又请他们去市场看销售情况。

主任感动了："行，马上给你贷款。"他从邻近的信用社借了指标，给佟家恒贷了五十万元。

永恒皮装厂车水马龙，厂外面排着长队等着拿货。

佟家恒的永恒牌皮衣一炮走红，一时间成了佟二堡的抢手货和市场标志。

第十二章

各 自 分 家

　　高老算羽绒服的生意越做越好，满洲里的老板不停地发电报、打电话催货，时间越快越好，数量越多越好。高老算打着算盘对两个儿子说："现在不能发货，再等等看。"

　　"为什么？"高大明不懂。

　　高老算说："现在逼着他们给钱，现在是卖方市场。要拿现钱。"

　　高大白说："定、定钱，不、不是给了吗？"

　　高老算说："现在不是要定金是要全款，一分不能少。不然，就不给发货。"

　　大白还想争辩，高老算说："你懂什么？做买卖要看形势。现在是我们说了算，他们求我们。就像当年我们去石狮买裤子。我们求人家，吃了那么大的亏，你忘了那个教训？现在，逼着他们拿全额货款，不然的话，不给发货。"

　　满洲里的两个老板来电话了，答应给全额货款，请快点发货。高老算仍然不发货，一定要见到钱才发货。这叫不见兔子不撒鹰。对方焦急地打来几个电话，高老算一个劲儿地找理由推托。又坚持了几天，对方的钱终于到了。他这才把货发出去。

这一万多件衣服有好多是不合格的，高大白担心这么发出去会出问题。

高老算说："有什么问题？当年我们买裤子吃了亏，现在是难得的好机会，过了这个村就没那个店了。"

高老算看着汇来的那么多钱，眼睛都红了，他把这些十元大票成捆地取回来，放在家炕上。这么多钱，可真是让他高兴啊。刁婆子在一旁，高兴得手舞足蹈。

高老算打着算盘，做出了一个谁都意想不到的决定：分家。"买卖做到现在，不能再这么捆在一起了，要分开，也为今后的事做准备。"

刁婆子不理解："干啥要分开呀，在一起干得好好的？你儿子又不是外人。"

高老算说："做买卖不像种地，钱多了就一定会分心。别说是儿子，就是两口子，也会分心的。钱这东西，有魔力。"

高家开会，高老算提出分家方案，把挣来的钱一分三份，老人一份，大儿子一份，二儿子一份。两个儿子都同意。但陈兰芝提出要分四份。高老算不懂，问为什么。陈兰芝说："我要离婚。我不能给你们高家生孙子，你儿子已经和那个李小姐明铺暗盖了。我已经忍了很久。而且我和你儿子已经分居好久了。事实上已经不是夫妻了。所以，我也应当分得一份高家的财产。"

这话一出，刁婆子第一个炸了："你不能生孙子，就打铺盖走人，还想要我们家的财产，没门。"

高老算也直摇头，自己辛辛苦苦挣的钱怎么能分给外人呢？

高大白坚决支持嫂子，他结结巴巴地说："应、应该，给、给嫂子，分、分一份。"

高大明不表态，给也行不给也行。

陈兰芝说："我带女儿离开你们高家，按理说你应当分给我一份财产，如果不分，我到法院起诉你们。分与不分，你们看着办吧。"说完就离开了屋子。

高家到底怎么分家出现了僵局。高大白火了，这个从不发脾气的男人突然有了男人气概，他结结巴巴地对高老算说："你必、必须给嫂子，分、分一份财产，不然，我就、就不认你、你这个爹。也离开，这、这个家。"他又大骂哥哥不是人，欺负嫂子，说如果你不分给嫂子一份财产，从今以后就不认这个哥哥。高大明想了想，对高老算说，应当给陈兰芝一份财产。

高老算反复打着算盘，按照婚姻法，女方还带着孩子，是应当得到一份财产的。真闹到法院，理亏的是自己。最后，终于决定分给陈兰芝一份。

刁婆子还是不愿意："她一个外姓人，怎么可以跟我们高家人平分呢？"

高老算说："这事儿，我心里有数。我把总财产核定少了。她也分不了多少，等她走了以后，我们一家再重新分一次。"

刁婆子一听，脸上见了笑容："还是你有心眼会算计，真是个经商做买卖的料。"

高家就这样分了家。高老算七减八减，把挣得的钱算成八万，分成四份，陈兰芝得了两万元钱。

陈兰芝带着女儿和自己的东西离开高家，在村西头租了一处房子。

陈兰芝离开高家，刁婆子万分高兴，唱着歌，说着讽刺陈兰芝的话。高老算对陈兰芝说："你走了，有什么事还可以回来。毕竟，还有我孙女在你那里啊。"

陈兰芝说："放心吧，就是有天大的事儿，我也不会回来找你们的。"

高大明看也不看陈兰芝，一早就带着李云霞去县里买结婚用的东西去了。只有高大白帮着嫂子打点东西，帮着搬家，他对嫂子离婚特别高兴。

可对嫂子离开高家，还是眼泪汪汪的。

赵翠华出口的一万件床罩发到了大连，却迟迟不见回款，没有多少底垫的她们已经几个月没有开工资了。这钱再不回来，就运转不了了。赵翠华急了，一个人去了大连外贸公司要钱。她费了很多周折，找到了外贸公司。一个业务员说："这事我知道，钱都没回来呢。做出口贸易，回钱哪能那么快呢？"

赵翠华说："你们当时说，两个月就给钱，现在已经四个月了。我们已经等不起了。"

业务员说："再等等，十天半个月就能有信啦。"

几句话把赵翠华支了回来。又等了二十多天，还不见货款回来，赵翠华第二次去要钱。她在外贸公司等了一天，吃着自带的干粮，喝自带的水。终于等到了那个业务员。他爱搭不理地说："怎么又来了？不是让你在家里等吗？钱还没有到呢，再等等吧。"

赵翠华苦苦哀求说："现在企业特别难，已经没有分文，什么都做不了了，请你高抬贵手，把钱给我吧。"

业务员想了想说："再等十天吧，到时候一定给你。"

赵翠华回到佟二堡已经筋疲力尽了。两个女儿问妈，钱要回来了吗？她摇着头，一句话都不想说。家顺来找她说："嫂子，几个工人要工资，家里没买油盐的钱了，再不给钱就跟别人干了。"

赵翠华说："再咬咬牙坚持几天吧。"

家顺说："嫂子，要不你跟我哥借点钱吧，他卖皮夹克挣了不少。"

赵翠华摇摇头，不同意去借钱。

佟家恒知道了这件事，晚上来看赵翠华。敲门，喊她的名字。赵翠华自尊心很强，就是不开门。家恒只好走了。

第三次去要钱，赵翠华暗暗告诉自己，这次要不回钱，就不活着回来了。她在镇上的地摊上买了两包耗子药带在身上。

赵翠华走进外贸公司大楼，见公司里里外外都在忙活贴标语打扫卫生。一打听，是新上任的外贸局长要来视察。她找到业务员，问钱的事。业务员没好脸子地说："你又来干什么？没见我们忙吗？接待新上任的一把局长。你的事过几天吧。"

赵翠华气得去找副经理，那个四十多岁的女副经理说："钱可能是到了。可现在接待局长呢，再等等吧。"

赵翠华说："再等就要饿死人了，就要出人命了。"

女经理生气地说："你开什么玩笑，怎么能死人呢？出去出去。"她把赵翠华撵了出去。

没有一点办法的赵翠华，就在大门口等。过了一会儿，几辆豪华小汽车停下，新来的外贸局长在几个人的陪同下走进大楼。赵翠华抢先一步，跑到新局长面前，大声说："你是新来的局长吗？我是灯塔佟二堡的赵翠华。经你们这里出口一万件床罩，半年多了不给钱。来了三次都让等，我已经等不起了。"

局长看着赵翠华，问女副经理："这是怎么回事？"

女副经理忙说："快给了，快给了。"

局长对赵翠华说："那你就再等等吧，我刚来，不太了解情况。"

赵翠华一听，急了。她拿出两包耗子药，当着局长的面吃了。众人一看都吓傻了。局长大喊："快，快送医院抢救。"众人将赵翠华抬上车，火速送到医院抢救。

一天以后，局长亲自去医院看望已经脱险的赵翠华，作检讨赔不是，答应马上给钱，还拿来了好多补品。赵翠华在医院住了三天，拿着十几万元货款回来了。几天的工夫，她消瘦了许多，鬓角全白了。

赵翠华回到佟二堡，把钱如数分给了大家。她对家顺说："我们也分开吧。这么在一起不行，还是各干各的，我也操不起那么多心。"

家顺开始不大同意，还想跟着嫂子继续干。但赵翠华态度坚决，把钱给小叔子分了一部分，让他马上结婚。赵翠华又对王秀芹说，我们也分开吧。王秀芹同意。

佟家恒找到赵翠华说："听说你做床罩不行了，还是改做皮装吧。二萍在我那已经成手了，我们一起干。"

赵翠华摇头。

家恒又说："你自己干也行，需要我帮你做什么？用皮子还是用钱都行。"

赵翠华说："我什么也不用你，皮装我也能做。"

高老算发出的羽绒服，通过满洲里海关进入了苏联。苏联人打开包装，发现衣服质量不好，有的羽绒外露，有的做工不合格。苏联边贸人员还拆开了几件衣服，羽绒里面掺杂着大鸡毛、垃圾。海关检查质量不合格，不准进口。做外贸生意的王经理赶紧和苏联人交涉，人家让他看产品。质量确实有问题，退回去没商量。王经理马上给高老算打电话，高老算不接电话，王经理又马上拍电报。电报送到了高老算的家里，高老算看完电报，微微一笑，把电报撕了。电报一封接着一封来，高老算一个接一个地撕。

王经理急得嘴上起了大泡。他对几个朋友说："我让佟二堡的高老算给算计了。你们马上跟我去佟二堡，找这个高老算要钱要损失。"他们连夜上火车。

高老算在家里收拾东西，他对高大明说："我要出去转一转，时间可能长一点。家里出什么事，都往我身上推。"

高大明问："能出什么事？"

高老算说："满洲里的王经理肯定会来闹的，这么大的损失。可当初我做买卖时的损失谁给赔啊？我在石狮损失了那么多条裤子，还让人撵着跑。如今，我再跑一回吧。"

高大明问："那以后怎么办？"

高老算说："羽绒服的生意肯定是不做了。我看佟家的皮衣做得好，等我回来，咱们做皮衣吧。"

王经理一行下了火车，高老算一个人拿着皮包上了另一列火车，两列火车向不同的方向驶去。

王经理一行来到佟二堡，找到了高老算的家。高老算不在，不知去向。

高大明说："我们已经分家了。羽绒服的生意是爹做的，与我无关。"

王经理一行去派出所，所长说这是商业上的事，我们不管。王经理又去找镇政府，一位副镇长说，这是你们个人交易的事，有问题找工商，或者去法院。王经理又去工商所。万所长说："这事不好办，你骗我我骗你的。上次我们佟二堡的人被石狮的人骗了，我们去石狮讨公道，南方就是保护，一点办法都没有。所以你们这样的事，我们也管不了。要不，让你们工商所的人来找我吧。"王经理听了直摇头。王经理又去找法院。一位法官说："这样的事太多了，没法立案，你们还是去找工商吧。"

王经理气得大骂："佟二堡是个骗人的鬼地方！"发誓今后再不和佟二堡人做买卖。

第十三章

眼 睛 红 了

佟家恒完全没有想到，他的皮衣厂会在这么短的时间里火起来。每天来这里等拿皮夹克的贩子们排起了长队。做出来的皮衣，拿到大厅里，一会儿就被抢购一空，要货的电话电报不断。张师傅建议他扩大生产，于是赶紧进了一些设备，车间扩大了，院子扩大了，招工广告到处都贴，来厂报名的人也排成了长队。佟家恒感叹，这是怎么了？挣钱怎么这么容易？人们买皮衣都像发了疯一样啊。

佟家恒皮衣的制作成功，对佟二堡人震动很大，人们纷纷效仿，你能干，我也能干。一时间，佟二堡皮装行业风起云涌。

高老算满脸带笑地回到了家。刁婆子马上说："亏得你走了，满洲里来人了，闹了好几天，没找着你，这才拉倒。"

高老算打着算盘说："他能算过我吗？我是谁啊？我就是一个天生能挣大钱的商人。我这次出去又挣了一大笔。"

"怎么又挣了？"刁婆子问。

"他们去河北辛集买皮子，我去了广东，那里皮子比辛集又好又便宜。我这次定了一大笔货，很快就发过来。咱们赶紧组织人员生产皮衣。"

"可是人手不够啊，两个儿子都分出去了。"刁婆子说。

"招人啊，这附近三里五村的都可以招。还有，两个儿子虽然分出去了，可毕竟是我儿子，都姓高。我发回来的皮子，可以给他们一些，让他们都做。但手续费、劳务费我还是要加上一些的。当爹的，我也不能吃一点亏。"高老算说。

刁婆子听了还是摇头："可是，咱们也没有明白人呀，佟家发财，就是因为来了一个皮匠。"

"这个我自有办法，用不了几天，张皮匠就是我的人。"高老算蛮有把握地说。

"真的?"刁婆子吃惊地问。

张师傅在佟家干了些日子，很顺心。他就一个爱好，喜欢喝点小酒。晚上，他去村头小商店打酒，被高老算拦住，不由分说把他拉进了路边的小饭店。

"我叫高老算，你知道我吧?"他自我介绍。

"知道知道。头几天，满洲里来人，闹得全镇人都知道了。"张师傅打量着高老算说。

"知道就好。"高老算点了两个好菜，要了一瓶好酒，"我呢，就想认一下你这个大师傅，我也想做皮装。"

"做皮装好呀，能挣大钱。"张师傅喝了一口酒说。

"我知道，佟家恒能挣大钱，那是因为有了你。你懂设备，又懂技术，是你帮了他。要不然，他一个泥瓦匠，只会砌墙盖房子，哪能挣大钱呢。"高老算也喝了一口酒。

"那是。"张师傅点头，干了杯中酒。

"你帮我上设备，提供技术，我给你大价钱。你看怎样?"高老算给他倒满了酒问。

"这事儿，我得跟家恒说说，他同意才行。"

"管他什么闲事，谁给钱就给谁干呗，你不就是为了挣钱吗?"高老算举杯说。

"也不全是，家恒跟我的侄子处得好，我也是照着面子才来的。"张师傅说完，和高老算碰杯干了。

不管高老算给出什么好条件，张师傅就是那句话：这事儿得家恒同意才行。两个人把一瓶酒喝光了，走时，高老算给张师傅拿了两瓶酒一条烟。

张师傅回去跟家恒说了这件事："高家也要上皮衣。请我去帮忙，你看行不?"

家恒问："你答应他了吗?"

张师傅说："没答应。"

家恒想了想说："那你就去吧。都是一个村的，能帮就帮一把。这边的工资我照发。"

高老算把张师傅请到自己的工厂，帮着买机器，调设备，整整干了三天。临走，高老算突然说："你就别回佟家干了，就在我这干吧，他给你出多少钱，我是他的二倍。"

张师傅摇头说："不行。我答应临时帮你，怎么能见钱眼开呢？家恒人好心眼好，你们是一个村的，不能这样挖墙脚。"

高老算还一个劲地说要多给钱，以为是张师傅嫌钱少，但都被张师傅顶了回去。张师傅回去把这件事告诉了家恒，并提醒说："家恒，你要小心高老算，他的人品远不如你。"家恒听完哈哈一笑。

高大明和李云霞正式住到了一起。李云霞说："我想结婚，正式登记办手续。"

高大明说："我刚离婚，马上再婚不太好，你等等吧。我们现在最重要的是做皮衣挣钱。"

李云霞不知是计，就满口答应。

高大明在镇上租了一个供销社的仓库，开始进设备招工人，并从高老算那里拿来一批皮子，开始生产皮衣。李云霞是一个心灵手巧的姑娘，能说会道，学什么都快。她看着张师傅裁皮子，左比划，右比划，看看就会了。她先在报纸上裁，裁出纸样子，再放到皮子上。几天下来，就成手了。她还会管理人，车间里上上下下，都听她的指挥。不少人叫她老板娘，她乐呵呵地答应。

刁婆子看见了，就偷着对高大明说："你别光让她做衣服挣钱，她的任务是给咱高家生孙子，这事你可千万别忘了。"

高大明说："没忘没忘，我天天都做着呢。"

晚上，干了一天活的李云霞一点力气都没有，吃过饭就想睡觉。可高大明仍然要做那事。李云霞说："太累了，睡觉吧，等明天吧。"

大明说："不能等，我妈今天还说呢，生孙子是我们高家最大最大的事了。"高大明不管她累不累，愿不愿意，仍然做那事。还让她变换各种姿势，李云霞不干。他抬手就是一巴掌："我跟陈兰芝生女儿的时候，就是这样做才生的。"

李云霞问："那以后为什么没生出儿子呢？"

高大明说："那是她不行呗。"

高大白找到陈兰芝说："嫂子，你……"

不等大白说完，陈兰芝打断他说："你别叫我嫂子，我已经不是你嫂子了。"

高大白一听，笑了。赶忙说："不、不叫你嫂子了，叫、叫兰、兰芝。"

陈兰芝说："也别这样叫。我比你大，你就叫我姐姐吧。"

高大白说："我不、不叫姐姐，就叫兰、兰芝。"

看着他不高兴的样子，陈兰芝想想，点点头："随你便吧，叫什么都行。"

高大白想跟陈兰芝合伙儿做皮衣，陈兰芝不同意。

"为、为啥？"大白问。

兰芝说："我现在离婚一个人，要处处小心，省得别人说闲话。我想自己做皮衣。"

大白一时无语。

陈兰芝心灵手巧与众不同，她先到县里和市里的新华书店，在那里翻来翻去，找几本带图片带设计图纸的女装书，爱不释手，买了回去。晚上，她看着图纸，对着图片，用旧报纸做样子，反反复复地设计，修改，弄出了几件新颖的女式服装样子。她听说河北辛集卖皮子，就一个人坐车去了那里。挑来选去，最后买回了最好的最贵的颜色最鲜艳的皮子。

听说陈兰芝要做皮衣，佟家恒考虑再三，还是来了。这是他第一次迈进她家的门，心里还是怦怦乱跳。

"你来了。"仿佛知道他会来似的，兰芝平静地说。

家恒看看屋子："女儿呢？"

"送走了。"兰芝微笑着回答。

"你也要做皮装？"

"是啊，你快看看我买的皮子和我设计的样子。"兰芝高兴地把那些鲜艳的皮子抱出来，还有很独特的纸样子。

家恒认真地看着，他现在才知道，兰芝是一个与众不同的女人。"好啊，样子好，皮子也好。"家恒赞不绝口。他本想来帮兰芝的，现在看已经没有必要了。这时，高大白来了，看见佟家恒在，他满脸不高兴："你怎、怎么来、来了？"

"怎么，我不能来呀？"家恒反问。

"你、你……"大白一急，说不出话来。

兰芝赶紧打圆场："是我让大哥来，帮我看衣服样子的。"

大白还是满脸不高兴。

陈兰芝做出了一件颜色鲜艳、款式新颖的女式皮衣，她把这件衣服拿到了皮装大厅，立即有几个顾客围过来，问多少钱，想购买。还没等陈兰芝说价，几个顾客就自己竞起价来，一个比一个高，最后一个顾客拿出两千元买走了皮衣。这让陈兰芝明白了，衣服不在多，在好，在稀。她马上回到家，继续剪裁加工，除了吃饭就是干活，一直干到深夜。一件一件新式的女式皮衣做出来了，拿到市场，卖得都比别人的贵很多。

赵翠华帮着家顺准备婚事。家顺花钱仔细，什么都不想买，花一分钱都掂来掂去。他对赵翠华说："嫂子，这婚事，我、我不办了。"

"为啥？差钱吗？嫂子给你拿，你妈是因为我过早离世的。给你办婚事，嫂子出钱应该。"赵翠华说。

"嫂子，现在全村都在做皮衣，我想把钱用在刀刃上。"家顺说。

赵翠华理解家顺的心情，可结婚这么大的事也不是儿戏："这事儿，你和爱菊商量了吗？"

这时，爱菊过来了。"嫂子，我和家顺想的一样，把钱用在做皮装上。"

"可是，这样就委屈你了。"赵翠华担心地说。

"不委屈。我和家顺旅行结婚，就去河北辛集，把结婚的钱用来买皮子。"

看着这两个年轻人，赵翠华连连点头。

佟德奎已经不怎么去地里干活了，那把锄头已经生锈了。白天，他几乎就在大市场里帮着看摊位，有时也上上手，帮讲讲价。中午给买个盒饭，还不时从家恒的工厂往大厅里运衣服，有时还帮着数数钱。看着一把一把的票子进到自家的兜子里，他的眼睛里闪着兴奋的光芒。晚上，他就来到家恒的工厂，帮着打扫卫生。他把院子打扫得干干净净，没有一根杂草，还在门口栽了两棵槐树。他说他喜欢槐树，就像当年在生产队院子里一定要栽一棵槐树一样。晚上，他就坐在新栽的槐树下，看着车间灯火通明，心里有一股说不出来的快乐。六十多岁了，他觉得自己一点都不老。十点多钟了，工人们才下班离开。他刚要锁大门，家恒走了过来。"爹，我雇一个打更的吧，你年岁大了，别跟着忙活了。"

佟德奎摇着头："我行，用别人我不放心。你说怪不怪，过去我看做生意的，就是一个字，烦。这阵子看你们做生意，看着看着，我也不烦了。做生意也是靠劳动挣钱，和种地一样光荣。说不定，我哪天也找几个人做皮夹克呢。"说完自己情不自禁地大笑起来，家恒也跟着笑起来。

佟大萍在学校当代课老师，每月就挣几百元钱，她认识了一个男朋友叫刘长锁，也是代课老师。看着全家人都在做皮装挣大钱，她的心也不平静了。她对刘长锁说："咱俩一个月挣的钱，还没有爹一天挣得多，当老师有什么意思？"

刘长锁说："我看佟二堡做皮装都已经疯了，人人做、家家做，都挣了大钱，我也不想当老师了。"

佟大萍说："那我们去找领导辞职吧。"

刘长锁说："先别辞职，就说有病，请个长假，我们干干看。"

两个人拿着假条去找学校领导，校长说："现在学校正缺人手，你们也涉及到今后的转正，能不请假，还是不请吧。实在要请，也只能给一个人的假。"

大萍想想，还是男人干大事，就让刘长锁请了长假，并保证不怕今后转正受影响。

长锁有热情，请了长假就开始四处借钱，进设备，招工人，买皮子，做皮衣。大萍白天上课，余下时间就做皮衣，两个年轻人就风风火火地干了起来。

　　佟二堡村成了皮衣村，家家户户都在做皮衣生意。连附近的十几个村子，也都做起了皮衣。刚刚从土地里解放出来的农民，看到了经商做买卖的挣钱机会，他们不顾一切地扑了上去。就像饥饿的人看到了面包一样，他们的眼睛都红了。

第十四章

走 出 国 门

在首都机场航站楼，佟家恒和高大明不期而遇，两个人都没有想到会在这里见面。佟家恒仍然穿得普普通通，像个农民。而高大明却西装革履，像一个很有实力的商人。两个人一问才知道，他们是参加北京组织的一个皮革考察团，到芬兰和苏联考察。领队告诉他们，辽宁佟二堡，我就通知了你们两位。我知道你们俩皮革生意做得好，是领军人物，所以才领着你们出去开眼界的。

在出国通关的时候，边检人员问前面的高大明："你是做什么的？"他大声回答："我是商人，佟二堡做皮草生意的商人。"他顺利通关。随后问后面的佟家恒："你是做什么的？"家恒回答："农民。"

"农民出什么国？"边检人员追问。家恒不知道怎么回答。这时领队赶紧过来，说他出身是农民，现在是做皮草生意的商人，这是随团出国考察国际皮革市场。边检人员听了情况，才盖章放行。

高大明看不起佟家恒，批评他说："你怎么能说自己是农民呢？农民是什么？农民是种地爬垄沟的。我们现在是商人，是有钱的商人。"说着拍拍自己的腰，自言自语道："腰粗了，有钱了。"又拿出一张美元："这钱为什么就能在全世界花呢？我们的人民币咋就不好使呢？我拿了那么多的人民币才换了这十几张美元。"

家恒说："就因为这些，我说还是农民。好多东西都不懂。卖几件衣服就算是商人了？挣几个钱就是商人了？我们离真正的商人还远着呢。"

"远什么远，我现在就是商人。"高大明白了家恒一样，独自走开。

飞机上，两个人座位是紧挨着的。高大明坐过一次飞机，就大讲坐飞机的感受，吹嘘自己见过世面。家恒则一言不发，拿起飞机上的报纸，全是外国字，一个不认识。拿起画报，全是外国美女，把画报扔到一边，闭目养神。

飞机刚起飞，高大明就要上厕所，外国空姐不让他走动，说外语。他一句也听不懂，还跟空姐大声吵。领队过来告诉他，厕所的红灯亮了，不能去，绿灯亮了才能去。飞机供应午餐，每人一份，高大明说不够吃，又要一份。高大明要喝酒。空姐拿来了外国洋酒，给他倒了一点点。他一口干了，说不够。要把杯子满上，还要把一瓶都拿过来。空姐瞪大眼睛，吃惊地看着他，只好把一瓶白兰地递给了高大明。

高大明让佟家恒喝，家恒摇头不喝。高大明说："你装什么装，这外国洋酒我们那里很贵的。虽然不好喝，但不要钱，不喝白不喝，白喝谁不喝。"于是就一个人喝起洋酒，一会儿，把一瓶酒都喝光了，然后又要酒。空姐来了，看着喝光的瓶子，眼睛瞪得好大，连连摇头说对不起，没有了。

高大明喝多了酒，就在飞机上睡着了。他鼾声如雷，让四周人都不能休息。大家都不满意。特别是那些外国人，一个劲地摇头，连说"NO，NO"。佟家恒推高大明，让他醒醒。他说着梦话，声音还挺大。空姐过来，连连摆手，意思小点声。佟家恒看不过去，硬是把高大明弄醒。高大明揉揉眼睛，擦擦嘴角的口水，看看周围的人都在安静地休息，这才没说什么。他又把鞋脱了，光着两只脚。一会儿领队说："这是谁啊，这么臭。"

佟家恒发现，很费劲地帮高大明把鞋穿上。

下了飞机，领队说："我们要出机场海关，大家跟紧点，谁也别掉队。"

走在队伍后面的高大明看见了两个年轻漂亮的法国女郎，过去，只在画报上看过，现在看到了真人，袒胸露背，十分性感。他看呆了，忘记了走路。两个法国女郎看见这个呆呆看她们的中国人，出于礼貌和好奇，主动上前和他打招呼。高大明不懂外语，听着没反应。两个美女用英语又说了一遍，高大明还是不明白。其中一个美女大胆地上前拥抱了一下高大明。他浑身像被电了一样，脸都白了，那呛人的香水味让他的脑子一片空白。两个美女哈哈大笑。高大明连声说"漂亮，真漂亮"。两个美女跟他挥手告别，高大明仍在云里雾里，仿佛是在梦中，看着她们的背影，恋恋不舍。

美女走远了，高大明清醒了，回头一看，自己的人全没了。周围都是外国人，一句话都听不懂，一个字都不认识，那么大的机场，去哪找自己的人呢？

十四名中国考察人员站在出关口等待，就缺一个高大明。领队焦急地问佟家恒："你那个老乡哪去了？"

佟家恒说："我也不知道。"

领队批评他："你不看着点。"

佟家恒说："我没有看他的任务。"

领队说："你们是一个堡的。"

"一个堡的怎么的，我们又不是一起来的。"家恒回答。领队无话可说，赶紧和翻译去找人。

高大明找不到队伍，急得满头是汗，他又内急，想去厕所，又不知道厕所在哪，问了几个人，言语都不通，最后问了一个警察，用手比划要去厕所。警察会几句中国话，指给他看。高大明赶紧去了，又分不清男女，冲进了女厕所。里面的女人惊叫,他赶紧跑出来,进了一旁的男厕所。

领队和翻译到处找人,看到了那个警察。翻译问见没见到一个中国人,警察说有一个进了厕所。领队进了厕所,找到了高大明。领队刚要批评他,高大明反倒发火:"你是怎么领的队?把我丢下不管了。你不知道我不会外语,不认得外国字吗?我拿了那么多钱出来,你就这样为我服务?"领队一听没话了,只好赔不是。他们来到出关口,大家埋怨高大明,高大明反倒振振有词,说看到两个美女,那个好啊。佟家恒气得说不出话,真是给佟二堡人丢脸。

出了关,上了车,来到了宾馆,开始分配房间,自愿组合,谁也不愿意和高大明一个屋,嫌他呼噜声大。领队对家恒说:"只有你跟他一个屋了,谁让你们是一个堡的呢?他毛病太多,你帮我看着点,算我求你了。咱们毕竟是在国外。"家恒点头。

芬兰首都赫尔辛基是一座古典美与现代文明融为一体的魅力都市,它地处北欧,位于东西方之间,冬季寒冷,夏季温暖。树木繁多,无边无际的森林犹如地毯一般。千万个湖泊和岛屿星罗棋布。市内街道宽阔,美丽清洁,到处是苍翠的树木和如茵的草坪。

第二天吃早餐时,领队问佟家恒:"你睡得怎么样?是不是一夜没合眼?"

家恒笑着说:"我睡得香着呢,我打呼噜声比他的还大。"

众人听了哈哈大笑。领队又问:"那你飞机上为什么不打?"

家恒说:"那么多人,我一打,别人睡不着。告诉你们,因为打呼噜,我老婆都跟我分开好几年了。"

"真的?"领队吃惊地问。

高大明在一旁马上接话:"是他媳妇和他分开好几年了。人家也是做买卖的,挣的钱比他多。他呀就是个泥瓦匠出身。"

"那你呢?"领队问。

"我?我……我爹是生产队的会计,是铁算盘,我天生就是做生意的料。"

众人听后大笑。领队问:"生产队会计是多大的官啊?"

高大明一脸严肃地说:"现在已经没有生产队了,会计早下岗了。现在,我爹也是老板,生意比我做得好。"

大家说着话进了餐厅。餐台上摆放的全是西餐,面包果酱什么的,还是自助。高大明吃不惯。大声喊:"这东西我吃不饱,有没有大米饭,白菜炖豆腐再放点五花肉。"

众人大笑。领队说:"你以为这是在你们东北呢?你们是什么堡?"

"佟二堡。"高大明回答。

"对。佟二堡。好不好吃只能对付了。外国人都吃这个。大家将就吧。"领队说。

佟家恒吃得很香。高大明以为会有人给他端菜。见是自己动手,就说外国人服务这么不好,花这么多钱,连饭菜都不管端,太差劲。他拿了很多东西,左一盘,右一盘,结果只吃了几口,都剩下了。

吃过饭,大家上了一台中巴车,领队在车上说:"今天我们要去参观的是芬兰万塔的皮革拍卖市场。芬兰是全世界三大皮革市场之一。我们这次不是来买皮子的,是参观学习,看看国际上的皮子是怎么买卖的。国内的皮革市场,河北的辛集大家都去了,那里有些皮子也是从这里拍的。如果有一天,我们也能在这里举牌拍皮子,你就是一个真正的皮草商人了。"

众人听了领队的话议论纷纷,家恒不言不语。高大明大声说:"这没问题,用不了几年,我就会成为这里的常客。"

车行驶了一个多小时,来到了万塔,在皮草拍卖场前停下,大家下车开始参观。这里正在举行皮革拍卖,现场几乎都是外国人。有几个中国人，也像是台湾和香港的。买皮子的人手中都拿着一个号牌。拍卖师黄头发、蓝眼睛、大鼻子，他站在前面比比划划，意思是在介绍手中的皮子，然后下面就有人举牌，好像是报价。一人报完了，接着又有人报，反反复复十多次，最后拍卖师敲了一下手中的锤子，算是一锤定音，一手皮子拍完了。

看完这一切，高大明问领队："我现在有钱，可以进去拍皮子吗？"

领队摇头："不行，有钱也不行，你还没有取得竞拍资格，你们努力吧，干皮草这一行是有前途的。"

佟家恒一直无语，领队问他："你怎么不说话？"

家恒说："不会外语，到这里就是聋子哑巴。等我儿子长大了，一定要让他学好外语，也到这里当拍卖师。"

领队问："你有儿子？多大了？"

家恒一时无语，高大明在一旁马上接话："他有儿子，现在应当是十几岁了。可两岁多的时候，他老婆给儿子弄丢了。现在，他没有儿子了。"

家恒听了这话，心如箭穿，他狠狠瞪了高大明一眼："就你多嘴，不说话能当哑巴？"

"本来吗，我说错了吗？"高大明笑着反问。

佟家恒一气走开。领队又问高大明："你有儿子吗？"

"我？我有个女儿。不过，儿子一定会有的，这次回去就争取要个儿子。"高大明很有信心地说。

参观完拍卖场，他们考察商场。这里的商场虽然都不太大，但装修考究，内设漂亮，很有档次。店铺里摆挂着各式各样的皮衣、裘皮衣。领队介绍说："芬兰和丹麦、挪威、瑞典是水貂皮原料的主要供应国，国际上叫北欧四国。其中，芬兰的蓝狐皮最负盛名。"听着领队的介绍，看着那些做工精美、豪华漂亮的貂皮大衣，佟家恒激动不已，自己什么时候能成为做出这样高档大衣的皮草商人呢？他拿出相机拍照。女服务员直摆手摇头。领队说："人家不让拍，保护知识产权。"家恒不懂什么知识产权，趁服务员不注意，还是拍了些看好的衣服。

高大明选了一件很贵的女士大衣，让服务员拿出来，他不会说外语，女翻译过来帮他翻译。高大明要讲价，女翻译说："外国人不讲价，有的写打折。写多少算多少，不写就不能讲价。"

高大明听了直摇头。女翻译问："你买这么贵的衣服干什么？"

大明说："给我老婆买回去，要她给我生儿子。"

女翻译问："你们是原配吗？"

"不是，原配离了。"

"为什么？"

"不能生儿子，我有那么多钱，不能生儿子怎么能行呢？"

女翻译笑着说："重男轻女，有钱了你也是个农民，地地道道的农民。"

高大明拿出美元买了那件皮衣。

女翻译问佟家恒："不给你老婆也买一件皮衣吗？这里的衣服好。"

家恒听了摇头："这里的东西太贵了，我买不起。"

女翻译说："你不缺这几个钱，高老板都给老婆买了，你为啥不买？"

家恒说："我回去要给她做，做得比这里的还要好。"

"你能吗？"

"能。"家恒语气坚定地说。

晚上，领队把大家召集在一起开会。领队说："我们看了芬兰的皮草拍卖市场和商场，就是要让大家开眼界，回去做好我们的皮草生意。我们这次又特别申请了去苏联的伊尔库茨克。过去，我们搞边贸要通过中间商，一部分钱让中间商挣了，这次我们直接去，和他们的商人直接谈。"

高大明一听马上说："对，我过去就让满洲里的商人挣了不少钱。"

就是来找你的，有点急事，请你到我家去一趟。"

佟德奎说："张师傅你别跟他走，他没安好心。"

高老算说："我在佟二堡也算是个有头有脸的人物，钱也不比你少。买卖也不比你家差，我就找张师傅有点事，到我的厂子去一趟，不行吗？"

两人又吵了起来，还要动手。张师傅一看不好，就答应了高老算的请求，佟德奎气得直骂，说他找你一定是没安好心。

高老算并没有领张师傅去他家的工厂，而是去了村东头的那个小饭店。他知道张师傅就一个爱好，爱喝点小酒。要了酒和菜，两人喝了起来。三杯酒下肚，高老算说："你还是离开高家，到我的工厂里来吧。钱好说，你开个价吧。"

张师傅连连摇头："这不是钱的事儿，家恒对我不错，我不能一脚踏两只船。"

见没有商量余地，高老算把筷子一放，语气严肃地说："你不帮我也行，但你必须马上离开佟家。你帮佟家就等于害我们高家。他的生意好就等于我的生意不好。你要马上走，离开佟二堡。"

一听这话，张师傅愣住了。再看看高老算，刚才还满是笑容的脸已经布满了杀气。

"你也知道我高老算什么事都做得出来，赶紧走吧，越快越好。"高老算把一盅没喝的酒倒在了地上。

晚上，张师傅接到一个陌生人送来的一封信，打开一看，是封恐吓信，还有一个子弹壳。信上说，你要不马上离开佟家，就有生命危险。张师傅看了很害怕，马上收拾东西。打更的佟德奎看见了问："你要干什么？"

张师傅说："我家里来信了，我老婆病了，我要马上回去。"

佟德奎说："你要回去也要等我儿子回来再说，你走了，厂里的生产怎么办？"

张师傅说："生产的事，我都已经安排好了，五六天没问题，家恒就要回来了。"说完，连夜离开了皮衣厂。

看着张师傅匆匆忙忙地离开，佟德奎感到非常奇怪，知道他收到了一封信。可这信不是邮局送的，是镇里人送的。怎么能说是家里来信老婆病了呢？这里面一定有鬼。

第二天，高老算又来厂里找张师傅。佟德奎气呼呼地说："他走了，昨天半夜就走了。你去沈阳找他吧。"高老算听了十分高兴，立即哼起了小曲。

佟家恒和高大明坐着同一辆出租车回来了。

佟德奎问儿子："你怎么能和高大明一同出国？"

高老算也问儿子："你怎么能和佟家恒一同出国？"

两个儿子异口同声回答："不知道。"

佟家恒回到厂里，他给张师傅带了两瓶洋酒，要送去。佟德奎说："张师傅走了，昨天半夜走的，接了一封什么信。我怀疑有人在搞鬼。"

家恒说："走就走吧，靠人家帮也不是长久之计，还要自己干。这次出国开了眼界，学了很多东西。皮装行业，可以放手大干。在苏联我又认识了一些商人……"

正说着话，家顺两口子来了，赵翠华也来了，两个女儿还有佟姓的一些人都来看佟家恒，让他讲讲出国的事儿。家恒拿出一些照片让大伙看，讲芬兰拍皮子的情景，讲外国的皮衣款式质量价格，还讲苏联伊尔库茨克的市场情况。经他这一讲，群情振奋，个个摩拳擦掌，要大干一场。

高家也是一样。高大明跟高老算和高大白李云霞等人讲出国的收获，还拿出给李云霞买的皮衣让大家看。高姓的一些人也来到了高家，听高大明讲出国的收获。高大明会讲，从坐飞机喝洋酒讲起，讲国外女郎如何漂亮。高大白几次打断哥哥的话，问一些外国市场的情况，皮子的质量和价格。高大明还真说不清楚，他只是走马观花。他拿出两盒外国糖，打开一瓶洋酒，让大家品尝。高老算说："不管怎样，大儿子出国看到了国外皮装的情况，没的说，干了准保挣钱。机不可失失不再来，抓紧干吧。"高家也群情激奋。

佟二堡点燃了做皮装的烈火，家家户户都在做皮衣。日日夜夜灯火通明。

赵翠华一个人挑灯夜战，一件又一件地做着皮衣。佟家顺和媳妇王爱菊也夜以继日地做着皮衣。

王爱菊不停地呕吐，她怀孕已经两个多月了，反应很厉害。家顺让她休息，她不肯，继续干活。家顺给她倒了一杯开水，怜惜地摸了摸她的头，告诉她别太累了。

佟大萍和刘长锁早已把书本推到了一边，边裁皮子边商量，刘长锁是学数学的，还计算着比例。

王秀芹一家也在点灯夜战。

佟家恒的工厂，夜里十点钟，工人们还在加班。佟德奎送来了饭菜。佟家恒和二女儿一边研究设计一边剪裁，二女儿心灵手巧，看着那些照片，就能用纸裁出样子。然后照着样子裁皮子，一件一件的皮衣加工出来了，佟德奎帮着打包，累得满头是汗。

高老算的工厂里，工人们正在加班。高老算背着手来回巡视，刁婆子一个劲地催着。快点快点，怎么这么慢呢。一个工人说，这活要细功夫。刁婆子说，要什么细。我要的是快，差不多就行。高老算也说，这是出口的，对付苏联大鼻子差不多就行。

高大明和李云霞在自己的工厂里组织生产，高大明坐在那里喝着茶水抽着香烟哼着小曲，而李云霞却一件衣服一件衣服地看，认真检查。

高大白来到陈兰芝住处，陈兰芝还在做皮衣。他过去给陈兰芝倒水，递过擦汗的毛巾。陈兰芝冲他笑了笑。大白看她桌前摆着女儿的照片，就问："你、你想、想兰兰吗？"

"想。当妈的哪能不想？这种感情没做过父母的肯定不理解。等你将来当了爹就知道了。"

高大白说："我、我除了嫂、嫂子，谁也不、不娶娶。"

"去，别胡说。等我遇到了好姑娘，介绍给你。"兰芝说。

沈阳火车站。一列开往满洲里的火车停在那里，旅客开始上车了。火车站外面，两辆长途汽车从远处驶来，车还没停稳，从两台车上跳下了佟家恒和高大明。一车是佟家人，一车是高家人。他们喊着："快，快拿好东西，下车，火车要开了。"

佟二堡人从车上拿下大包小包，男男女女背着大包，提着小包，急匆匆地往火车站里跑。高大明跑在最前面，赵翠华、陈兰芝、王秀芹、佟家恒、王爱菊都在队伍中。皮衣拿得太多了太沉了，女的拿不动，走走停停。家恒跑到检票口，气喘吁吁地拿票说："汽车晚了点，我们有六十多人，是灯塔佟二堡的。"女检票员说："你们快点吧，车就要开了。"

开车的铃声响了，但上了车的人只有十几个。佟家恒握住车长的手："车长，不能开车，人还没上齐呢。我们是要出国的。"

车长焦急地看着手表，看着一个个背着大包跑来的人："看来这趟车要晚点了。你们是哪儿的？背这么多东西干什么？"

佟家恒马上说："我们是佟二堡的，去苏联卖皮夹克，照顾照顾吧。"

列车长同情地点点头。

最后一个上车的是二萍，她像个假小子，背个大包，包比她个头都高。她艰难地跑到车门口。列车长说："你快点吧，晚点五分多了。"

二萍说："我都累得不行了。"

列车长听声音定神一看："你，你是个女孩呀。"

二萍说："是，我是个丫头。"

列车长说："谁家的爹妈这么狠心，这么小的女孩就背这么大的包。"列车长说着，帮她把大包抬上了车。这才举起手中的绿旗，列车缓缓启动。

车厢里本来就非常拥挤了，又上来了这么多拿大包的人，他们又没有座号，大包小包把车厢堵得满满的，连车门口都是东西。佟家恒大声地说："咱佟二堡人听好了，女的找个地儿坐下，看好自己的东西。男的都钻椅子底下去，可以睡觉。"于是，男的就往椅子底下钻。有的铺报纸，有的放塑料布，有的什么也不放，躺下就睡，鼾声如雷。

列车行驶着，佟二堡人喝着自带水，吃着干粮，车厢内无法走动，去厕所都非常困难，几个睡在椅子底下的男人就用瓶子解决小便问题了。

一个坐在窗口的戴眼镜的男子问："你们是干什么的，这么多人。"

佟家恒说："我们是佟二堡做皮衣的，到苏联做买卖去。"

"你们是农民吗?"男子仔细打量他们。

"对，地地道道的农民。你看手上的老茧还没掉呢。"家恒伸出手让他看。

男子一听十分兴奋："农民做皮夹克，出国去卖，多好的题材啊。这可是改革开放的伟大成果，快给我讲讲。"

"你是谁? 干啥的?"家恒问。

"我是记者，一个全国最有名的报社的记者。"男子说着掏出了记者证，"你快给我讲讲你们的事儿吧。"

"我不会讲啊。"家恒摇头。高大明在一旁马上接话："我会讲，我能讲，我刚出国回来。"

"你还出国了? 一个农民?"记者不相信地问。

"对，我去了芬兰和苏联。我给你讲讲咱们佟二堡做皮夹克的事吧。"

高大明爽快地说。

"那太好了。"记者掏出了笔和本。高大明对旁边的一个旅客说："你让个地方，让我坐会儿，我接受采访呢。"那旅客马上把位置让给了他。高大明坐到了椅子上，伸伸胳膊伸伸腿，开始绘声绘色地讲起了佟二堡人做皮夹克的事。高大明能说会道，能言善辩，又会形容，又会描述。记者边听边记边点头……

满洲里中国和苏联的边贸口岸已经排了很多人。过境的人太多，过关速度又太慢，佟二堡的六十人背着大包小包焦急地等着。

"这么慢，啥时能过去呢？"家恒说。

高大明脑子快："我有办法。"他找到了那个记者，"大记者，我们过关要排大队，等那么久。你是大记者，帮我们疏通疏通，快点过去。然后我还给你讲佟二堡人更精彩的故事。"

记者点头："行，我去试试。"记者领着他来到领导办公室，拿出记者证。

海关领导一看是大报的记者，忙客气地问："您有什么事？需要帮助吗？"

记者说："我正在采访一批佟二堡的农民，做皮夹克出国贸易的事，题材特别好。现在他们正排大队等着过关，能不能让他们先过一下，我也要过去跟着采访。"

领导说："行，马上就办。"于是，另开辟了一个通道，佟二堡人很顺利地出关过境了。

到了赤塔，伊尔库茨克的商人都在那里等着。打开大包小包，看着皮夹克，双方就开始讲价钱。苏联人有的会说汉语，有的认识汉字，现场交易一片热闹，佟二堡的皮衣非常受欢迎。高大明会讲价，少了不卖。他卖得最慢，别人都卖出去了，他才最后出手，每件多卖了二十元钱。佟二堡的衣服都卖出去了，每个人的脸上都绽放着快乐。兜子鼓鼓的，里面装的都是钱。有的不放心，把钱装在女人的长裤子里系在腰上。那位记者在不停地采访拍照。佟二堡人欢歌笑语踏上了返回之路。

一张全国最重要的报纸在头版头条发表了那位记者写的报道《百名农民闯边贸》，旁边的照片是佟家恒和高大明在边贸做买卖的情景，还特发了一个短评，题目是《农民的伟大创举》。

灯塔县委常委会议室，正在召开常委会议。县委书记汪明手拿刚刚看到的报纸，一脸严肃地说："佟二堡的皮装市场刚刚建立，就发展得这么快，农民们已经自发地走出了国门，而我们却相对落后了。我们要提高认识，主动工作，把佟二堡这个皮装产业基地真正搞起来。"

镇里召开大会，表扬了佟家恒和高大明带头发展皮装的事迹，奖励两个人一人一辆幸福摩托车，给他俩披红戴花。田书记讲话说，胆子还要大，步子还要快，要扩大生产，扩大规模，扩大对外贸易。银行的人来了，主动找到佟家恒给贷款一百万。家恒有些担心。行长说，放心用吧。不用担保。

家顺夫妇开始向亲属家借钱，扩大生产规模。高大明从银行贷了一百万，他嫌少，又贷了四十万，一定要比佟家贷得多。高老算不停地打着算盘，银行的人问他贷不贷款，他摇着头说："这钱不贷，借的钱早晚得还，还得付利息，不划算。"银行的人说他年纪大，思想太保守。但高老算就是不贷。

佟大萍和刘长锁这次挣了一笔钱，本想用于结婚，可看别人都在弄钱扩大生产，两人商量婚先不结了，又从学校老师高息借了不少钱，准备买皮子，多做衣服，多挣钱。

佟二堡人挣钱都要疯了。

第十六章

风 云 突 变

　　佟家恒和佟家顺领着二十几个人来到了河北辛集买皮子，一问价格，比上次涨了好几元，才几天的工夫，就涨了这么多。

　　家恒和家顺与几个老板砍价，对方都一口咬定不降低，并且说你们今天不买，明天还涨。家恒不信，转了一天，没敢出手，就在小店住下。家顺几人喝起闷酒。家恒弄不明白，怎么说涨价就涨价呢。

　　第二天，他们又去市场，皮子比头一天又涨了两元。问为什么，老板说我们也不知道，今天不买明天还涨。家恒和家顺等人犹豫，这么贵的皮子，回去做衣服，是要赔的，他们没敢出手。

　　第三天，他们再去市场，皮子骤然又涨了四元，而且买的人多了起来。人都是这样，买涨不买跌。家顺买了，家恒还是犹豫。

　　这时看到了高大明和高大白，家恒问大明："你们怎么来了，不是去广东了吗?"

　　高大明说："我们是刚从广东飞回来的，那边的皮子比这边的还贵，也是一天一个价。快买吧，不然，明天还涨。"高大明高大白开始出手买皮子，买光了几个店，手中的钱都花出去了。

　　家恒咬咬牙："买吧。"他出手很大，只留了一点路费和吃饭的钱，其余的都花光。

　　一车车的皮子运回了佟二堡，家家户户都在加紧做皮衣。

　　一批一批衣服做好了，打包，用汽车运到火车站，装上车皮。

　　这是一九九一年八月下旬。家恒一直在听广播，关注苏联局势。他对高大明说："要不，咱们等等再运吧，苏联那边不太平。"

　　高大明摇摇头，瞪着眼："等什么等，都装车皮了，计划也下了。再说了，大鼻子太不太平关咱啥事。咱就是卖皮夹克挣大钱，政治的事咱不管。"车皮是他联系的，也只能按他的意见办了。十几个人上了车厢押运。火车从灯塔发车，开始还算顺利，一过哈尔滨，行车就不正点了，走走停停，停停走走，在一个小站停了两天多。他们下车买吃的，听人们说苏联出大事了，坦克都上街了。高大明这才有些惊慌，他问家恒怎么办。家恒无奈地笑笑说："走到这里了，只能听天由命啦。"他们买足了食品和水，做了最坏的打算。经过漫长的等待，列车又走又停，终于到达了满洲里。

　　他们费了好大气力，把一车皮衣卸下来，雇车运到了海关。这时才发现，对面的海关已经停关了。许多人和货物都堵在了这里。家恒去打听消息，海关人员摇着头，什么也不说。

　　而当地老百姓说得非常厉害，对面大鼻子已经停关十几天了，苏联政权变化，动枪动炮，什么时候能开关可不好说。

　　就这样，他们又等了三天，身上带的钱本来就不多，吃的喝的，已经花得差不多了。一些人不想等了要回去，开始贱卖他们带来的衣服。一时间，满街都是卖衣服的外地人。

　　焦急的佟家恒嘴上起了大泡，饭也吃不下，觉也睡不着。高大明更是急得团团转，他不时往家里打电话，请示高老算怎么办，到了关键时刻，他一点准主意都没有。是在这里苦等，还是把东西运回去，或是就地贱卖皮衣，大家的意见不一致。

佟家恒主张把衣服运回去。他来到火车站一打听，想运回去没有车皮，什么时候有不知道。

高大明主张就地把皮衣卖了，赔多少算多少。

家顺坚决反对，赔钱他受不了，他把钱看得比命还重。

高大白主张等，看看情况再说。

佟家恒的意见首先行不通，运回去没车皮，雇汽车费用太高，不合算，衣服肯定是运不回去了。苏联方面的消息越来越坏，问题越来越严重。等，不是办法。

高大明再次得到高老算的指令：立即卖衣服回来，认赔。他对家恒说："我不管你们了，我带来的衣服我自己处理。"他领着高姓的几个人，开始卖衣服。平时一百五十元一件的衣服卖一百元，没人买。卖五十元，有人挑挑拣拣买几件。家恒和家顺咬咬牙，五十元也卖吧。高家和佟家对面卖起了衣服。

高大明见有人去买家恒的衣服，立即大喊降价，五十降到了三十。家恒又咬咬牙，也降到三十。高大明见了，又喊降价。两伙人在这里打起了价格战。家顺一边卖，一边失声嚎哭，如同死了爹娘一般。家恒一言不发，紧锁眉头，心如刀绞。

高大明想得最开，剩十几件时，他大着嗓门喊："快来买呀，快来买呀，佟二堡的皮夹克，十元一件啦！"他卖得最贱，第一个卖完走了。

家恒和家顺坚持到最后，卖完了衣服往回赶，一路上舍不得吃喝，几乎是饿着肚子回到了佟二堡。

半个多月前，大家像送英雄一样送他们出去卖皮衣，可结果，他们如同打了败仗一样，差不多全军覆没，赔得很惨。

佟家恒回到工厂，佟德奎站在大门口槐树下等着儿子，看了很久很久，才轻声问："听说你们这次赔了？"

"嗯。"佟家恒有气无力地回答。他强忍着，没有流出眼泪。

"赔多少？"佟德奎又问。

佟家恒摇摇头，他不敢说几乎全赔了。

看看仓库里堆着那么多做完的皮衣，还有工人们正在加班加点干活，他的头"嗡"的一下，险些跌倒。佟德奎见了，赶忙上前扶住。"儿子，你咋啦？"

"我、我累了，我想睡一会儿。"

赵翠华来到工厂看他，拿了两瓶桃罐头，什么也没说，在他的炕前坐了很久。二萍跑来了，看着爹躺在炕上，哭着说："爹，你千万别病倒啊，赔了钱咱再挣。"这个丫头真有点小子的性格。家恒握着女儿的手，久久不松开。

家顺回到家，见到王爱菊就大哭起来，哭得昏天地暗。真的是男儿有泪不轻弹，只是未到伤心处。王爱菊给他一遍又一遍地擦干泪水，问他到底赔了多少。

家顺把兜里的几个零钱都掏了出来，放到桌上。

"怎么？就这么点钱？我的那么多衣服呢？"王爱菊不敢相信。

"别说了，别说了。"家顺再一次嚎啕大哭。

高大明回到家，进门就给爹跪下了："爹，我赔了，全赔了。"

高老算像什么事也没有发生一样，漫不经心地打着算盘，轻声道："我知道，我算出来了，这次赔大了。"

"爹，您真行，儿子服您了。这次，您没出手，既不买贵的皮子，也不多做衣服，您是没赔着啊，儿子真是服您了。"高大明说。

"快起来吧，做商人的，有挣有赔是正常的。挣得起咱也赔得起，我这点经验也是拿钱换来的。商人嘛，就是要在风险中挣钱，就像学游泳，哪能不喝几口水呢。"高老算说。

都知道佟二堡做皮衣的人赔了，此时，要债的人上门来了。

银行的主任上门找佟家恒要一百万元的贷款。说到期了，上边有政策，要按时收回。佟家恒说："钱都压住了，这次又赔了，能不能缓一缓？"

主任摇着头说："不行，到期必须还，你是用楼做抵押的。"

"现在要钱没有，有货卖不动。实在不行，你就把小楼拿走吧。"家恒狠了狠心，谁让自己赔了呢。

县委汪书记十分关注佟二堡皮装业的这次损失，他请县各银行从实际出发，多支持，多扶持，多放水养鱼，事情才得到缓解。

家顺的情况却完全不同了。他借的是私人钱，又是高息。媳妇的亲属顶门要债，他把家里的摩托车卖了，首饰卖了，还是还不上。亲属说得很难听，住在家里不走，最后，把佟家顺的皮衣都拿走了。王爱菊一急，和他们争抢起来，一不小心跌倒了，流产了。真是祸不单行。

赵翠华背着大包，开始走街串巷，卖自己做的皮夹克，她凭着自己的毅力，又去外市叫卖，没有亏太多，躲过一劫。大女儿大萍和刘长锁赔得挺惨，他们借的都是教师的钱。教师挣得不多，又都抠气，听说他们赔了，排着队到家里要钱，什么难听的话都说了，还找学校的领导，如果不及时还钱，学校就开除。刘长锁一急之下得了大病，住进了医院。大萍把家里值钱的东西都拿出来，"你们看什么好就拿什么，我佟大萍人不死账不烂，我保证都还你们。"她不用学校领导处分，自己主动辞去了工作，她发誓一定要在佟二堡再站起来。

刁婆子这些日子一直拉着长脸，她没好气地对李云霞说："你跟我儿子也一年多了，肚子一点儿动静也没有。我们高家找你，是为了生孙子。不能生孙子，赶紧走人，我每天做梦都是孙子。"

李云霞说："不能生就怪我吗？他怎么做我都配合，我去医院也检查了，医生说我没毛病。"

刁婆子一听不高兴了："你没毛病，那我儿子有毛病了？他要是有毛病，怎么能生出我的孙女来？"

李云霞一时无话。

刁婆子告诉高大明让李云霞马上走，我要孙子。高大明问高老算怎么办。

高老算打着算盘说："不能生孙子，那肯定是不行。你弟弟又是个怪性子，谁给介绍对象也不看，我也没办法。我想要孙子，让她走吧。"

高大明得到爹的指令，回家对李云霞说了这话。李云霞也想开了："我走可以，反正也没登记。但我是姑娘，这么老远地来了，和你睡了一年多，我能就这么空着两手回去吗？"

"那你想怎么样？"高大明问。

"我得要几个钱。"云霞说。

"可我已经赔了，没钱给你。"高大明说。

"那我不管，让我走，得有个说法，不然我决不走。"李云霞态度坚决地说。

最后还是高老算拿出了十万元，让李云霞走了。李云霞临走时说："我先走，等我生了儿子再回来，我就在佟二堡做皮装。"

一场风雨，佟二堡的皮装市场萧条起来，以往车水马龙的情景不见了，大厅里只有稀稀落落的几个人，许多摊位也无人经营了。

一张报纸报道，说佟二堡的皮夹克都是假的，用牛皮纸做的。接着，许多报纸转载。一时间，佟二堡皮衣假冒伪劣，欺骗消费者的消息满街都是，这让佟二堡人抬不起头来。

赵翠华背包去鞍山卖衣服。人家问："这衣服是佟二堡做的吗？"她说是。人家摇头就走，看都不看。再有人问，她就说不是佟二堡做的，是南方进的。人家看看，说质量不错，比佟二堡的好。

赵翠华问："佟二堡的衣服你买过吗?"

买者摇头说："没买过，听人说佟二堡的衣服假的多，质量太差，都是农民做的，糊弄人。"那人买了赵翠华的衣服走了。

赵翠华难过得流下了眼泪。

佟二堡皮装业进入了有史以来的第一个低谷期。

第十七章

艰 难 前 行

热爱土地，一生倔强的佟德奎受不了经商失败的打击。他一个人来到了自家的庄稼地，看着快要成熟的苞米，失声痛哭。

"我算完了，我佟德奎一辈子热爱土地，为啥要跟着做皮夹克？如今赔了，棺材本儿钱都没了，我可怎么办啊。"他悔恨至极，狠狠打了自己两个耳光。

他的哭声把高老算引到了身边。刚才，高老算在村口看见佟德奎一个人低头出来，便尾随其后。他突然出现在佟德奎的面前，哈哈大笑。

"佟德奎啊佟德奎，你也有今天。我跟你合作了这么多年，你是队长，我是会计，我可从来都没看到你掉泪啊。那年发大水，水那么大，村子都淹了，死了那么多人，你没流一滴眼泪。还有你爹死，你老婆子死，你孙子丢，你都没流过一滴眼泪。如今怎么了？嚎啕大哭，还打自己嘴巴。真好，来，再打一个，再哭一场。"

佟德奎看到高老算，愣在了那里。过了好久才开口："你、你怎么在这？这是我家的地，你来干什么？"

"我是看见你脸色不对，怕你有个三长两短，才跟来看看你。"高老算满脸笑容地说。

佟德奎三下两下擦干了眼泪："我就是来地里看看苞米。"

"看什么苞米，你已经有三个多月没进地里了。我高老算能掐会算，知道你来干什么，还知道你想什么。你不是做生意的料，你就是个下地种田的，这次亏大发了吧？赔的连裤子都要穿不起了吧？要不我给你买个皮裤头儿吧。"高老算说着又从兜里拿出算盘啪啪打起来，把佟家这次赔了多少算得一清二楚。

佟德奎听他说完反击道："我家是赔了，可你家也赔了，你用不着笑话我。"

"我家赔是我儿子赔，我高老算可没赔，我没出手，我会算，躲过了一劫。你们佟家赔了个底朝天，还是回来老老实实种地吧。"

高老算的话极大地刺激了佟德奎的自尊心，他有一个不服输的倔强性格。他原来想回心转意，再捡起锄头侍弄土地。现在，让高老算这么一讽刺，一挖苦，一奚落，他的犟劲又上来了："你高老算算什么，不就是会打几下算盘，我们佟家啥时候也没输过你们，不就是赔了一回吗，我就不信那个邪。我可以把苞米卖了，把房子卖了，我和儿子一同做，一定不让你看笑话。"佟德奎说完，转身就走。看着他的背影，高老算一拍手中的算盘，他又失算了。

佟家恒和高大明在村口不期而遇。家恒低头想躲开，却被高大明叫住："你别走，走什么啊。怎么不认识我高大明了？"

家恒看着他说："怎么能不认识你呢？你就是化成了灰，我也认识！"

"怎么说话呢？我知道你赔了心情不好，可以理解。"

"我赔你不也赔吗。"家恒平静地说。

"我赔的比你少多了，再者，我比你有家底，我有老爹，他可是一分没赔。"高大明得意地说。

家恒点点头。

"我早说过，你不是经商做买卖的料，还是到此收手，回城里的工地砌砖盖房吧。或者，跟你老爹种苞米吧。"

家恒冷冷地看着满脸得意的高大明，足足看了有五分钟之久，就像过去从来不认识一样，什么话都没说，转身走了。高大明得意地一阵大笑。

高大白和佟家顺同时来到了汽车站。家顺一脸愁容，大白垂头丧气。

"你，你干啥去？"大白主动开口。

"闹心，出去转转。"家顺回答。

"我还想、想干，可，不知道咋、咋干了。"大白说出内心的感受。

"我也是，想去沈阳看看，不能在佟二堡等死呀。"家顺说。

长途汽车来了，两个人上了车。

赵翠华来到了陈兰芝家，不知为什么，她对这个离婚的女人很有好感。两个人一见面就唠起了衣服。

"妹子，你赔了多少？"赵翠华问。

陈兰芝笑笑："没赔多少，我做得少，也没都拿出去。嫂子，你呢？"

"我，赔得不多，还有底。我还想干，你呢？"赵翠华问。

"我也想干。我又设计了几个新样式，你帮我看看。"陈兰芝说着拿出新的纸样子，两人认真地看起来。

两人说了会儿衣服，又唠起孩子。赵翠华讲丢失的儿子大鹏，夜里常能梦见，说着说着就哭了。兰芝给她拿毛巾擦眼泪，说也想送出去学习的女儿兰兰，也常梦见，说着也哭了。哭了一会儿，赵翠华骂高大明是个没良心的东西，喜新厌旧，不该把兰芝甩了。兰芝擦干了眼泪说："离开他更好，我真烦他。"

赵翠华问陈兰芝："你还找不找，都说你和大白挺好的。"

陈兰芝说："大白对我确实不错，我也把他当亲弟弟待，和他好会让人笑话的。"陈兰芝对赵翠华说，"你和佟大哥和好算了，丢了儿子谁都难过，可都好多年了。大哥那人多好呀。"

赵翠华说："我就是过不来这个劲，佟家就这一根苗儿，让我弄丢了，我对不起佟家人。等过一阵子，买卖好了，我给家恒介绍一个对象，一定要给佟家生个儿子。"

陈兰芝用敬佩的目光看着赵翠华，赞许道："嫂子，你真行。"说着想起了和家恒在河边的事情，不由得红了脸，赶忙低下头，不敢再看赵翠华一眼。

家恒来到了厂里，院子空荡荡的，佟德奎在给那棵槐树浇水，额头上闪着晶莹的汗珠。

"爹，都停产了，还来干什么呀？"家恒关心地问。

"停是暂时的，咱还得干下去，就像这棵树一样，别看刚栽的时候小，它一定会长大的。"佟德奎直起腰，擦了擦汗，十分自信地说。

"你是怎么啦，早上还说要种地呢。"家恒不解地问。

"我刚才看到高老算了，他抢白我一顿，说佟家只能种地不能做买卖。我本想不干了，也劝你别干了，咱就安安生生种地过日子。让他这么一抢白，我的犟劲儿又上来了。我明明白白地告诉他，咱老佟家不比他老高家差，买卖一定要比他做得好挣得多。"他说着从兜里拿出一个布包，打开，里面是一千元崭新的票子，"这是我给自己准备的棺材钱，你拿着做买卖吧，别嫌少。从今往后，我就是你这个厂子的第一个工人，我只干活，不挣钱。"

佟德奎的这些话，这个意想不到的举动，让家恒激动不已。他上前一下子把爹抱住："爹……"他感觉到爹的身子在颤抖。

佟德奎也把儿子紧紧抱住。

过了好久，家恒平静了自己的心情说："爹，这钱我不要。我要出去几天，到外面转转，透透气。厂里的事你多看看。"

佟德奎说："厂子交给我，你放心去吧。机器我天天擦，院子我天天扫，这棵槐树我天天浇。"

家恒又来到了省城的建筑公司，见到了张经理。张经理说："你们赔钱的事儿我知道了。做生意有赔有挣，很正常的事。说吧，找我什么事？缺钱还是缺人？"

几句话把家恒说得热泪盈眶："我，我想见见张师傅，他走我都没送着。"

"这好办，我马上打电话，中午安排一块吃个饭。"张经理说着掏出手机打电话。

中午，在一家大饭店，佟家恒见到张师傅，上前紧紧把他抱住，一句话也说不出来。张师傅说："我知道你们赔了。孩子，别伤心。就当是小孩学走路，摔个跟头。"

家恒点点头："我还想干，找您给我指点指点，下步该咋办。"

"咋办？"张师傅喝了口酒，想了想说，"要想干，就得提高质量，你们那么做皮衣不行，出口就更不行啦。你应当到外面学一学，去宁海看看吧。那是全国的皮装中心，看过了就知道怎么干了。需要我就吱一声。"

家恒点头，转了话题："张师傅，您在我那儿干得好好的，为什么突然离开呀？"

张师傅又喝了口酒说："这事儿，我本不想告诉你，可今儿个你来了，我说出来也无妨。因为你干得好，有人怕你好，不让我帮你。先是给我大钱让我离开你，我不干，后来又写恐吓信，还夹了个子弹壳。我不是怕，只是觉得你那里复杂，我走了，你就会省点儿心。所以我才不辞而别。至于那个人是谁，我就不告诉你了。"

家恒说："你不告诉我，我也知道是谁，这没什么。有这样的人在身边，我会更努力的。"

"好，我喜欢你这样的性格，你一定能干好的。"张师傅说。

佟家恒坐火车去了宁海，他看到了一个全新的皮革世界。他在那里一个工厂一个工厂参观，认真考察学习。又一个商店一个商店地看商品，看样衣，拍照，积攒了一大兜子资料。他吃得简单，睡得更简单，处处精打细算。离开宁海的时候，已经胸有成竹了。

一个在俄罗斯留学的中国大学生来到了佟二堡，他下了长途汽车，手里拿着一个商标，打听一个路人。那个人指着前面说："你问的那个厂子在那儿，厂长姓赵，叫赵翠华。"大学生点头，背着包来到了赵翠华的家。

赵翠华正在做皮衣，大学生推门进来，拿出商标问："这牌子的衣服是不是你们厂生产的？"

赵翠华看看，点点头："是我们生产的，出了什么事？"

大学生笑了："这件皮衣是我去年在省城买的，今年我在俄罗斯留学，同学们都说这衣服好，这次开学回去，他们让我给买几件。我去省城商店买，已经没有了。我就按照这上面的地址找来了。"

这真是意想不到的事情，赵翠华赶紧找出衣服。大学生试了试，又仔细看了看，一下子买了五件，也不讲价，打包拿走了。

沈阳火车站，大学生上了北京至莫斯科的国际列车。车上有很多俄罗斯青年，大学生把买来的衣服拿出来翻看。

一个俄罗斯男青年说："让我看看可以吗？"他拿过皮衣，看了又试，很合体。另一个俄罗斯青年也试一件，很漂亮。

俄罗斯青年说："卖我吧，我特喜欢。"

大学生说："我是带给同学的。"

"我多给你点钱，卖给我吧，你的同学你再买呗。"

大学生想了想，同意了。两个俄罗斯青年把五件衣服都买走了，还多给了一些钱。

车到哈尔滨，聪明的大学生背包下车，又乘车来到了辽阳，连夜赶到佟二堡，敲响了赵翠华的家门。

赵翠华把门打开，一看是他，头上冒着汗，不解地问："你怎么又来了？我的衣服质量有问题吗？"

大学生喘着粗气说："没问题，衣服好着呢，我还要买。这回，买二十件。"

"为什么啊？"赵翠华问。

大学生擦了擦头上的汗说："我在火车上还没出国门，衣服就让俄罗斯人买走了。"

赵翠华打开库房，让大学生挑衣服，自己也帮着挑。

这二十件衣服也在国际列车上卖光了，大学生又连夜乘车返回佟二堡。

第十八章

各奔东西

佟家顺和王爱菊来和老爹告别，佟家恒得知消息来了，赵翠华也来了。

佟家顺说："爹，我想离开佟二堡，去外面发展。已经选好了地方，就去沈阳。"

佟德奎拉着二儿子的手说："不走不行吗？你哥从外面回来了，有新的想法，咱一家人还是在一起干吧。"

佟家顺摇着头，王爱菊说："眼下，佟二堡这么不景气，家家都不好，都赔了这么多，什么时候才是个头呀？我和家顺出去闯荡闯荡，也许能走出一片新天地来。"

赵翠华赞成说："你们想法挺好，咱们总得走出去。当年卖衣服就是这么走出去的。"

佟家恒说："有啥困难就说一声，哥在这里坚守。"

家顺说："哥，我走了，爹就要你多照顾啦。我们家也锁门了，你也要多照看。"

家恒听了连连点头。佟德奎说："我身体好着呢，不要谁照顾。"

一家人送佟家顺，他们租了一辆面包车，拉上必要的东西，还有那些没卖出的皮衣，在村口告别。

"你们回去吧，我混好了就回来。"家顺说。

面包车渐行渐远，直到看不见了，佟德奎还在那里挥手。

佟家顺在沈阳太原街附近租了一间破旧的小房子，把东西搬到屋里，收拾一下，就去摆摊了。

在太原街的一个角落，他们找了个空地方，扯上绳子，刚把带去的衣服挂上去，就有人过来看衣服，问价钱。一个正在试衣服的中年男子问："你们这衣服是哪儿产的?"

"佟二堡。"佟家顺回答。

一听佟二堡，那人摇摇头，马上把衣服脱下来了。

"佟二堡怎么了?"佟家顺不高兴了，接过衣服。

男子说："佟二堡的衣服都是假冒伪劣的，有的皮衣是用纸壳子做的。"

"不准你这么说!"家顺指着男子大声地说，要和他理论。爱菊赶紧劝丈夫，又把那人推走。

不一会儿，又一个男人过来看皮夹克，左看右看，又比又试，觉得挺好，问了价钱，掏钱时问了一句："这衣服哪产的?"

"佟二堡。"佟家顺回答。

"啊? 佟二堡的，不买不买了。"男子扔下手里衣服。

"佟二堡的衣服怎么啦?"王爱菊问。

"报纸上都说了，那地方的衣服质量太差，穿几天就坏。"

"怎么质量差呢? 你看看这衣服，哪不好? 一等牛皮，我进的货，这衣服是我亲手做的。"王爱菊急得脸都涨红了。

"不买了，不买了。"男子走了。

两个要买衣服的人都不买了。王爱菊说："家顺，你不能说是佟二堡产的。"

"为啥不能说？这本来就是佟二堡产的，我就是佟二堡人，我还姓佟呢。"家顺气呼呼地说。

"可你说了，就是一件也卖不出去。佟二堡的名声太臭了。"

佟家顺听了，一言不发。

一天下来，一件衣服也没有卖出去。晚上在小屋子里，家顺不吃不喝，躺在床上生闷气。

王爱菊买来了广东某制衣厂的商标，她把佟二堡的商标撕下来，换上了广东的新商标。

佟家顺看了，厉声问："你这是干什么？这不是坑人吗？作假吗？"

"这怎么是坑人作假呢？换个商标，同样的东西，明天就能卖出去。"王爱菊很有把握地说。

第二天早上，两个人拿着已经换了商标的十件衣服来到太原街上，又摆起了地摊。马上有人问，家顺刚要开口，王爱菊马上接话："这是刚从广东进来的最新款的皮装，这衣服这质量你们看吧。我这刚下火车，连早饭还没吃呢。"说着，咬了一口手中的油条，又把油条塞到佟家顺的嘴里，使了个眼色，让他别说话。两个顾客看看衣服，说质量不错，样式也挺好，穿着试试也觉得满意，就问价钱，王爱菊伸出巴掌说："五百元一件。"两个人价也没讲，交了钱拿起衣服就走。

王爱菊收了钱，高兴地笑了。

刚吃完油条，又来人看衣服，试穿，问价。不到十点钟，十件衣服全卖出去了，卖价高了许多。

看着王爱菊数钱，家顺说："早知道这样，衣服多带一些就好了。"

晚上，王爱菊继续换商标。家顺突然说："你说是广东的牌子，可不配套啊，还得有个包装什么的，比如口袋呀，要和商标一样才像。"

一句话提醒了王爱菊，她说："对啊，要印一个袋，我马上找地方。"

他们连夜找了一个小印刷厂，印出了包装袋。

第二天，家顺卖的衣服有了新包装，衣服卖得更快了，带去的衣服很快都卖光了。家顺又租了一个小货车，回到佟二堡，把家里的衣服又拉来一些。皮衣生意出现了转机。

高大白和爹妈辞行，他要去宁海。刁婆子不同意："你往哪走？快点给我娶媳妇生孙子，不娶媳妇不能走。"

高大白结结巴巴地说："我、我要去、去闯荡，不、不给你，生、生孙子。"

高老算打着算盘说："你能不走还是不走。我和你哥商量了，我们还是干皮衣。这回咱要上些档次。"

高大明在一旁马上接茬："我认为这次赔钱主要有两大原因。从国际上讲，是苏联解体，欧洲发生了剧变，对我们的生意造成了重大影响，这是大背景。从咱自身看，衣服质量确实差点儿，后期做的那些衣服，什么料都用。商人嘛，讲究利益最大化，有钱可挣，谁不干呢。可就是因为这，搬起石头砸了自己的脚……"

"哥，你、你别说、说这些大、大道理，你、你到底，要、要干、干啥？"大白急着问。

"我要新上一种印花皮衣，好看，是南方传过来的，你们看。"说着，高大明拿出一件印着图案的皮衣："很漂亮吧。这印花的技术很好学，机器我已经定了货。这次，我要一炮打响，让老佟家彻底败倒在我面前。"高大明说得眉飞色舞，嘴角冒沫子。

"我，我要出去。"高大白态度坚决，一家人留不住他，也没有办法。

刁婆子哭丧着脸说："我怎么就养了这两个完全不一样的儿子呢？"

高老算打着算盘说："这叫一母生两子，两子各不同呀！他想走，就由他去吧。闯荡闯荡也好，也许给你带个儿媳妇加孙子回来呢。"

高大白来到了陈兰芝家，希望她能跟自己一同走。陈兰芝摇头。两个人不愉快地分手，高大白流下了眼泪。

高大明开始安装新买的设备，又找人设计，工厂开始生产了。他拿出新做的印花皮衣给别人看，都说不错，比过去傻大黑粗的皮夹克好多了。

他把衣服拿到了大市场，大市场冷冷清清。他给人讲印花皮衣时尚、好看。市场里的人不买账，连连摇头。他又拿着衣服到沈阳商城推销，还给女经理拿一套试穿，留下十件，留下电话。

过了几天，女经理来电话说，十件衣服卖出去五件，以后别说衣服是佟二堡产的，换个浙江的商标。

高大明一听懂了。马上改商标，又做出五十件亲自送去，并在一旁观看。

顾客来买衣服先看牌子，再看质量和价格，听说是浙江宁海产的，衣服卖得很快。

高大明信心十足，他回到村里，看一下佟家恒的工厂，工厂还是没有生产，静悄悄的。他一阵高兴，回家和高老算说："我已经闯出了印花皮衣的路子，佟家现在无路可走，只有投降了。"说完，爷俩哈哈大笑。

而此时，佟家恒正在厂里看着一件银灰色的女大衣，绵羊皮做的，做工精细，款式漂亮，很高档，很时尚。女儿二萍问："爹，这衣服可是绵羊皮的？"

家恒点头说："过去我们做的都是牛皮衣服，有时是猪皮，这是真正从意大利进口的绵羊皮。你看这质量多好，多柔软。"

"是，做了这些年皮装，还就数这一次看见的好，这是哪来的？"女儿问。

"这是我在宁海一家商店买的。"

"很贵吧？"

"那当然，比我们做的贵了好几倍呢。"

"我们做行吗？能卖出去吗？"女儿担心地问。

"我想应当行，只不过还要改进。"

"咋改进呢？"

"我们是北方，天气冷，我想把领子、袖口换成毛的，就用狐狸毛，那就好看多了。"

"行啊，我爹真有眼光。这个，我来设计。"二萍说着，开始在一张图纸上画了起来。

几天后，一件意大利绵羊皮，狐狸领子、袖口的大衣制作出来了。家里的几个人看了都说好。

家恒把这件样衣送到大市场，立即引起了顾客关注。有人问价，有人看质量，都说不错，和旁边高大明的印花皮衣一比，明显高了一个档次。店员给高大明打电话，很快，高大明来到了店里。一眼看见这件衣服，他马上问："这是佟二堡做的吗？谁做的？"

店员说："这是佟家恒刚做出来的，真的挺好看，让我们开了眼界。"

一听是佟家恒做的，高大明挑起毛病来了："这衣服太贵，谁买啊？你想，咱是社会主义初级阶段啊，啥叫初级？刚起步。这意大利进口的皮子，还镶着狐狸毛，肯定卖不动。不信，你们就等着瞧。"

第一批做出了十件衣服，怎么卖呢？家恒想到了家顺。他马上给家顺打电话，家顺说行，但不能标佟二堡产的，要标广东或浙江，还要有好的包装，做好了马上送来。

太原街的一个小店到期出兑，家顺和王爱菊看了广告商量说："我们不能总摆地摊儿啊，要有店面才行。"他们找到了店主，反复讨价，最后租一年，先给半年租金，改了店名，叫爱菊皮衣店。

家恒把十件衣服送来时，正好小店开业，鞭炮响起，新衣服挂上，不少顾客上前打听。

家恒问家顺："我这衣服卖多少钱一件？"

"你的成本是多少？"

家恒算算："一千元左右。"

家顺说："那就卖两千元不讲价。"

"翻倍了，有点儿贵，能好卖吗？"家恒担心地问。

"你看吧。今天卖出去了，你请客啊。"家顺正说着，一个女老板模样的顾客来了，一眼就看好了这件衣服，要试穿一下。

王爱菊很会卖东西，她帮着试穿，嘴里不停地夸赞："大妹子，您穿上这衣服太漂亮了，和您的气质太相配了，就像是给您量身定做的一样。"

女老板听了很高兴，照镜子左看看右看看，很满意，问道："这衣服是哪儿产的？"

王爱菊马上说："这是进口的正宗意大利绵羊真皮，浙江产的。我今天开业刚上的。"

女老板二话没说，一下子买了两件，自己一件，妹妹一件。

家顺把刚挣的四千元塞到家恒手里："哥，你赶快回去做吧。记住，一定注意质量，别吃上次的亏。"

家恒高兴地点点头，急急忙忙地回去了，连午饭都没来得及吃。

赵翠华吃惊地看着那个大学生："你、你出国回来了？"

"我还没走成呢，那二十件衣服，还没出国又都卖出去了。这次我买五十件，不，八十件。"

赵翠华一听很高兴，但她马上说："孩子，这次价格得涨了，我给你的是成本价，现在市场见好，我不能赔本做生意，对不对？"

大学生说："我知道，你每件涨二百元，我也挣。还有，我在莫斯科有很多朋友，从今往后，我们就建立一个渠道，我包销你的衣服，你看怎样？"

"那当然好了。"赵翠华高兴地说，把八十件衣服打成一个大包，用手推车推着，送他上了汽车。她自言自语地说，没有过不去的坎，没有走不通的道。

佟大萍的经历最为艰难。刘长锁大病一场，在医院住了三个多月，欠了不少债。出院时，大夫说："他以后不能上班了，也不能着急、上火、干重活。"佟大萍把他接回家，对妈妈说："我要和长锁结婚。"

赵翠华给女儿买了两间旧瓦房，也没办婚礼，两个人就搬到了一起。她每天侍候丈夫，还想着干点什么。外面欠钱的老师每天都来催债要钱，她把欠人家钱的清单拉了出来，贴在了家里的墙上，制订了还款计划。刘长锁吃力地说："这欠的钱能还上吗？"佟大萍自信地说："能，我一定能还上。"

大冬天的，天还没亮，佟大萍就起来了，给丈夫做好一天的饭菜，她呵着寒气赶到镇上的客运站，坐头班小客车到了辽阳，又走了半个多小时，来到丛林服装店，她在门口排了第一个。大冷的天，又没吃早饭，她冷得直跺脚。终于盼到了厂门打开，她第一个拿到了工厂外加工的活儿，那是已经剪裁好的、需要缝纫的皮料或布料。

料子死沉死沉的，她没钱雇车，就一步一歇地扛到了汽车站。下车后，又扛到厂里。刚剪裁的布料和皮料茬口如刀，她的后背、肩膀都磨出了血泡和紫印子，她咬牙挺着。然后是没白天黑夜地加工，挣些辛苦的加工费。

赵翠华心疼女儿，让她不要这么干。佟大萍淡淡一笑："妈，我能行，这点苦我能吃。"佟家恒也对女儿说："你别自己干了，到我这里来吧，亏不了你。"佟大萍仍然摇头："爹，我行，我能干。"真是有什么样的爹妈就有什么样的女儿。

　　整整一个冬天，佟大萍硬是用肩膀、用双手度过了难关。开春的时候，她已经开了自己的工厂，有几个工人，经济出现了重大转机。

　　高大明的印花皮衣和佟家恒的意大利真皮绵羊皮衣，像两个品牌，给沉睡的佟二堡皮装市场带来了新的商机。一时间，已经放手不干的那些人又行动起来，买皮子，做衣服，闯市场，佟二堡又迎来了皮装生产的春天。

第十九章

竞 争 会 长

佟二堡镇政府的会议室里，坐了一百多位皮装业户。佟家恒，高老算，高大明，陈兰芝，赵翠华等人坐在第一排。田书记正在讲话，他首先检讨在过去发展皮装过程中，镇党委政府对业户们关心帮助不够，指导不够，业户们损失惨重，党委政府有责任。为了更好地发展皮装产业，党委政府决定，成立业户们自己的组织皮草协会，这是党委政府同广大业户沟通的桥梁和纽带。

业户都在认真听，有的还小声议论。高老算捅了儿子高大明一下，小声说了一句："会长。"

"啥会长？"高大明愣愣地看着爹。

田书记继续说："今天我只是给大家吹个风，皮草协会的会长由大家自己选，自己商量。镇党委政府充分信任大家，一定能把最优秀的人选出来，给大家当带头人。你们先酝酿，党委再进一步征求意见，最后开大会民主选举产生。"

散会后回到家，高老算把高大明叫到跟前说："会长是个非常重要的角色，你必须当。因为你是我的儿子。我已经算过了，竞争这个角色的就是你和佟家恒。当年在生产队时，我们和佟家就有过一争，我没争过他，他当了队长，我当了会计。总受他的气，一受就是几十年。现在我们高家不能再受佟家的气了，这个会长你一定要当！要钱出钱，要力出力。"

高大明点头说："我也想当这个会长，他佟家恒算什么，论做衣服、卖衣服，他比我晚了一年多，他就是个泥瓦匠。会长我当定了。爹，你说怎么办吧，儿子全听你的。"

高老算打着算盘说："我先出去蹚蹚路，摸摸底，听听有啥动静。"

高老算来到了镇政府，找到了田书记，进门要做自我介绍。田书记笑着说："不用介绍了，我知道你，算得好、算得快、心眼活，是佟二堡数一数二的人物。"

高老算先把田书记赞扬了一番，说了很多好话。田书记说："你不用给我戴高帽，有什么事就直说。"

高老算笑笑说："我、我想问问会长的事。"

田书记仔细打量他："你是不是想干？"

高老算摇头："我都这么大岁数了，不干了。我想推荐一个人。"

"谁啊？"田书记问。

"我儿子高大明。"高老算说。

"好呀，举贤不避亲。你说说看，高大明有什么优势当这个会长？"

高老算拿出算盘打了几下说："我儿子的优势太多了，概括起来呢，有这么几条，一是脑子活，反应快，会算账，这个像我，他是我的儿子嘛。二是起步早，他跟我一起做服装生意的时候，别人还爬垄沟种地呢。三是能说会讲善交际，这个你一见面就全了解了。四是群众威信高，咱高家是佟二堡的大户，支持的人多。五是有经济实力，这个谁也比不了，现在数数钱，恐怕没有能超过咱家的。不是我向着自己儿子，他确实是一号人物，佟二堡的会长非他莫属。"

田书记认真听，认真记，最后说："你说的这些意见我们会认真考虑，同时，还要听听别人的意见。"

高老算回到家，把经过向儿子说了一遍，又打着算盘说："我已经推荐你了，你自己也应当表个态度，这很关键，你要马上去找田书记。"

高大明来到了镇政府，田书记正在开会，他就一直在外面等，等到了吃午饭的时候，才进了田书记的办公室，进门先行了个大礼："田书记，我叫高大明，我是来毛遂自荐的。"

田书记笑了："说说你的条件。"

高大明的话匣子一下子打开了："我当会长优势太大了。从国际上讲，我出过国，去过欧洲，去过苏联，经历过苏联剧变的严峻考验。"

田书记听到这笑着打断他："别讲那么远，讲具体的。"

"具体的就是国内。目前国内的皮草形势是……"

高大明确实能说会道，口若悬河，开口就停不下来。已经一点多钟了，田书记不停地看表，他还没吃午饭呢。

高大明终于讲完了，掏出手绢擦嘴角上的白沫子。田书记笑着送他出门。

高老算在村口小卖店遇到了来买东西的佟德奎，就故意气他说："佟老犟呀，告诉你一个好消息，我儿子要当会长了，我已经找过书记了。我儿子比你儿子有出息呀。"

看着他一脸得意的样子，佟德奎问了一句："啥会长？我咋不知道？"

"你一个种地的，咋会知道这样的大事呢？快去问问你儿子吧。"

佟德奎一听，东西也不买了，马上到厂里找佟家恒。开口就问："你们开会了？要选会长？"

家恒点头："是，刚开过会。"

佟德奎一听火了："这么大的事，为啥不告诉我？"

"告诉你有啥用？"家恒不解地问。

"当然有用，我告诉你，这个会长你一定要当，一定要给爹争气。"

"为啥?"家恒瞪大了眼睛。

"这话说起来可长了。当年在佟二堡，咱们佟家和高家是两大户，都争这个队长，我和高老算争来争去，因为我是种地的好把式，农活比他精，我当了队长，他当了会计。这么多年，他一直不服我，几次想当这个队长，阴谋都没得逞。直到生产队解体，我才不领导他了。现在这个会长可比生产队长大多了，他们高家在争，我们佟家也不能让，你一定要为爹争气，当上会长。"佟德奎一口气说出来自己的全部想法。

佟家恒想了想说："行，我争取。"

佟德奎说："不是争取，是必须。我刚才看见高老算了，他都去找镇书记了，我也得找。"

家恒不让他找，佟德奎的犟劲上来了，谁也拦不住。

佟德奎来到了镇政府，找到了田书记，刚要做自我介绍，田书记说："我听人讲，你是这儿有名的庄稼把式，地种得好，一辈子热爱土地。说吧，你找我什么事?"

佟德奎想了想，开口道："我当队长那么多年，我从来没给自己家人说过好话，谋过什么利益。这次我得找你这个书记，为我儿子说句公道话，家恒确实适合当会长。"

田书记听到这，笑了说："能说得再具体点吗?"

"具体……"佟德奎摸摸脑袋，"具体的我也不会说，你也知道，我就是个种地的。反正他够。不信，你再问问大伙儿。"

"对，这么大的事，是得听听大伙儿的意见。"田书记笑着把佟德奎送走了。

佟家恒知道爹去找了田书记，批评爹几句，说他不该去。

佟德奎火了："不但我该去，你也应该去。我听人说了，高大明已经去找田书记了，叫什么自荐，你也快去吧。"

家恒摇摇头，态度坚决地说："不去，我肯定不去。"

佟德奎更火了，把手里的水碗往地上一摔："这个会长你要当不上，你就不是我的儿子，也不是佟家的人！"他气呼呼地走了。

高老算在家打着算盘，高大明进来说："爹，我刚才看见佟德奎去镇政府找田书记了，要他儿子当会长。"

高老算不紧不慢地说："这我已经算出来了。我们这一辈儿，他当队长，我当会计，他领导我。你们这一辈儿，谁领导谁还没定下来。我太了解他了，他不会服输的。"

"那怎么办？"大明紧张地问。

"我自有办法，谁当这个会长，得大伙同意才行。咱先下手为强，赶紧做业户的工作。"高老算说。

"怎么做？我挨家挨户去求？"大明问。

"光求有什么用？这年头谁听你空嘴白说？来点实惠的，先请吃饭。"

"啥名义啊？"高大明又问。

"就以……"高老算不停地打着算盘，"以请求大伙帮你介绍对象的名义。分期分批的，先请咱高姓的，然后外姓的，最后是佟姓的。"

"佟姓的也请？"高大明不解地问。

"那当然。能争取的都要争取。俗话说，吃了人家的嘴短，拿了人家的手短嘛。"

"好，我马上张罗。"高大明爽快地答应，马上去办了。

高家杀了一头猪，摆起了宴席。表面上说是为儿子介绍对象，请大家帮忙。实际上谁都明白，是要大家选高大明当会长。高姓的人家喝着酒，表示支持高大明当会长。紧接着，又把外姓的请来了二十多人，又是同一个目的，但陈兰芝没有来。

第三次请的是佟姓的人，佟家恒接到了通知，佟德奎不让他去，说你不去，别的佟姓的人也不去，让他这桌席做不成。但家恒说应当去，这个面子要给。再说知己知彼，才能百战不殆。爹和儿子又争论起来，这次爹没有犟过儿子，他气哼哼地看着儿子去高家赴宴了。

佟姓的人来了二十多个，高大明没想到佟家恒能来，这打破了他的计划。高老算早算出来家恒能来，席间没提会长的事，就是喝酒，让大伙儿给大明介绍对象。家恒没说什么，就是吃饭，也没喝酒。佟德奎在高家院子外隔着门缝看，焦急等待。

吃饱了，喝足了，要散席了，实在是憋不住了的高大明终于开口说话了："今晚请大伙吃饭，还有点小事请大伙帮忙，马上要选会长了，我高大明的能力、实力和水平都够，在佟二堡，我相信也没有谁能和我争这个位置。"说到这儿，他瞟了瞟佟家恒，家恒脸上没有任何表情。高大明继续说："请大伙支持我，到时候投我一票。"

佟姓的人听了，有的点头，更多的是把目光投向了家恒，一个年轻人开口说："我们佟姓的人也想当呀，佟家恒就够。"

一听这话，高大明马上开口："我知道家恒也想当，但他和我差得太多了，他没有我精明，没有我能讲，没有我有实力。还差一个，我有一个会算计的老爹而他没有。"

听到这，家恒马上回了一句："我比你强的就是我有一个更淳朴更实在为人更好的爹。"在门外的佟德奎听到儿子这番话，眼里的泪水一下子流了出来。

席散了，人走了，高大明说："爹，该说的我都说了，该做的我都做了，这回当会长应当没问题了吧。"

高老算打着算盘说："还有一个人你应当单独找一下。"

"谁？"

"陈兰芝。"

"为什么?"

"她虽是外姓人,你请她没来,她是你的前妻,和你还生了一个女儿。况且,现在的陈兰芝在村里威信极高,她长得好,有魅力,有威信,许多男人都听她的。她同意谁,会有许多人跟着同意。"高老算说。

"能这样吗?我怎么没发现呢?"高大明说。

"那是因为你脑子里总想着别的女人。这个陈兰芝决不能轻视,你要找她去,让她支持你。"

高大明听了摇头:"我不去,我跟她离了,女儿也不让我见,我烦她,不去不去。"

高老算见说不动儿子,就自己去了。

陈兰芝对高老算的到来很吃惊,这些年他没来过一次,就讽刺道:"呀,您怎么来了?是不是走错门了?家里请客酒喝多了还没醒酒吧。"

高老算听了,脸一红一白的:"不,不是走错门。我,我就是过来看看。"

"有什么好看的,我女儿去外面念书了,和你们高家没什么联系了,你来送生活费吗?"

高老算一时无语,停了半天,才说出实情:"大明要当会长,你们毕竟夫妻一场,一日夫妻百日恩啊。你在村里有影响,许多男业户都看着你。你支持大明,他会多得票的。"

一听这话,陈兰芝哈哈大笑:"是吗?我有那么大的影响吗?我是不是生活作风上有什么问题?"

"没有没有,村里村外都没有你一点风言风语。"高老算马上说。

"那好吧,我知道该怎么做。"陈兰芝说完,高老算知趣地走了。

佟德奎看见高老算从陈兰芝家出来,赶紧找儿子佟家恒,告诉他这件事。也说了陈兰芝在业户中有影响，要儿子去找她，让她支持一下。家恒摇头不去。

佟德奎见自己犟不过儿子，就一个人去找陈兰芝。他一进门，把陈兰芝吓了一跳，以为佟家恒出了什么事。佟德奎不好意思地笑笑，又擦了擦脑门上急出的大汗："我，我来求你，希望你支持我儿子家恒当会长。你虽然是高家的媳妇，可已经离婚了，高家对你也不好，所以我才来。"

一听这话，陈兰芝一颗悬着的心才放下，她笑笑问："为什么你来，你儿子不来？"

佟德奎说："儿子比我还犟，他当会长不太积极，是我硬逼他。为了佟家的荣誉，这个会长必须当，算我求你了。"

陈兰芝当即表态："我支持家恒，他当会长够格。"

听了这话，佟德奎含着眼泪走了。

高老算回到家，大明问他工作做得怎样。高老算说："还行吧。没说反对你就不错了。当初是咱们把人家赶走的。"

大明说："谁让她不能给我生儿子了。"

"生不生儿子也不能全怪她，你就没事吗？"高老算一句话，儿子不再言语了。高老算又拿出算盘打了一阵说："还有一件大事要做。"

"什么事？"大明问。

"送礼。给田书记送礼。这事最终行不行，还得领导定。书记一句话，大伙选票那都是假的。"

一听这话，高大明赞同地连连点头："是，这年头，关键时刻还得靠这个。我去送，送多少？"

高老算打着算盘直摇头："你送不行，你是当事人，如果人家不收，或者再说你是行贿，事儿就麻烦了。还是我去吧，要丢就丢我的老脸。"

晚上，高老算拿了两万元钱去找田书记，田书记没要，还批评教育了他。他很没有面子地回来了。

陈兰芝来到了家恒的工厂，找到了正在组织生产的佟家恒。家恒对她的到来感到意外，还没等开口，兰芝先问了："你想不想当会长？"

家恒点头。

"那你为什么不来找我？你和我还见外吗？你曾经是我最最亲近的人。"

家恒一听，满脸通红，神情顿时紧张起来："你，你别提这事，千万别提了，我对不起你。"

"不，不是你对不起我，是你救了我一命，我能有今天，都是你给的。我会全力支持你的。不管你找不找我，我陈兰芝是一个知恩图报的人。"

家恒听了，十分感动，他动情地说："我相信你，知道你的人品，所以也用不着找你。"

"你好好干吧，一定能当上会长的。"陈兰芝十分肯定地说。

田书记到企业了解情况。他先来到了高大明的工厂，高大明事先知道此事，已经有所准备。厂门口贴着大红标语，热烈欢迎田书记到我厂检查指导工作。门口插着红旗，工厂收拾得干干净净。高大明和高老算带着几个工人在门口欢迎田书记。

高大明上前握住田书记的手："田书记，我是白天盼，晚上盼，今天终于把您盼来了。"

田书记和他握了手，随后进了车间。工人们正在做着印花皮衣。田书记边看边问，高大明大声介绍。田书记听了很满意，希望他继续努力。高老算在一旁借机说："田书记，您都看到了，我儿子的能力、水平、实力，在咱佟二堡是首屈一指，这皮草协会会长真是非我儿子莫属啊！"

田书记笑着说："行不行，最终大家说了算。到时你要去演讲，大家要投票的。"

"还这么复杂？"高老算问。

"那当然，这会长的权力有时比我这书记还大呢。"

一听田书记这么说，高大明马上紧张起来："那我得好好准备准备。"

田书记又来到佟家恒的工厂。门前没有标语，也没有彩旗，更没有欢迎的人群。把门的佟德奎见书记来了，这才把门打开并告诉儿子。书记进了车间，看着忙碌加工的场景，又去样品间，看了新设计的服装，非常高兴。他问了皮衣的一些情况，家恒都认真回答，但很低调，说得不是太满，和高大明形成了巨大的反差。

"听说你也想当会长?"田书记突然问。

"是，我想当，为咱佟二堡皮装发展做点贡献，也为咱老佟家的人争光。"家恒如实说。

田书记听了点点头："你要好好准备，近期就要选举，你们还要演讲。"

"这么复杂?"家恒问。

"当然，这事很重大，关系到咱佟二堡皮装业今后的发展啊。"田书记说。

佟二堡镇政府大会议室坐满了人，横额上写着：佟二堡皮草协会成立大会。田书记亲自主持会议，他说："今天召开皮草协会成立大会，是镇里的一件大事，会议的一个重大任务就是选举会长。根据前一阶段的报名，最后有两位候选人，一位是高大明，一位是佟家恒。这两位都是佟二堡实力雄厚、威信高、有影响的人。但会长只有一个，谁当选还得大家说了算。镇党委一定会充分尊重大家的意见。今天先让这两位候选人演讲，大家评议，然后投票。你们两位谁先讲?"田书记问坐在前面的高大明和佟家恒。

"我，我先讲。"高大明马上开口，并站了起来，朝台上走去。

田书记马上说："那就先请高大明演讲，大家欢迎!"

高老算带头鼓掌。

高大明今天特地打扮了一番，西装革履，系的红领带，新吹的头发，他上台开始了精心准备的演讲。从国际讲到国内，从县里讲到镇里，又从镇里讲到村里，最后才讲到自己，优势讲了八条之多，足足讲了一个小时。他讲完了，高老算等高家人又带头鼓掌。田书记又说："下面请佟家恒演讲。"

佟家恒一身朴素，和往常一样，他上台就讲了两点，一是为大家服好务，会长就是为大伙服务的。二是要致富，使佟二堡皮装业尽快发展起来。他的话没有虚的，全是实话。他讲完话，陈兰芝、赵翠华等人带头鼓掌。

田书记说："两位讲完了，各有特色，都不错，投票前还讲点民主，谁还敢在他们面前评议一下，有没有这个胆识的人，让我看看。"

会场一片寂静，没有人说话。高老算急了，他举起了一只手："我说几句。"

"好，请讲。"田书记说。

高老算站起来，开口了："有句古话叫举贤不避亲，今天我高老算就举贤我的儿子高大明。他够当这个会长，我的理由有三……"高老算也做了充足的准备，讲得很有条理。

田书记听完，表扬他："行，敢说自己儿子好，说明你对佟二堡负责任。还有谁讲?"

会场又是一片寂静。陈兰芝站了起来："我讲。"

许多人为她鼓掌。

陈兰芝漂亮，穿着得体，会说话。她开口道："我支持佟家恒当会长，理由有三，一是他人品好，当会长的为人最重要，做生意也是人品最重要。过去常说无奸不商，现在要改改，对不对?"

大家异口同声："对!"

"第二,他生意做得好,虽然起步慢了点,但走得快,现在是做意大利真皮女大衣,领导潮流,他还设计了许多新款式。第三,他有一定的实力,佟二堡没有人能赶上他。"这最后一句分明是冲着高大明来的。高大明和高老算的脸都变白了。

田书记又问:"还有没有人讲?"

会场又是一片寂静。田书记说:"那就投票吧。"

工作人员给每个人发一张红色的选票,上面印着佟家恒和高大明两个人的名字,还特意标明是按姓氏笔画为序,两个人只能同意一个。业户们画票,投票。然后当着大伙的面唱票。最后宣布结果:有效票八十八张,高大明得票四十四张,佟家恒得票四十四张,两个人的票一样多。

这可真是不多见的选票结果,谁当会长卡壳了。田书记说先休会。大家议论纷纷,形成了两派。

田书记很有办法,在办公室找两个人分别谈话。他先找高大明说:"你们两个人票数一样多,你怎么看?"

高大明态度坚决:"我一定要当会长,我比他强,不行就二次投票或者三次投票。"

田书记又找佟家恒问:"你俩票数一样多,你怎么看?"

家恒认真想了想说:"我俩都是四十四票,无形中形成了两派,无论谁当,这样下去都对发展不利,我再三合计,决定放弃,我不当这个会长了,保持业户的团结和大家的稳定。"

田书记听了这话既震惊又高兴,他仔细打量一番佟家恒说:"你能有这样的想法,这样的胸怀,是我没有想到的。你一定是个干大事的人。我支持你,你可以当个副会长。"

家恒说:"副会长我就不干了。"

田书记一听笑了："你不当副会长，说明你有私心，问题还没有从根本上解决。真要想做到心中无私为大伙，要当这个副会长。"

家恒想了想说："行，我当副会长。"

"不许反悔啊。"田书记笑着说。

"我绝不反悔。"家恒说。

"你爹怎么办？还有那个陈兰芝？"田书记关切地问。

"我会做他们工作的，放心吧。"家恒说。

"我代表镇党委感谢你。"田书记紧握家恒的手。

大会复会，田书记宣布："经过与两个候选人商量，也和镇领导沟通，佟家恒主动放弃当会长，那么就由高大明担任会长，佟家恒任副会长。"

听到这个结果，高大明高兴得跳了起来，高老算等人鼓掌。而佟家的人都不鼓掌，陈兰芝气哭了，赵翠华气走了。佟家恒平静地看着兴高采烈、手舞足蹈的高大明，走过去主动伸出手，真诚地说了一句："祝贺你当选会长。"

高大明高兴地说："那当然，那当然，会长非我莫属。"

高大明当了会长，高家放起了鞭炮，许多人前来祝贺。高大明又大摆酒席表示感谢。

佟德奎找到儿子佟家恒，气得大骂："谁让你退下来的？丢了我的脸，你不是我的儿子！从此我和你脱离父子关系。"

佟家恒赶忙解释，老爹根本不听。骂着走了。赵翠华也来找家恒，埋怨他不该让出会长。两个女儿也一起埋怨他。只有陈兰芝与众不同，她打来一个电话，说路遥知马力，日久见人心，咱们经商的路远着呢，你做得对。这让家恒难受的心平静了许多。他回到工厂，搞设计，做广告，就像什么事都没有发生一样。

高大明花大钱买来了一辆奔驰轿车，这是镇里第一辆高档车。他开着车子在镇里转了几圈，又在佟家恒的厂门前停下，按了几下喇叭。高老算坐在车里高兴地说："咱胜了，战胜了佟家。你为爹出了气，真是好儿子啊！"

高大明说："我当了会长，咱就该神气神气，坐着奔驰车，让他看看。"他开着车，一脸得意。

第二十章

云 霞 回 来

一辆出租车开到了高家门口停下，李云霞抱着一个一岁大的男孩从车里下来。随后又下来了她的丈夫，提着两个大箱子。李云霞抱着儿子走进了院子。正在屋里打着算盘的高老算见有人进院就迎了出来。

"你还认识我吗？"李云霞问。

"你是……"

"怎么，这才两年多的工夫，就不认识你这个没办手续的儿媳妇了？"李云霞面带笑容地说。

"你是李云霞？"高老算仔细看，李云霞比过去胖了许多，满面红光，一脸笑容。怀里的小男孩非常可爱。

李云霞说："我是抱着儿子回佟二堡的，这是我的儿子，我亲生的儿子。你们高家不是说我不能生儿子吗？这回生了，抱来让你们看看，好好看看。"李云霞一挥手，她丈夫，一个憨厚老实的男人也进了院子，"这是我丈夫，一个老实厚道的庄稼人，对我特别好。"

这时刁婆子从外面走进来，看着李云霞，不高兴地说："你，你来干什么？"

"我来让你看看我能不能生儿子。当初你们是怎么对待我的，怎么把我赶走的，我现在生了儿子，我要让你看看，还要让佟二堡的人都看看，我李云霞能不能生，看看到底是谁不能生。"李云霞的声音越来越大。

一看这情景，刁婆子火了，她开始破口大骂："你，你快给我滚!"说着还要动手。

李云霞的丈夫膀大腰圆，身体硬棒，他上前一步，瞪着眼睛，挥起大手："怎么？还敢打我媳妇?"

刁婆子立即收了手，她骂着难听的话，高老算打电话让儿子赶快回来。

一会儿，高大明回来了，一见李云霞抱着孩子还有丈夫，他什么都明白了，也火了："你生儿子就生儿子呗，在黑龙江好好地待着得了，来这干什么？这不是明明要出我的丑吗？我现在已经是佟二堡皮草协会会长了，还在乎你这一套。你给我滚，滚!"

李云霞说："我既来了，就不走了。我就在佟二堡做买卖，我就让你天天看着我的儿子。"她说完，抱着儿子和丈夫离开了高家。

李云霞找到了佟家恒，家恒很高兴，逗小孩子玩。

李云霞说："我想和丈夫留下来，在佟二堡做皮装生意。我喜欢这里，对这里有感情。"

家恒对此表示支持："你能干，能说会道，人又诚实，一定能干好，有什么困难我帮助你。"云霞听了很高兴。

李云霞和丈夫在镇里租房子，看了一家，觉得挺好，也讲好了价格，就决定租下来，房东去小店打协议，让高老算看见了，得知要把房子租给李云霞。高老算马上说："你不能租，这个女人不能留在佟二堡。"

房东说："我的房子空了半年，现在有人租当然要租了。"

高老算马上回家告诉高大明："你是会长，出租房子的是皮装业户，你得说话。"

高大明马上打电话，告诉房东房子不能租，我是会长，这事我说了

"没完就没完，我等着你！"

李云霞衣服卖得好，丈夫肯吃苦，也租到了房子，日子过得不错。她每天都带着儿子从高家门口路过三次，早上一次，中午一次，晚上一次。就像每天必吃三顿饭一样准时。她故意在高家门口停留，大声喊着："儿子，儿子，大宝，大宝。"她的声音嘹亮而欢快，清脆而高远。

这么一喊，高家受不了了，每天早午晚，大门紧闭，窗户紧关，电视机的声音开得大大的，就不想听李云霞叫儿子的声音。一听见这声音，刁婆子就火，就急，就摔东西。高老算一听这声音，算盘也打不响，脑子一片空白。

一家三口人在一起研究对策。刁婆子说："我一听她这儿子儿子的叫声，心就要跳出来，饭也吃不香，觉也睡不好。再这样下去，我、我就要疯了。儿子呀，想想办法，狠狠治一下这个李云霞。要不，就把她的儿子弄走，你是会长，又有钱了，我不信这事办不成。"

高老算说："不行，违法的事咱们不能干。何况这个李云霞有佟家恒支持，佟家恒身边又有一批人支持。现在最关键的是要找个女人，给咱也生孙子，只要咱们也有了孙子，就什么都不在乎了。"

刁婆子说："上次请大伙吃饭，让大伙介绍女人，可这么久了，一个人也没有来介绍。"

高老算说："那次吃饭，介绍对象是假，拉票支持大明当会长是真，这谁都知道的。这次，写个征婚广告贴出去，凭咱们的条件，还找不到个女人生孙子？"

"行，这办法行。"刁婆子眼睛一亮。

"我马上写，明天就贴出去。"高老算说着就去拿纸和笔。

佟家恒来到李云霞的住处，说是来看看，其实是批评李云霞，他开口道："云霞呀，不要再带孩子去高家门口大喊了，别往人的痛处刺，为人要厚道些，别和他们一样的。"

李云霞脸红了一下，点点头，接受了佟家恒的批评。

第二天上午，在佟二堡皮装市场最显眼的两个地方，贴出了用红纸写的两张征婚广告：某男，35岁，家有百万资产，社会地位显赫，寻年轻貌美、能生男孩的姑娘为妻。广告一贴，立即引起了轰动，不少人围着广告议论纷纷。佟二堡的人一看就知道是高大明在征婚。

瘦高个子的朱四也在人群中观看。一旁有人议论："这是高大明在征婚，有钱没儿子。"

朱四问："高大明是干什么的？"

那人看了朱四一眼："你不是佟二堡人吧？"

"你怎么知道？"朱四问。

"你要是佟二堡人，怎么能不知道高大明呢。他是新当选的皮草协会会长，佟二堡目前最有钱的人了。"

"那他怎么没儿子呢？"朱四又问。

"这话说起来可长了。他有个媳妇，生了个女儿就离了。又找了一个，睡了一年多没生孩儿又分开了。人家有钱，怎么能断香火呢。"

朱四听了，点点头，离开了人群。

晚上，市里的一个小旅馆里，朱四和姜美丽在一起。姜美丽二十二三岁，很漂亮。她问朱四："你今天去佟二堡，弄到钱了没有？我手里已经没有钱了。"

朱四说："佟二堡很繁华，有钱人很多，真是个发财的好地方。"

姜美丽跟朱四要钱，朱四说我也没钱，钱都抽了，赌了。朱四起身要跟姜美丽做爱。姜美丽摇头说："我已经一个多月没来事了。今天去医院做检查，我怀孕了，你说怎么办？"说着把化验单拿了出来。

"怀孕了就做掉。"朱四连化验单都没看一眼。

"做掉需要钱。钱呢？我一个姑娘家跟了你，吃没吃上，穿没穿上，我以后怎么办？"姜美丽不高兴地说。

怎么办？朱四脑子飞快转动，想起了在佟二堡看到的征婚广告，马上说："有了，有办法了。"他讲了看征婚广告的事儿，"你应当去佟二堡找那个高大明，如果成了，我们今后就吃喝不愁了。"

姜美丽想了一会儿说："我怀孕了，人家能要我？"

朱四说："你傻呀，想办法，把自己弄成姑娘，医院不是能修补吗？然后跟他怀上了。"

"那怀的要不是男孩儿呢？"姜美丽担心地问。

"我的种，怎么能不是儿子呢，我过去跟两个姑娘，怀的都是儿子。"朱四自豪地说。

"你这个王八蛋，还有脸说呢？"姜美丽骂了一句。

第二天，他领姜美丽去做了妇科整形手术。几天后，他们坐车去佟二堡。在车上，朱四说："这是个骗局，你不准假戏真做，等生了儿子就是咱俩的摇钱树。你也不准和我分手，要不然，我就杀了你，再杀那个高大明。"姜美丽吓得脸色苍白，连连点头。

打扮非常漂亮的姜美丽找到了高家。高大明不在，高老算和刁婆子接待了她。

高老算仔细问起姜美丽的情况，年龄、家庭等。姜美丽说自己是海城人，高中毕业家里没钱供她上大学，就出来打工，干了半年不给工钱。刚来佟二堡，看到了广告来试试。

刁婆子仔细看姜美丽，人长得不错，就说："我儿子条件好，是做大生意的。家里你也看了，不差钱，就是差个孙子。儿子结过婚，有过一个女儿。"

姜美丽说："我不在意，比我大十多岁也行。"

刁婆子又说："我们有个条件，先不能结婚，等你有了儿子，也就是我们有了孙子，才能办结婚。"

姜美丽马上答应："行。"

高老算打电话让儿子赶快回来一趟。一会儿，高大明回来了。一看姜美丽又年轻又漂亮，他很高兴。

姜美丽当天就住了下来。晚上，两个人就住在了一起。姜美丽假装自己是姑娘，对房事一点不懂，害羞，还说疼。高大明已经很久没做这事了，见了这么漂亮的女子，不顾一切扑了上去……

第二天早上，刁婆子问儿子怎么样，大明高兴地说："挺好，就看能不能怀上了。"

一个月后，姜美丽早上呕吐，说怀上了。高家大喜。高大明带着她去医院做检查。医生说怀孕了，一个多月了。回到家，刁婆子听了，有些怀疑："是不是来咱家之前就已经有了呢？"

高大明马上摇头说："不可能，不可能。她是姑娘，那天都见红了。"

刁婆子说："你叫准喽，这事只有你知道。"

高大明说："叫准，已经是第三个了，是不是处女，我还能不知道啊。"

高家大喜，但不知道怀的是男是女，也不敢太声张。

姜美丽很会来事，对高大明总是老公老公地叫着，对老头老太太也是一口一个爹一口一个妈，就像是过了门的儿媳妇一样。她还能干活，里里外外都行。高老算和刁婆子很满意。

自从姜美丽来到了高家，朱四就住在了佟二堡。这天，他和姜美丽偷偷见面，姜美丽穿着皮装，很漂亮，也很有钱的样子。她很高兴地说："现在什么都好，就等看是男是女了，也不知道你的种到底怎样？"朱四说："你现在这么好，我已经没钱了，你说怎么办？"姜美丽给了他五百元钱。

朱四说："你一定要好好弄，我俩的希望全都在你的身上，不准假戏真做，如果骗我，我就杀了你，也杀了那个高大明。"

姜美丽吓得浑身发抖。

朱四拿着五百元钱走了。

第二十一章

惊 人 一 拍

刚刚当选会长的高大明信心百倍，干劲十足，他正在给部分商户开会。他说："我当会长就是要为大家服好务。最近有一个在芬兰赫尔辛基举办的皮草拍卖会，我已经和省里联系了，争取一些名额，让大家都出去开开眼界，长长见识。赫尔辛基我是去过的，那里非常好，拍卖皮子的市场我也看过。现在，咱们佟二堡还没有举牌的机会，只是参观学习，你们谁想去？"二十几个商户听了都举手，都要求去，说不差钱。

"那就好，这说明我这个会长还是有号召力的。"高大明看了一下周围，"佟家恒怎么没来开会？去哪了？"

有人说，看见佟会长去县里银行了。

高大明马上纠正："他不是会长，他是副会长，你们以后称呼他，要加个副字，不然不和我一样了吗？我知道他和我竞争一票不差，但最后还是我胜了，对不对呀？他现在也不差钱啊，据我爹给他算账，这一阵子他卖意大利绵羊皮女大衣，至少也能挣上三百万了吧？"

有人回答："不止三百万，五百万也许能有，他现在是咱佟二堡的大款了。"

高大明马上说："不管他有多少钱，也是副会长，也要在我这个会长的领导下工作。不参加会议也不请假，那是不行的！等他回来我要找他谈谈，该批评就得批评。不行的话，这个副会长他就别干了。"

下面的人一阵议论。

"大家抓紧办出国手续，然后就出发。"高大明下了命令。

佟家恒一个人来到了县里的中国银行，找到了行长，请求贷款。行长热情接待他："你现在是佟二堡的富户，贷款可以，要干什么用？"

佟家恒说："我要出去一趟，进点货，要贷一百万。"

"行。"行长当即答应。

家恒又补充说："我要的是美元，一百万美元。"

行长一听："啊，要这么多美金，我得请示市行。"

行长给市行打电话后说："鉴于您是大户，市行同意了。咱们马上办手续。"

家恒说："我不要现金，要汇票。"

行长点头说："行。"

飞机上，三十多位佟二堡的皮装大户们坐在一起，有说有笑。高大明以会长和领队的身份，有些得意忘形，他吹起大牛滔滔不绝，还不时讲一点黄色笑话，引得众人大笑。空姐推来午餐，他又和大家喝红酒、喝啤酒。佟二堡人中大都是第一次出国，喝得高兴。

佟家恒坐在飞机的后部，他既不喝酒，也不吃东西，一个人看皮草方面的资料。商户们叫他过去喝酒，他摇头不去，商户们一阵嘲笑，高大明说他没当上会长闹情绪了。

进了芬兰万塔的皮革拍卖现场，大家的眼神就不够用了。没见过这样的场面，没见过这么多各种各样的外国人，他们手拿牌子，坐在前几排。

一个外国人主持拍卖会，激烈的竞拍开始了。价格开始渐涨，一个比一个出价高，随后又开始下降，变化无常，竞争激烈。佟二堡人看得目瞪口呆。

佟家恒找到了经理，说自己要参加竞拍，并拿出了中国银行的美元汇票。但经理摇头，他不会汉语。家恒看到了一个香港人，说了此事，香港人用英语给他们做翻译。经理告诉家恒："你有钱也不能在这里拍，因为你没有资格，你现在必须找个代理。"

家恒急着说："我不知道什么代理啊！我就知道拿钱来这里买皮子，回去做皮衣。"

经理听了，直摇头。

香港人仔细打量家恒，又问了一些他的情况，知道是内地辽宁佟二堡的皮装商户，他说："我就是代理人，我可以给你代理。"

家恒一听非常高兴，当场和他签了手续。香港代理商领着家恒走进了拍卖现场，坐在了第一排，并给了他一个牌子，68号。

坐在后面观看拍皮子的佟二堡人看见佟家恒坐在了第一排，马上议论起来。有人问高大明："会长，佟家恒怎么坐那里了？他手里怎么还有牌？"

高大明神情紧张地摇着头说："不知道。"

拍卖仍然紧张激烈，皮子又渐涨。

香港代理商一直和家恒小声说话，问买不买。家恒一直摇头。

拍卖师又报出一手皮子，意大利真皮，一百二十万美元，一次出手，因为太贵太多，没人举牌。拍卖师开始一再降价，一百一十九万，一百一十八万……还是没人买，当降到一百万美元时，离停牌时间还差三分钟。家恒把手中的牌子举了起来，会场只有他一个人举牌。拍卖师连喊了三次，没有人竞争，拍卖师敲槌成交。一百万美元，这是当天拍卖场上一次成交金额最多的一笔。香港代理商拿着汇票去办相关手续。几个记者跑过去采访家恒。

"请问，你是哪里人，在哪里做皮草生意？"

"请问，内地的皮草商人都这么有气魄吗？"

面对那么多镜头，家恒平静地说："我是中国辽宁佟二堡的皮草商人。"说完转身走了。

一个俄罗斯女人一直在看家恒。

佟二堡的商户们都呆呆地站在那里，几个人高叫："太好了，佟哥，长了咱佟二堡人的志气。"

"太棒了，咱佟二堡人敢在这里拍皮子了。"

高大明呆呆地站在那里，一句话也说不出来。

在回去的飞机上，高大明不再白话了，他一个人闷闷地喝着啤酒。有个商户问他："会长，你怎么了？来时和回去就像变了个人，是不是佟哥拍皮子让你害怕了？"

高大明满不在乎地说："他买贵了，花了这么多钱，回去就是个赔，不信走着瞧吧。"

回到家中，高老算正打着算盘，高大明讲了佟家恒在国外大出风头拍了一百万美元皮子的事。高老算打着算盘说："我算过了，皮子要涨，他可能要大挣一笔。你为啥不拍呢？你的钱呢？"

"我的钱买了奔驰车，还有给姜美丽，还有……反正，我就没准备去拍呀！"高大明说。

很快，家恒买的皮子到家了。商户们都来看，各说不一。家恒一言不发，只管干活。

这时国际上皮子开涨，几乎是一天一个价，涨的速度飞快。高大明一天打十几个电话，问几个地方皮价。回家和高老算说："这皮子真是涨疯了，这回又让佟家恒赚大发了！"

高老算打着算盘说："至少翻了一番。"

高大明说："看这架势，还不止。这皮子可真他妈的涨疯了。"

许多人都来到佟家恒的厂里祝贺。家恒很低调，加速做衣服。那个大报记者知道这件事来采访，写出了《佟二堡农民国际拍卖会上显神威》的报道。把家恒的事宣传出去。佟家恒出名了。高大明看见报纸气坏了，不知道怎么办才好。

高大白一个人来到宁海，这里是全国皮草的集散地。他考察了十几个公司。有人告诉他，最好的是宁海宏大皮装公司。那里设备先进，资金雄厚，技术一流。大白来到很气派的宏大公司，一个三十多岁、长相一般的女人事主管接待了他。大白结结巴巴地问："公、公司，用、用不用人？"

女主管脸色难看地摇摇头："不用，不用。"

"我、我什么都、都能干。"大白恳求着。

"我说了不用，快走吧。"女主管不耐烦了。

"你、你这是，什、什么态度？"大白火了。

"我就这态度，赶紧走得了。"女主管白了他一眼。

这时，一个四十多岁的男子，胸带主任的牌子进来说："周阿妹，现在车间的皮子多，没有搬运工，影响生产，女人们搬不动，需要男劳力。"

大白一听马上说："我、我能、能行。"

周阿妹又白了他一眼，没说什么。车间主任打量着大白："那活累，你行？"

大白说："行，干不好不、不要钱。"

"那好，跟我来吧。"车间主任冲周阿妹点点头，带大白走了。

搬运皮子的活太累了，捆成大包的皮子从车上搬运下来，装上小车，运到车间里，再打开包。整整干了一个下午，大白衣服磨破了，胳膊上划出了条条血道子，手也打了几个血泡，汗水把衣服全湿透了。下班前，活都干完了，干得整齐、利索。

车间主任过来看看："行，干得不错，你就留下来吧。在我们车间当力工。"

大白点头："行。"

高大白在车间当了力工，活干得好，干得快。把力工的活干完了他就在车间里转，问这问那，有时还在小本子上记着什么。车间主任好奇地问他："你这是干什么？"

大白说："我、我喜欢做、做皮子，想学、学。"

车间主任说："那好，你就学吧，有什么不懂的地方就吱一声。"

大白连连感谢。

一天，一位技术工人有病了，他的机器空着，影响了生产。周阿妹进车间，主任跟她要人，她说现在没有，正在招呢。

大白结巴地说："让我、我做吧。"

"你行吗？"周阿妹问。

"我过去，干、干过，试试吧。"

周阿妹点头同意。大白上了机台。大白的活干得又快又好，在流水线上表现得比熟练工还好。车间主任说："你不能当搬运工了，给你涨工资。"周阿妹也同意。大白就干起了技术工人。

不久，有病的工人好了，要回到自己的岗位。大白下岗，又回来当搬运工。车间主任觉得不合适，但又没有别的岗位。大白说，我干什么都行，就又做起了搬运工。这时剪裁组人手不够，忙不过来。主任就问大白，你就去那干行吧？大白同意，说试试看。

大白来到了剪裁组，那是真正的技术工种，打板、下料、机裁剪，做衣服的关键环节都在这里。他认真学，不会就问。很快就成手了。

周阿妹来到这里了解情况，组长和车间主任都说高大白好，是个做皮装的材料。周阿妹对大白已经另眼相看了。

晚上，周阿妹来到了大白的宿舍。见他一个人正在那里认真看图纸，很吃惊也很高兴，她主动说："你来时，我对你态度不好，你别介意，你现在干得挺好。"

大白说："没、没关系，我不、不介意。"

"明天我送你去参加一个技术学习班，专门学剪裁打样，是香港人来讲课，你要认真学，只有公司的业务骨干才有资格进这样的学习班，你是特殊呀。"

大白没想到会有这样的好机会，连连感谢周阿妹。

大白参加了一个多月的学习班，进步很快。那天要结束时，周阿妹来学习班看他，并请他到外面吃饭。席间，阿妹讲了自己前一阵子的遭遇，丈夫因病死了，留下一个两岁的女儿，公司老板是她的远房叔叔，只是一个人太孤单。说完这些，她问大白："你看我老不老？"

大白说："不、不老，挺、挺年轻。"

"我比你大，大三岁呢。"周阿妹脸色微红。

不久，高大白涨了一千多元工资，有人还传出消息，他要当车间副主任了。

大白在这里干了近一年，已经是业务骨干了。周阿妹对他越来越好。有时给他送水果，还帮他洗过两次衣服。一天，大白来找周阿妹说："我、我不干了。"

她很突然："为什么，差钱还是差职务？"

大白说："都、都不差。"

"那你为什么要回去？"周阿妹不解地问。

"不、不是回去，我、我不走，我想自己干，不想给、给别人打、打工了。"大白说出了实情，自己是辽宁佟二堡的皮装业户，干了很多年，成功过也失败过，这次出来学习，收获很多，也很谢谢她。

周阿妹说："你的想法好，我支持你。自己干，你一定行，我帮你。我在这有熟人，关系也好。"

周阿妹带他去附近低价租了一个小厂房，又带他找了两个工人。大白进货，设计，打样。两个工人开始生产。周阿妹抽空就来看看，还帮着搞销售。衣服做出来了，销得也非常好。

大白很高兴，请周阿妹吃了一顿饭。阿妹喝了一点酒，借着酒劲提出要和大白交朋友，并说自己不缺钱，有房子有车，公司有股份，还有远房的叔叔周正法关照。

大白听了摇头。周阿妹问："是我不好吗？年纪比你大，还有个孩子？"

大白还是摇头。

"那到底为什么呀？"周阿妹急了。

大白这才说："我、我心里有、有对象了。"

"她是谁呀？住在哪里？"周阿妹急着问。

大白又憋了半天，才吞吞吐吐地说："她、她叫陈兰芝，过去是、是我嫂子，和我哥离、离婚了，也有、有一个孩子。"

"你来这一年，你们有联系吗？"阿妹问。

大白摇头。

周阿妹放心地笑了，随后问："哥嫂为什么离婚呀？"

大白说："因、因为嫂、嫂子不能生儿子。"

阿妹说："东北人怎么这样？"

大白苦笑。

周阿妹说："只要你跟嫂子不结婚，我就一直追求你。"

大白仍然摇头，苦笑了一下。

第二十二章

喜 得 贵 子

县医院的产房前，围着高家的人，大家都在焦急等待。

高大明急得团团转："进去这么久了，该生了吧，该生了吧？不会是难产了吧。"

刁婆子说："是小子还是丫头片子啊，可千万别再是个丫头片子。"

高大明说："做过B超了，是小子，肯定是小子。"

刁婆子说："那可不好说，现在什么都有假的。"

高老算一言不发，打着算盘。

产房里传出了婴儿的啼叫声，大家都站了起来，护士小姐跑出来大喊："高家大喜，生了个小子，胖小子。"

"真的？"高大明和高老算同时大声地问。

"这还能假吗？"护士说。

刁婆子不信："我得进去看看。"说着就要进产房，被护士拦住，"你不能进去。"

刁婆子抬手把小护士推开："我必须得看看，眼见为实。"她大步进了产房。一会儿，她跑出来乐得大叫："是小子，是小子，我看见了，是带把的，带把的。"

高家人一片欢呼。高老算说："这是我们高家最大的好事，我要办，办大一点，把三里五村的人都请来。满月酒的钱全由我出，收的钱全给你们。"

　　皮装业户们一家一家地传递消息，高会长得了宝贝儿子，要大办了，电话一个接着一个。会长四十岁得子，不容易，业户们想着怎么去祝贺，是买东西还是拿钱。因为是会长，是大家的头儿，人人都要去。家恒接到佟姓人的电话，问他去还是不去。家恒说，这是好事，我们都应当去，钱也不能少拿。佟姓的商户们都说，你这个副会长挺够意思，一点也不拆他的台。家恒笑笑，大家做生意，和为贵嘛。

　　高老算拿着一个红色请柬，满脸带笑地来到了佟德奎的家。

　　"你来干什么？"一看到高老算，佟德奎就不高兴。

　　"我请你喝喜酒来了。"高老算说。

　　"喜酒？啥喜酒？"

　　高老算满脸都是喜悦和得意："我得孙子了，宝贝孙子。过去你有孙子我没有，我在你面前抬不起头。后来你的孙子丢了，我们两家扯平了，都没孙子。现在我有孙子了，你呢？你的孙子呢？丢了。你没了孙子。佟队长，这么多年，我一直在你的领导下，什么都不如你，现在我终于可以理直气壮地告诉你，我比你强多了，我有了传宗接代的孙子了。你呢，你孙子呢？"

　　高老算这一席话让佟德奎脸色巨变，由红变黑，由黑变白，他一挥手，吼道："你，你快给我滚，滚！"

　　高老算把请柬放在桌上："佟队长，请你去喝喜酒，不用拿礼钱。现在你们佟家可能比我们高家钱多，可钱多有什么用，没有孙子，钱再多也是花不出去的。孙子是什么，是命脉，是根儿。人算不如天算哪，我高老算一直和你佟德奎算，过去总是算不过你。现在我有孙子了，子子孙孙是没有穷尽的，这是谁说的话？好像是《愚公移山》里的吧。对了，你当年填坑造地就用的是愚公精神，你要是想得孙子，也得用这种精神啊。"

高老算这一大堆气人的话把佟德奎气得翻了白眼，他大喊："你滚，快滚——"之后，一下子栽倒在地。

高老算看也不看他一眼，哼着小曲走了。

二萍飞快地跑到工厂找家恒，她上气不接下气地说："爸，不好了不好了，爷爷，病倒了。"家恒一听，起身就往外跑。

家恒、赵翠华还有两个孙女都来了。佟德奎躺在炕上，脸色苍白。

家恒俯下身子，关切地问："爹，你怎么了？哪不舒服？"

佟德奎闭着眼睛，摇着头，一言不发。

二萍看到了桌上的请柬："这是什么？"说着递给了家恒。

家恒看了请柬，什么都明白了。

老人慢慢睁开眼，看着几个人，声音微弱地说："你们两个丫头出去，儿子儿媳留下。"

两个孙女出去了。

佟德奎挣扎着坐起来，看着家恒和赵翠华说："我就和你们俩说一个事，也就两个字，孙子。我佟家有孙子，让你们给弄丢了，这是我的一个心病。现在孙子应当十六岁了，他是八月初一生的，我一直都记得。没有孙子，我在别人面前抬不起头，我死不闭眼。现在我给你俩一个任务，或者是把丢的孙子给我找回来，或者快点再给我生一个孙子。两者你们选一个。不然，我就不认你这个儿子。而且，我也不想活了。我不想矮高老算三分，我受不了这个气。当年我是队长，他才是个会计，现在，他在我面前耀武扬威，我受不了这个气呀。"说完，他又躺下，闭上了眼睛。

家恒和赵翠华反复劝说，佟德奎仍然态度坚决，要么找孙子，要么生孙子。

再劝,他的犟劲又上来了:"你们走、走,我不想见到你们,快给我找孙子,生孙子。"他被气得有些不正常了。

从爹家出来,家恒和赵翠华不知道怎么办好。家恒说:"这儿子已经找了十几年,一点音信也没有。前些日子我还往温州打电话,是肯定找不到了。"

赵翠华说:"我怎么生呀,我生完大鹏就做了绝育手术,根本生不了了。"赵翠华叹了口气,突然说,"家恒,你再找一个吧,给你再生一个儿子,为了佟家,也为了老爷子,你找吧。丢了儿子,全是我的错,我同意你找。"

家恒说:"你开什么玩笑,我是那样的人吗?"

赵翠华说:"你现在真的好找,有钱,人也好,什么样的都能找到,大姑娘、大学生也不缺。"

家恒一听,不高兴了,转身就走。

赵翠华晚上睡不着觉,思来想去,整整一夜。她不想让家恒找一个图钱财的女人,要找,也要找个知根知底、放心可靠的,人品一定好的女人。这女人是谁呢? 她一下想到了陈兰芝。

第二天一大早,她就急急忙忙来到了陈兰芝的家。陈兰芝热情地把她让进屋,以为有大事,"嫂子,这么早你……"

赵翠华笑笑:"我也没啥大事,就是昨晚睡不着觉,想来看看你。"

两个女人说起了皮衣,又说起了孩子。陈兰芝说女儿已经在市里上了高中,学习挺好,喜欢服装,说上大学就学服装设计,毕业就回佟二堡跟她搞皮装。

看着陈兰芝快乐的样子,赵翠华说:"妹子,你还年轻,再找一个吧,别苦了自己。"

陈兰芝不好意思地说:"不急,等女儿上了大学再说吧。"

这时，赵翠华突然哭了，哭得非常伤心。陈兰芝赶紧问出了什么事，赵翠华就讲自己儿子丢了，现在高家得了孙子，佟德奎让他们或者去找孙子，或者再生孙子，两者选一个。可找孙子已经找不到了，生孙子她也不行了。老爷子现在不想活了，不知道怎么办才好。

一席话，把陈兰芝说得是满头雾水，她也不知道该怎么办，直摇头。

赵翠华用期盼的目光盯着陈兰芝说："现在只有你能帮我，你是我的好姐妹，平时对我就好。我思来想去，一夜没睡，只有你行，你人品好，长得好，年纪又轻。我也知道，你对家恒挺好。虽然你们不经常来往，但每到关键时刻，不是他帮你，就是你帮他。我能看出来。你要是不嫌弃，就和家恒在一起过吧，抓紧给生个儿子。你要同意，我马上和家恒办离婚手续。自从丢了儿子，我就再没和他一起住过，我总觉得对不起佟家，对不起家恒。你就帮帮我吧，就算是姐姐求你了。"赵翠华的话真诚感人，实实在在。

"这，这……"陈兰芝不知说啥是好。

"这事不用你说话，只要你不反对，其他的事都由我来做，我去找家恒说。"赵翠华爽快地说。

陈兰芝终于开口了："大姐，这、这好吗？"

"好，这是最好的结果了。"赵翠华高兴地说着，转身走了。

赵翠华来到了工厂，找到佟家恒，开口道："好办了，好办了。"

"什么好办了？"家恒愣愣地看着她。

"儿子的事儿好办了。我刚从陈兰芝那里来，她同意跟你结婚，给你生个儿子。"

"啥，你去她那里了？"家恒瞪大了眼睛。

"我觉得兰芝真的不错，论人品，论长相，论年龄，没有比她更合适的了。这事我做主了。"赵翠华说。

子。"高老算下了命令。

高大明马上打电话，他对高大白说："爹说了，不回来就不认你这个儿子。"

高大白也想回家看看，心里还惦记陈兰芝。可是，自己走了，工厂怎么办？正在犹豫时，周阿妹来了。大白就把家里来电话，哥哥得了儿子，爹让他回去的事说了。

阿妹说："回去好呀，我跟你一块去，我没去过东北，也看看佟二堡啥样，看看你那个日思夜想的嫂子啥样。"

大白一听不高兴了："你、你去干、干嘛，有你啥、啥事？"

阿妹一笑说："我逗你玩呢，你还当真。"

大白请阿妹照看工厂，说去几天就回来。阿妹点头答应："行，你放心去吧。"

大白收拾一下东西，去了火车站买票回东北。

阿妹找来他弟弟，请他帮忙照看工厂，自己也去火车站买了火车票。大白前脚走，她后脚就跟上。

高家的满月酒办得特别热闹，来了很多人，从镇上的领导到各家商户，还有各村的乡亲，摆了几十桌，又请县里的剧团唱了两出拉场戏。高老算很是风光。

家恒来到高家，高大明见了，主动迎过来，大声说："我得儿子了，这是我们高家的大喜事，谢谢你来祝贺。你啥时能再有儿子呀？没有儿子可不行啊。咱们那么多钱财谁来继承啊，对不对呀？"

家恒没有言语，到账桌交了礼钱就走了。

看着他低头离去的背影，高老算打着算盘说："看来佟家不行了，败在咱脚下了。我听说佟德奎要自杀了，既找不回孙子，又生不出孙子，够他喝一壶的了。"

高大明笑着说："那当然，谁能斗过咱爹呢。"

高老算听了，哈哈大笑。

高大白给侄子送上一万元的红包。高老算问他工厂办得怎么样，挣了多少钱，什么时候给我生孙子？

大白结结巴巴地说："钱没、没少挣。孙子也、也快生了。"说完，就去找陈兰芝了。

大白见到陈兰芝，一阵激动，她还像以前一样年轻漂亮。他告诉兰芝，自己去宁海一年多，干得很好，挣了一些钱，也有了工厂。

兰芝听了，平静地点头，一点也没有激动。大白鼓足了勇气，终于说："我、我来向、向你求、求婚，跟我去、去宁海吧，当、当老板。"

兰芝笑着摇摇头，平静地说："你是我的好弟弟，永远是弟弟。"

大白问："你，是不是心、心里有、有别人了？"

兰芝笑笑，没有回答。这时，门开了，周阿妹走了进来，大白吃了一惊："你、你怎么来、来了？是不是厂、厂里，出、出大事了？"

周阿妹笑着说："厂里一切都好，我不放心你，就跟过来了。"

陈兰芝看着这个南方女子，正要问话，阿妹开口了："我叫周阿妹，是大白的好朋友。您就是大白的嫂子吧，我常听他说起你。"

陈兰芝赶忙答话，让座，倒水。看着这个挺拿事的女人说："我一看你就是个好女人。我这个弟弟是好人，我一直把他当亲弟弟待，他一个人在外面做事不容易，你可要好好待他呀。"

大白在一旁听了这话，低下了头。

周阿妹爽快地说："嫂子你放心，有我在，大白只会享福，不会受苦，你就把他交给我吧。"

朱四装作上礼的客户来到了高家，找到了姜美丽。姜美丽吓了一大跳："你，你来干什么？"

朱四说："我来看看我的儿子。"

"你快闭嘴，说，想干什么？"姜美丽问。

"要钱。"朱四说。

"没有。"姜美丽没好气地说。

"没有，我就把这儿子的真相说出去。"

"别、别，要多少？"

"你看着办。"

姜美丽给拿了一万元。他嫌少。美丽又拿出两万，共计三万元。姜美丽说："你以后别来找我了，我们俩的事就结束吧。我现在已经和高大明登记结婚了，不要再来找我了。"

朱四听了一笑："你真好笑，用我的儿子一步登天，当上了富婆，我能离开你吗？记住，从今往后你就是我的银行，我需要时就随时来取钱，可不能让我不高兴啊。那样我会说出真相，让你一下子身败名裂。"朱四说完哈哈大笑，拿着钱走了。姜美丽吓得瘫倒在地，孩子也大哭起来，刁婆子听见哭声跑进来，骂了姜美丽几句，抱起孩子走了。

姜美丽满眼是泪。

高家喜庆的鞭炮声让佟德奎心如刀绞，人家有孙子了，自己家有了又丢了，现在找不回来，又不能生，已经没有出路了。佟德奎想到了死。二萍看着他，整整一个上午寸步不离。下午了，他说要去厕所，孙女没跟去。他上厕所准备上吊，绳挂上了，可是厕所的那个横杆朽了，断了，他摔倒在地上。二萍听到声音，跑进了厕所，见爷爷要上吊，就马上打了电话。一会儿，家恒、赵翠华等人来了，把他扶进了屋子。

家恒说："爹，你这是干啥呀，现在咱的日子过得这么好，就因为一个孙子，你就不想活了吗？"

佟德奎瞪着眼睛说："对，没有孙子，我矮他高家三分，我就不想活了。我一定要孙子，找不回来就生，不生我就死。今天上吊不行，明天就吃耗子药，药不死就投河撞火车。一句话，我想死，你们一定看不住的。不想让我死，就去找孙子，生孙子。"

看着这么犟的爹，佟家恒已经忍无可忍了，他突然冲天大叫起来："你让我上哪找儿子，上哪生儿子呀。天啊，这可怎么办啊？"

正在没有出路的关键时刻，门口停下一辆出租车，在沈阳做买卖的弟弟家顺和媳妇王爱菊抱着一儿一女回来了。

这真是天大的惊喜。

"爹，你不是要孙子吗？这回我把孙子还有孙女一同带回来了。爱菊生了一对龙凤胎。"家顺和爱菊把两个孩子抱到了佟德奎的面前。

佟德奎不信，看了两个孩子后，又惊又喜："这，这是真的？我不是在做梦吧？"

家顺说："媳妇怀孕，没敢告诉你们，怕流产。这一年多，生意火得不行，又租了两个门市，干不过来，媳妇挺着大肚子卖货，生孩子前一天还卖了十件衣服呢。孩子生得顺利，龙凤胎，满月了抱回来，给您老一个惊喜。"

看着这两个孩子，佟家人欢天喜地。

家恒问家顺："生意怎么样？"

家顺说："好得不行，天天数钱。虽比不过你拍皮子挣了大钱，可我也不错。"

佟德奎看着孙子孙女，喜得老泪纵横，他大声说："我要请客，请客，像高家一样请客。"

佟德奎拿着一个红色的请柬来到了高老算的家。高老算说："你是来给我道喜的，我得了孙子，你没了孙子，你不如我吧？"

德奎拿出请柬："我是请你喝喜酒的。我得了孙子，还得了孙女。"

"怎么回事?"高老算吃惊地问。

"我二儿子家顺从沈阳回来了，儿媳生了龙凤胎，请你喝喜酒，怎样，我佟家不比你高家差吧?"佟德奎很自豪地说。

"那，那我们，这一回算是平手吧。"高老算说。

第二十三章

风 暴 来 临

　　佟二堡的皮装业如火如荼地发展起来，各个店铺门市都生意兴隆，新建的又一个大厅开始营业，外地来的商人客户和车辆都非常多，一片繁忙的景象。

　　高老算正打着算盘，刁婆子抱着孙子，高大明走了进来。"爹，我是会长，我是佟二堡皮装业带头人，我不能输给佟家恒。上次在国外拍皮子，让他大赚了一笔，出尽了风头。现在自称是佟二堡的头号大户。我得向他挑战，我也要去拍皮子，和他比试比试。"

　　高老算打着算盘，思考了一会儿说："行，但要小心。我们高家就是不能输给佟家。你在外面有什么路子吗？"大明说："广州有朋友，可以帮忙。"高老算点头同意。

　　高大明一个人来到了广州，通过一个朋友，认识了一个姓唐的皮草商。两个人在一起吃了一顿饭。高大明把自己在佟二堡的皮装业大吹了一番。唐先生也大讲在香港美国丹麦芬兰的各种关系，称自己进的皮子又好又便宜。可以做高大明的代理人。至于费用呢，要比别人贵一些，问能不能接受。高大明说只要能挣钱，费用不差你的。两个人当场签了协议，并付了定金。唐先生很高兴，请大明去洗桑拿，又找了一个小姐陪伺，大明在广州玩得很开心。

高大明回来以后，把部分业户找到了一块说："我认识了一个香港的唐先生，可以买到又好又便宜的皮子。"众人不信。这时买的皮子发回来了，他拿给大家看。果然是进口的好皮子。大明说："你们以后就跟我买皮子吧，贵点也不怕。过去我们是农民意识。只拣贱的买，这是错的。应当买好的，做出的衣服也才好啊，才能卖个好价钱。"让他这么一说，部分业户同意，跟他一块买皮子。高大明提出口号，一定要超过佟家恒，在生意上要和他比试比试。

一个好心人把这话告诉了佟家恒。家恒笑笑说："我不怕他挑战，我也想和他比试比试，看谁做得更好，更挣钱。"他马上给芬兰的香港代理商打电话，增加买进的份额。代理商说："现在价格波动很大，市场不稳，是不是先看看，或者少买一点。"家恒说："不行。我一定要多买。因为这里有人要和我挑战。"代理商劝他："做买卖不是斗气的事，要慎重。"家恒不听："我有钱，给我进一千万元的皮子，我很快就把钱打过去。"代理商说："那好吧，亏了可别怪我。"家恒说："不怪你，这是我自己决定的事。"

高家大量进货，天天有皮子进来，开始组织大规模生产。佟家也开始大量进货，一车一车的皮子进来。又开始招收工人，扩大生产。两家形成了互相比着生产的状态。就像是在跑道上赛跑的两个对手。已经跑起来了，谁也不让谁，你追我赶的。

高老算和佟德奎这一对老对手，在街上不期而遇，两个人又是一阵对决。

"听说你们佟家进来皮子，有我们高家进得多吗？"高老算先开口。

佟德奎看着他，自豪地说："我儿子拍皮子，在国外都有名，还上了大报纸。你家算什么呀。"

高老算拿出随身带着的算盘啪啪打了几下："你儿子那是过去的事，我儿子当时是领队，让你儿子捡了便宜。这回可没有那好事了。"

两个人就这么又斗起嘴来。佟德奎讲不过高老算，又被他气了一顿。他的犟劲上来了，转身去找佟家恒，告诉他一定要和高家比。就是砸锅卖铁卖房子，咱也不能输给他。你是佟家的大儿子，爹的面子就全靠你了。一席话把佟家恒的劲鼓得足足的，他说爹放心，虽然丢了孙子，我一定为你争气。他当场又打电话。让代理商再进五百万元的皮子。代理商再次劝他，现在市场风险太大了，金融形势不好，你一定要小心，做生意万万不能赌气。但佟家恒根本听不进去。让他赶紧发货，自己去筹钱。

家恒手头已经没有多少钱了，挣的钱全都压在了皮子上，他决定去银行贷款。开车去县里的几家银行，都说没有指标，也没有钱，贷不出来。最后去了市里的中国银行，赶巧高大明也在这里，他也是因为没钱才来到这里贷款的。行长同时接待佟二堡两个大老板，这让他们两个人都很为难，都不好张口说是来贷款的，怕丢面子，只好瘦驴拉硬屎。家恒说，我是来看看的。以前的贷款还了，以后有钱还往这存。高大明更是大话连篇，说自己每天进几十万，国外还有朋友要来投资。行长听得半信半疑，不知是真是假。

银行贷不出钱，手头又没钱。就只能去民间抬钱了。过去抬钱利息不太高。现在高多了。高也得抬。佟家恒分别打电话找人抬钱。高大明知道了，更急了，也马上打电话，或登门拜访去抬钱。两个人就这么比试起来了。你给二分利，我就给三分；你给三分，我就给四分。两个人都有些昏头了。

赵翠华知道这一消息，来找佟家恒，告诉他不能这么干。已经昏了头的佟家恒什么话也听不进去，两个人闹得很不愉快。

陈兰芝知道了这件事，也过来劝佟家恒，不能这么抬钱，也不能和高家这么较劲。

佟家恒知道这是好意。但他说，箭在弦上不得不发，我不能输给高家。

陈兰芝拿出自己手头的三十万元递给佟家恒："这钱你用吧，我不要一点利息。"家恒很感激，但没有要这钱，他说："三十万太少了，要是三百万或者三千万就好了。"这话把陈兰芝吓得够呛。

高老算找到高大明，告诉他现在不能这么抬钱了，要立即停下来。但大明说不行，现在是关键时刻，高家不能输给佟家。现在是为荣誉而战。高老算发现儿子像疯了一样，他没有办法，只好去找镇里的田书记。

高大明给姓高的商户们开会，希望大家支持自己，给自己抬钱。商户们害怕，不敢表态，左右为难。佟家恒也给佟姓的商户开会，说自己遇到了困难，希望大家支持一下，抬些钱战胜高家。高佟两大家族，为了这所谓的荣誉，开始了更危险的争斗。

镇党委田书记分头找高大明和佟家恒谈话，指出当前商户之间的这种争斗不好。要团结。当前经济形势特别是金融形势非常复杂，你们虽然是自己的钱，是个人的经商行为，但你们是佟二堡的商人，是有影响力的人物，千万千万要把握住自己，也要把握住商机。你们是农民出身，文化不多，要多注意学习。经商是一门很深很深的学问。不是有了几个钱就会成为一名商人的。佟家恒对田书记的话很在意。他认真听，开始冷静起来。思考了片刻，说自己欠考虑，要尽快调整自己。高大明对田书记的话很不在意。他大讲自己是会长，有实力，明白经商。

亚洲金融危机席卷而来，如同一夜之间，经济形势发生巨大变化。首先是银行业收紧银根，只存不贷，放出去的贷款要限期收回。政令如山倒，一时间各行各业都受到了巨大影响。工厂开不出工资，产品卖不出去，开始积压，社会购买力急剧下降，商店开始冷清。佟二堡又一次受到了严重影响。

高大明做出的衣服卖不出去。进来的皮子堆积如山。手中的流动资金没有了。这时银行的人上门要贷款。高大明和信贷员大战了一场，他红着眼睛大喊："要钱没有，要命有一条。"因为不还贷款，银行封了他的账号，并上告法院，高大明的生产和销售全都停了下来。

姜美丽跟高大明要钱，生了儿子答应每月给两万元。满脸愁容的高大明说："现在没钱，别说两万，手头连两百元都没有。"姜美丽说："你要不给钱，我就带着儿子走。"两人大吵大闹了起来，高大明给了姜美丽一个耳光。为了留住儿子，高大明向爹借几个钱，他知道爹手头有钱。可是高老算在这关键时刻打起了自己算盘，根本不管儿子，他见死不救。"我是有几个钱，可那是我和你妈养老钱，活命钱，不能借给你。不能让你弄得血本无归。当初我告诫你，不要和佟家恒赌气，你不听。这次亚洲金融危机不知道是个什么程度，不知道何时结束。你一个人挺着吧，可你一个人遭罪吧。"

高大明一听火了，大骂爹是奸商，无情无义。高老算说："自古无商不奸，商人就是要奸，奸商总比你这个傻商强吧。"

高大明含泪离开，又去找刁婆子："孙子是你们让要的，现在要钱我没有，人家要抱孩子走。你说怎么办吧？"刁婆子为了孙子，拿出了一万元钱，这是她自己的私房钱。高大明拿着这一万元钱给了姜美丽。姜美丽嫌少，被高大明臭骂了一顿。

姜美丽拿着钱偷着给了朱四，朱四也嫌少。姜美丽说："别嫌少啦，高家完了，要破产了。已经没有钱了。"

朱四说："那你就跑吧。带着我的儿子回来。"但姜美丽不同意，说："这孩子现在是高家唯一的希望。我跑了不人道。"朱四说："你千万别假戏真做。如果你们真好了，我会杀你的。"姜美丽吓得连声说："不敢，不敢。"

佟家恒的困难更大，衣服一件也卖不出去。买进的皮子库房装不下，手中无钱，工人不能开工资，工厂停产。家恒嘴上烧起了大泡，几天几夜不能入睡。陈兰芝又拿来了那三十万元。"你先用吧，先给工人把工资开了。"家恒很感激，收下了钱，当即发了工资。银行来追贷款，家恒没有办法。只好痛下决心，降价处理买进来的皮子，最后降到了一半才卖出了一些。做出来的衣服也拿出去降价，降得人都心疼。佟家恒一降价，高大明也马上宣布降价，两个人又比着降价，一个比一个降得狠。这一降，两个人都在这场金融风暴中重重地跌倒了⋯⋯

第二十四章

进 军 裘 皮

经过这场亚洲金融风暴，佟二堡的皮装业大伤元气，两个营业大厅人员稀少，开张营业的不到三分之一，购物者寥寥无几。大街两旁的店铺有一半关门，不少门上窗上贴着网点出租出售出兑的广告，还有不少写着急售、低价、超低价、跳楼价出售的字样。尽管如此，广告前也无人驻足观看。大街上，多了许多人力三轮车。几个车夫在汽车站前等客，都说生意赔了，没办法要吃饭，只能出来蹬车。打零工的市场上也多出了许多新面孔。几个人抽着烟，也说是赔大发了，欠了很多钱，不得不出来挣点饭钱。殡仪馆里传来阵阵哭声，一个商户赔了，一股急火得了肝癌故去了，才四十八岁。另一个商户更惨，因为做买卖借了人家二十万元钱，这次全赔了。人家来要钱，还不起，想不开，喝了毒药下了九泉。他们的儿女妻子和家人们悲痛欲绝，哭声阵阵，令人心寒。一股股浓烟从火化场的烟筒里飞出，飘向了天空。

高老算在家里啪啪地打着算盘，他算计这次金融危机给自己家和别人家带来的巨大损失，嘴里还不住地说着一组组的数字。高大明无精打采地坐在沙发上，脸上没有一点精气神。

高老算说："我仔细算了，这次，咱们比佟家损失得少，咱家的日子比他家的好过。"

高大明摇着头说:"爹,你这次算得可不准了,咱家损失的比佟家多,我现在连裤子都要赔上了,已经赔了个精光。经商这么多年,也损失过几次,可哪一次也没有这一次这么大这么多,我想不干了。这皮装真不是人干的。"

高老算一听这话,赶忙开口:"这个时候你要挺得住。谁都赔,做买卖哪有不赔的?"

高大明一听这话,顿时火了:"我赔这么多,也都怪你心狠,当初见死不救,把钱留在手中不肯支持我,我怀疑你是不是我的亲爹。"

高老算说:"那不是见死不救,那是保存实力。为的是东山再起。我现在是有点钱,如果当时借你了,也都赔了。"

爷俩正争吵时,姜美丽抱着儿子进来了。她找高大明要钱,已经欠几个月了。高大明说:"没钱。现在一分钱也没有。"两个人为此又吵闹起来。高大明发火打了姜美丽。姜美丽又哭又闹,扬言要抱着儿子出走,离开这个家。刁婆子进来了,听她要抱孙子走,那绝对不行。差钱我给你。她抱起孙子,又给了姜美丽一万元钱。高大明气得火冒三丈:"这女人就是丧门星。从她进门,咱高家就没好过。"他气得摔门走了。

姜美丽拿着钱到镇上的小旅馆找到朱四,说现在高家真的没什么钱了,你也别太逼我了。

朱四说不行,我没钱不行。我现在烟瘾挺足,烟是戒不掉了,你必须保证给我钱。不然我就抱走我的儿子,把他卖了。再不,我就把真相告诉高家,看你怎么办。姜美丽害怕,让他千万别这样,再另想办法。朱四抱起姜美丽。姜美丽不愿意,朱四说,不愿意不行。姜美丽只好任他所为。

佟家恒经过这场风暴,头发几乎全白了,脸上也多了许多皱纹。他在家中用计算器算着账,赔了近千万。这些年挣的家底,差不多都赔光了。

他也是大病一场，刚出院回家，桌上还放着许多药瓶子。赵翠华来了，给他送来了最爱吃的三鲜馅饺子，说你已经几天没吃东西了，快趁热吃点吧。佟家恒感激这位妻子。他心里一直闹不明白，这次为什么会损失这么大？他说："过去我们赔过几次，那都是因为我们心术不正，假冒伪劣，坑人骗人，最后遭到报应，可这次呢？我们做的是货真价实的衣服。皮子是真正意大利进口的绵羊皮，都是好价钱从国外市场上拍来的，设计和做工都是最好的。我们为什么还赔得一塌糊涂呢？"

赵翠华想了想说："经商这玩意儿学问大了。可不是一句两句就能说清楚的。赔在哪里我现在也搞不清楚，可你应当知道，不光我们赔，好多行业都赔啊。"

正说着话，佟德奎进来了，他告诉儿子："你这次大病一场，把我吓坏了。你要有个三长两短，我可怎么办？已经走了好几个做买卖的了。这生意咱别做了，还是回家种地保险。"家恒摇摇头，语气坚定地说："这没什么，在哪儿摔倒在哪儿爬起来。生意我一定要做下去。"

佟德奎看着比自己还犟的儿子，一点办法也没有，只得长叹一声，推门出去了。

镇党委田书记领着几个干部来，做思想工作，讲这次金融危机的情况。鼓励他们还要再干，并说出镇党委政府的支持政策，家家要开门，户户要营业。要求佟家恒把佟家的人都动员起来。家恒点头同意，表示不会被困难吓倒。

田书记又来到了高家。高大明表示不想干了，但高老算态度积极，他手握算盘，声音洪亮地说："儿子不干我干，不能倒下。佟家人干，我们高家也要干。"

佟家顺和王爱菊带着一儿一女回到了佟二堡，他们说回来不走了。这次金融危机没有受到冲击，这几年挣了一笔好钱，要在佟二堡大干一番。

家恒请家顺吃饭，两个人在饭桌上谈起了下一步的打算。家恒说："我想干裘皮。这东西高档次高回报，是软黄金，可是我现在手头钱不够。"

家顺说："哥，你这个想法好，我卖了这么多年的皮衣，也接触过裘皮，都是广东香港做的，卖得好，价格也贵。我们应当干这个。我支持你。我给你先拿一百万，挣了还我，赔了无所谓。"家恒听了非常感动，两人尽情喝酒。

赵翠华支持家恒做裘皮。佟德奎知道了，又来找儿子，他语重心长地说："你千万别再冒险了。不种地也行，就现在这样也挺好。我跟你受不了这样的风险。"

家恒笑着说："爹你放心，经历了这次金融危机，我明白了许多经商道理，我不会再犯错误的。"

家顺回来低价收购网点，买地，盖起了厂房，让高家人很是着急。高老算受不了这个气，打电话给在宁海的高大白，让他回来一趟。大白说太忙回不去，问有什么事。高老算说："佟家顺从外面回来，挣了大钱，又买网点又买地，还盖厂房，我们高家不能比他们差，你也在外面干了这么久，现在看你的了，别给高家丢脸。"

高大白在宁海的厂房很大，生意红火。周阿妹对他很好，两个人都有那个意思。阿妹问大白电话什么事，大白就如实说了。阿妹说："要不这样，咱也回去买几个网点。我叔叔也有要在佟二堡发展的意思。"

大白说："我现在手头没那么多钱。"

阿妹说："我有，就算我们俩投的。"两个人商定马上回佟二堡。

大白说："这回你就算是我媳妇吧。"

阿妹说："你可想好了，别再见了嫂子忘了我。"

大白说："不会。"

第二天，两个人乘飞机回到了佟二堡，开始买网点买厂房，出手很大方，给高家脸上争了光，高老算十分高兴。对儿子领回来的媳妇也很满意，让他们早点结婚，早点抱孙子。大白去见哥哥大明，劝他振作起来。见弟弟回来了，又投资了，大明的心也活了，答应要继续做买卖。

大白领着阿妹来见陈兰芝，告诉她这是自己的媳妇。兰芝非常高兴，送她一个很贵重的礼物。她对周阿妹说："我虽然不是大白的嫂子了，但我认这个弟弟，算是他的姐姐，他人好心眼好，你要好好待他。"她还告诉阿妹，自己的女儿已经上了大学，学的是服装设计。

佟家恒要去广州学做裘皮，赵翠华要与他同行。家恒开始不同意，但赵翠华态度坚决，并说出自己的理由：她想儿子，想出去找儿子，散散心，也想学些做裘皮的手艺，回来帮帮他。这些话让家恒很理解，他说自己也常常梦见儿子，儿子还活着，也是学服装的，就是裘皮。

陈兰芝知道他们要远行，特意来送别，她把自己女儿高兰兰也带来了。这是家恒第二次见她，已经是个亭亭玉立的大姑娘了。她在省城上大学，这是放假回来。姑娘长得漂亮，很像陈兰芝，人也活泼开朗。家恒一见她，内心突然涌出一种莫名其妙的亲情感，难道她是自己的女儿？他不敢想。因为兰芝对他说过，这女儿与你无关。高兰兰对家恒也有一种特殊的亲情。她开口道："叔叔，听说您要去南方，还要做裘皮？"

"是，你怎么知道？"家恒反问。

"我妈告诉我的。做裘皮好，我特喜欢。等我大学毕业，我也回来做。"兰兰大声地说。这时，高大明走了过来，他喊女儿过去。兰兰不理他，就像没听见一样。她从小到大对这个父亲一直不好，也从来不去高家。高大明见喊不动女儿，知趣地走了。

陈兰芝嘱咐赵翠华注意身体，要照顾好大哥，并深情地对家恒说："学会了就早点回来，我也想做裘皮。"家恒点头。

家恒和赵翠华先到了温州，找到了几个商人，打听儿子的消息。二十多年了，自然是石沉大海，什么消息也没有，但可以肯定，儿子一定还活着，而且也一定是在经商。因为领走他的那个人是经商的，不是贩卖儿童的。他应当对孩子好，也许会比亲生的更好。听着这些商人的分析，赵翠华的心里亮堂了许多。

两个人又来到了广州，家恒找了香港的代理人。两个人见面，代理人很惊讶："你，你还好好的，赔得怎样？这场亚洲金融危机，死了好多大商户啊，跳楼的投河的都有，损失太大了。"

家恒笑笑说："我也损失了不少，佟二堡的皮装业户都没少损失。"

代理人感慨地说："谁也没有想到，危机来得这么快，这么猛，教训太深刻了呀。"他打量家恒问，"你来这干什么，是不是想另谋出路？"

家恒摇着头说："我找你来，不是不干，而是要好好干，干得更好更大，我要做裘皮。"

一听做裘皮，代理人更加惊讶地打量家恒，摇着头说："裘皮投资更大，比皮装大十几倍，风险也更大，你还是别干了吧。"

家恒说："我已经决定了，你还是帮我吧，我对裘皮知道得太少。"

看家恒态度诚恳，代理人想了好一会儿："那好吧，谁让我们是朋友呢，我帮助你。"

代理人先把赵翠华送到了香港的一家裘皮制衣厂当了工人，然后带着家恒去香港的裘皮市场看裘皮。看着那些五光十色的裘皮，家恒一下子兴奋起来，他问："水貂是不是在水里长大的？"

代理人笑了说："根本不是。水貂是因为皮子亮，像一汪水一样，所以才叫水貂。水貂皮原料的供应主要以丹麦、芬兰、挪威和瑞典北欧四国和北美为主，这两地出产的水貂销量占全球貂皮原料的百分之六十左右。还有一种产自独联体的紫貂皮，非常名贵。美国的水貂皮质量要高于北欧，美国最著名的水貂皮是'传奇水貂'。"

听着代理人的讲解，家恒的心已经飞到了貂皮之上。他暗暗下决心，一定要在裘皮服装上干出一番大事业来。

赵翠华在工厂里学做裘皮。开始，师傅在技术上保密，她就偷着学，对师傅也特别好，常给师傅买些烟酒和食品。慢慢地，师傅开始教她了。师傅告诉她：貂皮的加工工艺为"穿刀"。买貂皮的时候，用手指在大的平整面上仔细地抚摸，可以发现一条一条的棱，这就是"穿刀"工艺，就是把一张貂皮割成小手指宽的条儿，然后再缝合。缝合用专业线，特别细密，比刺绣的针脚还要细得多。这样做，可以把皮张加大一些，是合理的。但这还不是主要目的，主要目的是使服装加工后有自然垂感和动感。要是用整张貂皮缝合，效果很难看，容易产生大量的褶皱和不服帖的效果。师傅认真教她，她边学边干，加上有做皮子的基础，学做貂皮进步很快。经过一个多月的学习，佟家恒和赵翠华基本学会了裘皮服装的制作。他们买了一些裘皮，回到了佟二堡。

他们一回来，就受到了大家的关注，家顺和爱菊来看他们，陈兰芝来了，看见裘皮非常高兴，也要干裘皮。大萍二萍主动报名，要跟着爸爸妈妈做裘皮。李云霞两口子也过来了，也要学做裘皮。

高老算拿着算盘来了，他左看看右看看，假惺惺地问："出去这么久，都做什么了？"

"你来干什么，快走快走。"佟德奎见到他就有气，要赶他走，被家恒拦住了。他告诉高老算，自己出去是学做裘皮，准备加工。高老算听了很惊讶，但没说什么，他回家，把佟家要做裘皮的事告诉了大明。大明说："佟家做，我们也做。"高老算摇头："不行，这事儿得先看看，他们行了我们再干也来得及。他们不行，损失是他们的。"大明对爹的精明表示赞同。不怪爹老不赔，真是商人的料。

家恒和赵翠华找来了最好的技术工人，自己也亲自动手，连夜开干。

几天下来，做出了几件裘皮大衣，可细一看，很不好看，自己都不满意。拿到店铺去，无人问津。高老算又来了，看着做出的几件衣服，他笑了："这是你们做的裘皮呀，太难看了，卖不出去吧，我看你们还是算了吧。"

听了这话，佟德奎气不打一处来，他拿起旁边的笤帚："你滚，快滚，别在这幸灾乐祸。"

高老算哼着小曲回家了，他对大明说："我刚去看过了，佟家没有成功，做貂根本不行，亏了没跟他们学。"

家恒几天吃不下饭，睡不着觉，看着几件不像样子的衣服，心里沉甸甸的。陈兰芝来了，看了衣服后说："头回生，二回熟。第一次能做出来已经不容易了，为什么做不好，你应该问问明白人。"一句话提醒了家恒，他马上给香港的代理人打电话，说自己做的衣服不行。代理人这才告诉他，要想做好裘皮，必须请南方人，特别是南京的手艺人来做。裘皮真正的手艺人在南京。

家恒马上去了南京，见到了几位师傅，说了很多好话，还答应了许多条件，两个矮个子的南京人答应来佟二堡做裘皮。

佟家恒领着两个南方人回到了佟二堡。佟二堡第一次请南方人来，好多人都好奇，过来看望。两个人提出了条件，工作的车间别人不能进，干活别人不能看，技术要保密，吃的要米饭，晚上要有文化活动以及工资奖金等等，家恒都一一答应。南方师傅又提出要有进口的设备，开出了清单。家恒马上组织采购，连夜安装。

两个师傅关着门生产了几天，做出了三件裘皮大衣，让人耳目一新，人人叫好。贴上了商标，拿到了沈阳，马上卖出去了，价钱高出好多倍，裘皮衣服制作成功。

高老算听说了，知道这是个挣大钱的好项目，就过来看。他进了院子，被佟德奎拦住："你又来干什么？"

"我来学习学习。"高老算点头哈腰，满脸带笑地说。

"有啥好学的，你不是说我们不行吗？不是幸灾乐祸吗？"佟德奎瞪着眼睛说。

家恒听见吵声出来了，让高老算进来。高老算又要进车间。南方师傅不让进。家恒说："我都不让进去，你今天例外。我和他们说说，让你进去。"

佟德奎在一旁气得不行，说什么也不让高老算进。他告诫儿子，这是你的对手。家恒说："这次我出门，看了一些企业，也想了一些问题，一家兴，佟二堡不能兴，只有家家兴，佟二堡才能兴，才能发展起来。"

高老算进了车间，这看看，那看看，没好意思开口。

高老算回家和儿子商量，也要做裘皮。高大明非常愿意，劲头十足。他以会长的名义来到佟家，请家恒帮助。佟家的人都反对，但家恒愿意帮忙，他提供了所需设备的名单，厂家和报价，提供了裘皮产地等一系列商业信息。这让高大明很感激。

佟二堡人脑子快，精明。一家上项目挣了钱，就家家户户学，跟着上，上的速度惊人。高家开始做裘皮，其他家也跟着做。没有实力做裘皮的，又捡起了皮装做。一家一户，一厂一间，又开始了生产，佟二堡的皮草生意再一次红火起来。真是野火烧不尽，春风吹又生。

第二十五章

洋 人 来 了

　　高老算和高大明决定做裘皮，他们按照佟家恒提供的信息，买了进口的设备，又买了一些裘皮，但没有会做裘皮的师傅。大明说："家恒厂里有南方的师傅，我们多出几个钱，给挖过来，为我所用。"但高老算摇头不同意，他说："家恒对咱们挺够意思，提供了这么多的帮助，我们不能再去挖人家的墙脚。做人不能太损，上次挖张皮匠，我们也没得到什么好处。"

　　大明问："那怎么办啊？"

　　高老算说："他佟家恒能从南京请来高手，我们也去请，我们不比他们差什么。你能说会道，又是会长，你就去吧。"

　　高大明去了南京，找到了会做裘皮的师傅。他好话大话说了一火车，答应了许多的条件，才把四个师傅从南京请到了佟二堡来。

　　一到他们家的工厂，大明就以各种理由，把这四个人的身份证扣了起来，一开始答应的各种条件，开始不兑现，实际上是等于骗了人家。大明对高老算说："这些南方人工资太高、太贵，把他们骗来做点活，再把技术学到手，就把他们赶走。"高老算对儿子的精明连连点头，表示满意："你真是我的儿子，会算计，比爹强多了。"

南方来的几个师傅也留着心眼儿，他们见待遇不落实，吃得不好，不可口，住得不好，很有意见。大明和高老算让他们马上干活，还要求他们把技术都说出来。南方人不干，和高老算进行斗争，技术活根本不让他们看，想学也不教，双方矛盾开始加剧。

佟家恒把请来的李大、李二两位师傅当成座上宾，好吃好喝地供着，工资给得多，还预发了奖金，晚上还有一些文化节目。两个师傅感到很满意，认为这个东北老板很好，就好好地给做衣服。衣服做得多，也卖得好，挣了不少。高大明见佟家的衣服做得多，卖得好，回自己的工厂一看，南方的四个师傅磨洋工，不好好干活，他火了，把四个人大骂了一通，还扬言，如果不好好干活，就动用黑社会的力量，打断你们的腿。四个工人团结一致，偷着跑出去，报了警。还到了家恒的工厂，和李大李二两个师傅见了面。说要离开高家，到佟家来干活。高大明和高老算知道了这件事，以为是佟家恒在挖他的人。扬言要好好教训这些南方佬，也要找佟家恒算账。

家恒为了让李大李二更安心地在这里做裘皮，主动提出把他们两个人的家属接来，安排夫妻间，还帮助解决孩子上学入托的问题。这一想法让李大李二非常高兴，他们回去接家属孩子。

高家的几个南方师傅提出不要工钱了，要离开，要身份证。高大明和高老算不给，双方发生矛盾冲突，还动了手脚。南方人又打电话报警，警察赶来批评高大明和高老算扣身份证的事情。高大明气急败坏地说："身份证我可以给，但你们要赔我的损失，来了这些天，没干啥活，给我造成了十万元的损失，要全额赔偿。"

南方师傅一听也急了："什么？赔你十万元？当初你答应好好的，给工资，吃得好，住得好，晚上有文化活动。可来了这些天，我们吃什么了？住得也不好，晚上也没有文化活动。你这是骗人，是欺诈行为。"

警察听了，双方都有道理，他们也没法解决。南方人提出要上告法庭，这样一闹，高家的生产停了下来。高大明火了，偷着找了一个黑社会的人，打了一个南方师傅，还进行威胁。镇政府知道此事，批评教育高大明。派出所还立了案，到厂里把高大明带回派出所调查。佟德奎知道高家出事，非常高兴，跑去看热闹。正好看到了高老算，"高老算——"他大着嗓门喊，"高老算，你家咋地啦？派出所都来人了，刚把你儿子带走。做裘皮也要把心放正。"

高老算一听火了："滚滚滚，这有你啥事。"他赶紧把大门关上，回屋去了。

晚上，佟家恒来到高家。刚从派出所回来的高大明没好气地说："你来干啥，看我的热闹？"

家恒摇摇头："我看啥热闹，我来帮你解决问题。"

"你能解决啥问题？"高老算摇着头，"你爹一早上就来厂里看咱们笑话来了。"

家恒说："你们别怪我直言。这件事，公正地说是怪你们，是你们没把心放正，想骗人。"

"你，你说话怎么向着外人呢？你不是佟二堡的人吗？"高老算指着家恒的鼻子问。

家恒说："向亲向不了理。你们想想，咱请人家来佟二堡，是让人帮助咱做裘皮。咱不懂裘皮，就要好好学，好好待人，把心放正，答应人家的事情要办到。不然，损失的是咱自己。"

一席话说得高家父子没了声音。

"你们好好想想吧，我去找南方师傅说说。"家恒带着李大李二找这四位南方师傅，经过耐心劝说，南方人同意和平解决问题。

佟德奎对儿子这种做法很不满意，他把家恒叫来，没好气地说："你怎么没心没肺呢？也不多长个心眼，咱们吃高家的亏还少吗？你竟然还去帮他。"

家恒说："咱不能眼看着他的裘皮做不好，能帮就帮一把。大家好，咱佟二堡才能好。"

"你管那些干啥？你又不是会长，也不是镇里书记。"佟德奎没好气地说。

赵翠华也对家恒说："害人之心不可有，防人之心不可无。高家啥人品咱都清楚，把他扶上去，就等于多了一个对手，还说不定啥时候咬你一口。"

家恒笑笑说："我知道他们有毛病，正因为有毛病，才需要帮助。佟二堡要好，每家都要好。不能因为高家有毛病，坏了咱佟二堡的名声。"

陈兰芝对家恒的这些做法非常敬佩，认为这才是一个真正的男人，有胸怀，更加深爱自己心中默默爱恋的男人。

高家和南方师傅的矛盾解决了，但四个师傅提出要去家恒的工厂干活，给多少钱都行，就愿意找你这样的老板。高老算一听一拍大腿："坏了，这是上了佟家恒的当，让他这么便宜地把技术工人挖走了。"高大明也说："这个佟家恒，看着老实，内心坏着呢。你等着，看我怎么收拾他。"

出人预料的是，家恒拒绝了南方师傅要来干活的请求。他语重心长地说："你们还是在高家好好干活，他会吸取这次教训的。我不能收留那么久，更不能挖他的墙脚。"

家恒又一次找到高家父子。"你们还等啥呀，赶紧给师傅们做点南方人爱吃的饭菜，再发些工资，让他们抓紧给你干活呀！"

高老算不相信地问："你，你不收留他们？"

家恒淡淡一笑："你从南方聘来的工人，我怎么能收留？咱佟二堡人啥时候也不能自挖墙脚。"

一席话话说得高家父子泪流满面，赶紧安排师傅抓紧生产。

陈兰芝找到家恒，送来两套内衣裤，关切地说："你也是个老板了，别穿得这么差，里边的衣服都没色了。"

家恒笑笑说："这些日子太忙，没来得及换。"

陈兰芝深情地看了他一眼，放下东西走了。

佟二堡来了一位俄罗斯的胖女人，她三十多岁，金发碧眼，说着不太流利的汉语。她进村遇到的第一个难题就是找厕所，她内急，但农村厕所太脏，下不去脚，去了几个都捂着鼻子出来，不能方便。她在村里急得乱转，恰巧让陈兰芝看见了，把她领回家，帮助她解决了问题。

两个人进了屋，陈兰芝问她是干什么的。到佟二堡来做什么？女人自我介绍叫艾斯波娃，是俄罗斯的一个皮草商人，专门经销皮衣裘皮，在俄罗斯有广阔的市场。几年前，她在芬兰参加一个皮草拍卖会上，见到了一个中国农民，说是辽宁佟二堡的，一次拍了一百万美元的皮子，让她很吃惊。她这次来就是要找这个人，要和他建立直接的联系，把佟二堡的皮草服装销到俄罗斯去。陈兰芝一听这是好事，就问她知不知道佟二堡的这个人姓什么叫什么？波娃连连摇头，说不知道，想请兰芝帮助找一下。陈兰芝说："我记得那年，佟二堡有几十人去了芬兰拍皮子，是佟家恒拍的一百万美元的皮子，震惊了拍卖市场。"波娃说："那你快领我去找他，我想马上见到他。"

陈兰芝领着波娃去找佟家恒，半路上却遇到了高大明。高大明问这个洋女人是干什么的？兰芝就把事情的经过讲了一遍。高大明一听是俄罗斯经营皮草的商人，眼睛顿时一亮，他拍着胸脯说："不用找了，我就是当年在芬兰拍皮子的那个人。"

兰芝疑惑地说："怎么是你呢？我记得应当是家恒啊。"

大明一听不高兴了："你记得谁吗？你又没有去。我去了，我给你讲讲当年的经过。"

波娃一听经过，连说"很对，很对"。为了证明是不是，波娃拿出了当地的一张报纸，报纸上有一张照片，但照片很模糊，拍卖师旁边的那个中国人看不清，又像大明又不像。高大明坚定地说："这就是我。我当时举牌子拍了一百万美元的皮子。"

波娃相信了那个拍皮子的就是高大明。她兴奋地用不太熟练的汉语喊着："我可找到你了，找到你了。"说着，上前紧紧拥抱了高大明。大明请波娃到自己的工厂去看产品，波娃高兴地去了。

兰芝来到家恒的工厂，家恒不在，去省城送货去了。兰芝给家恒打电话，核对当年去芬兰拍皮子的人是不是他。家恒说："是我，没有别人。你问这个干什么？"兰芝一听急了说："你快回来吧，来了一个俄罗斯的女皮草商，要找当年拍皮子的佟二堡人，要做大买卖。现在让高大明把人骗走了。"家恒听了一笑："那没什么，他做他就做吧。"兰芝一听更火了："这是多么好的商机啊，你怎么能错过呢？你快回来，快点。"说完，气得挂了电话。

大明把波娃领到家中，先看了自己的工厂和设备，大吹了一气，又看了南方师傅新做的裘皮大衣，波娃很高兴。晚上，大明热情招待波娃，做了俄罗斯人最爱吃的土豆烧牛肉。还上了好酒。波娃吃得很高兴，喝得很兴奋。高老算过来敬酒，他告诉儿子要尽快和波娃签合同，大明当即起草了一份双方合作的合同。波娃因为喝多了酒，对合同内容也没有详细看，就签了字，合同当即生效。为了把波娃套住，高老算让波娃先交一部分定金，波娃就交了五千美元。

陈兰芝来到了高家。她想告诉波娃，拍皮子的不是高大明，而是佟家恒。但高大明没有让兰芝进门，把她挡在了门外。陈兰芝生气地说："高大明，你不能这样为人，也不能这样做事，人品比商品更重要。家恒对你多好啊，你不能为利益不择手段。"大明对兰芝的劝解很反感，他气愤地说："你好歹也是和我睡过觉、生过孩子的女人，你怎么能处处向着那个佟家恒呢？你是不是和他有什么事？"

陈兰芝一听火了："有事没事跟你无关。就是有事，你也是个被戴绿帽子的乌龟。"

高大明最怕，也最不爱听的就是这句话，像刀子捅他的心一样难受："你，你这个坏女人。"

两个人再次爆发矛盾冲突。刁婆子听见吵声出来，一看陈兰芝在和儿子斗嘴，儿子气得浑身发抖，她挥起手中的笤帚朝兰芝打过去："你这个丧门星，你滚，快给我滚出去。"

波娃在高家待了一天，很高兴地离开。在佟二堡车站，她遇见了从省城回来的佟家恒，两个人碰了个对面，波娃突然叫住了家恒，上下仔细打量了一番："你，你这么面熟，我一定在什么地方见过你。"

家恒笑笑说："我是佟二堡做皮装的。"高大明在一旁着急，让波娃快走，波娃不走。她问家恒去没去过芬兰，拍没拍过皮子。家恒回答："我去过芬兰，也拍过皮子。"

这时，陈兰芝走了过来，她告诉波娃，当年拍皮子的佟二堡商人，是佟家恒而不是高大明。波娃这时问高大明是不是这样？在佟家恒面前，高大明再也不敢撒谎了，只好点头，但还狡辩说，自己也去了。只是没带那么多的钱，想拍而没拍成。波娃非常生气，觉得自己上了当，当即拿出合同，说自己来找拍皮子的人，不是来找骗子的。要求合同作废。高大明笑了笑说："合同签了就是法律，你不执行合同，我就告你，而且五千美金也不返给你。"波娃气愤极了，指着他的鼻子说："你这个骗子，趁我喝多了酒，骗我签字。我要找地方说理，我要告你。"

家恒看了这个合同，觉得不合理，老谋深算的高老算在合同上写了：高大明是佟二堡地区唯一的合作商，不得再找别人合作裘皮大衣。这次签的是二百五十件，价格也特别低。家恒说："你是趁人家酒喝多了，又不了解实情，签了这个合同，你有明显的欺诈行为。作为一个有良知的商人，咱不能这么做呀！"

高大明一拍胸脯："佟家恒，你是不是看我抢了你的生意，不高兴呀？谁让你运气不好，当时没在家呢。合同签了，那就不能改。"

波娃找到工商部门，要求废止合同。大明在此之前已经偷偷找了工商所长，又送了礼。工商所长偏向大明，对波娃不予支持。

波娃气坏了，宁可损失五千美元，也不再和高家合作。但家恒做她的工作，既然合同已经签了，就要执行，生意的路长着呢。波娃听信了家恒的话，愿意与他再签五百件裘皮大衣的销售合同。这一消息让高家父子知道了，他们马上来找波娃，说你只能跟我们合作，不准跟另外一个人合作，协议上写着呢。波娃说不对，我没那么写啊。原来这是高老算趁波娃喝多了酒在合同上后加上去的。波娃看了叫苦不迭，说这是欺骗我啊。

高家的用意很明显，要垄断俄罗斯的市场，也要打压已经很有实力的佟家恒。家恒已经看清了这一点，他很大气地说："你不要再为难波娃了，我保证不同她签裘皮大衣的合同。"有了家恒的保证，高家觉得胜利在握，这才离开。

波娃为家恒的高尚品德所感动，说："你真是个好人，处处为别人着想。我不跟你签裘皮大衣合同，我和你签裘皮帽子合同。俄罗斯人都非常喜欢戴裘皮帽子，每个人都有四五顶之多。"家恒听了很高兴，和波娃签了帽子的合同，也没要什么保证金。

波娃拿着两个合同走了。高家开始组织生产裘皮大衣，因为有合同，还有五千美元定金，他们觉得有了底，不注意质量，偷工减料，欺人骗人。南方师傅说，这样做不行，要毁牌子的。但大明以挣钱多少为由，把南方师傅臭骂了一通。很快一百五十件裘皮大衣就赶制出来了，他让波娃汇款，见了钱才把衣服发过去。这一次，确实挣了一笔钱。爷俩很高兴。

家恒签了帽子合同，认真研究制作工艺，分析俄罗斯男人女人的头部特点和季节特征，购进好的裘皮开始认真制作。他一再叮嘱李大李二两个师傅，这是给外国人做的，是咱们佟二堡皮草第一次走出国门，一定要做好。他反复检查质量，不合格的产品要返工。五百顶帽子做好后，他给波娃打了一个电话，没等对方把钱打过来，他就把帽子发了过去，很快对方的钱到了。波娃又打来电话，说帽子卖得非常好，再做两千顶，并主动提高了价格。佟家又开始第二批帽子的生产。

高家发出这批衣服后，波娃发来了传真，告知衣服质量不好，卖不出去，自己赔了一笔。他们的合同从此终止。高家挣了一笔小钱，却丢了一个大市场。看着佟家恒的帽子一批又一批地做出来，运出去，高大明气得摔了杯子，我怎么就斗不过佟家恒呢？

第二十六章

办 皮 装 节

　　镇党委田书记把高大明和佟家恒找到了办公室，传达了县委县政府的一个重大决定：为了进一步宣传佟二堡，营造良好的发展氛围，决定在佟二堡举办首届皮装节。田书记讲了办这次皮装节的重大意义和具体内容，希望皮草协会配合政府做好各项工作，政府搭台，企业唱戏。通过皮装节，让全市全省全国都认识佟二堡，了解佟二堡。一听要办皮装节，高大明拍着胸脯说："田书记您放心，我是会长，我一定当好一把手，全力做好工作，把皮装节办好，为佟二堡人争光、争气。"田书记很满意，连连点头。

　　随即召开了皮装业户动员大会，田书记做了动员部署。高大明更是口若悬河，大讲做好宣传工作的重要性。田书记问佟家恒有什么要讲的，家恒想了想说："办节是好事，但我们要把主要力量放在衣服的质量和样式上，利用这个节，把我们的好产品、好样子、好工艺宣传出去，改变佟二堡过去不好的形象。"他的话得到了田书记和大多数业户的赞扬。会后，田书记把他们两人留下商量具体工作。田书记说有两个工作，一个是抓好宣传请名人，一个是抓产品提质量，你们两个分分工。田书记的话音刚落，高大明马上说："我去抓宣传，请名人。这非常重要，名人效应嘛。"

家恒说："那我抓产品提质量，为皮装节提供一批全新的服装。"

高大明回到家，把这件事告诉了高老算。高老算边打算盘边说："这次你错了。应当抓产品提质量，搞宣传有什么用，都是空的。"

大明反驳说："你错了。现在名人多重要啊，借这个机会，政府搭台，咱们请人，那些歌星影星小品王相声大师是花多少钱都请不到的，如果他们给咱们的衣服做个广告，与他们合个影，那效果会多好，你明白吗？你老了，跟不上形势了。"大明把爹好一个批。高老算想想，也觉得儿子说得有些道理。现在电视上明星广告确实做得好。他对儿子的批评表示接受，支持儿子做好宣传工作。

家恒把家人找到一起，说出了自己的想法。要利用这次皮装节，把我们的服装提高到一个新水平。要舍得投入，干点大事。家人都同意。

佟二堡宣传发动起来了，广播车在大街小巷广播皮装节的消息。机关干部、企业工人、皮装业户们都在打扫卫生，整顿环境，大搞宣传，为皮装节做准备。

高大明和有关人员上了飞机，去北京请名人。佟家恒和佟家顺也乘飞机去了广州，请服装设计大师。

高大明在北京见了一个个歌星影星，介绍佟二堡皮装节的规模、意义，并和大腕们照相，他显得非常兴奋。

晚上，高大明请明星吃饭、唱歌、洗浴。他给高老算打电话，报告了见到明星的体会。"爹，我太有面子了，见了很多大明星。明星太重要了，就是手头的钱不够花了，爹再多汇点钱吧。"高老算一听马上说："钱要花就花共产党的公款，咱自己的钱可不能这么瞎花啊。"

大明说："共产党的钱是要花，可咱个人的投资也要花啊。能和明星交上朋友，那是多少钱也买不来的啊。你快点汇钱吧。"几句话把高老算说得没话了，只好汇钱。

家恒和家顺来到广州，经人介绍认识了一位香港的国际品牌皮草服装设计大师马利先生。大师对他们不热情，提到佟二堡直摇头，说那里的衣服全是假冒伪劣。家恒真诚地请他去设计，说出了很多理由。大师摇头不去，说去佟二堡会丢自己的面子。几句话把他们打发了。

家顺很生气，说你一个画图的有什么了不起的？不用你可以用别人。他主张走，但家恒不同意，说我就认准这个设计大师，一定要把他请到佟二堡去。他的恒劲儿上来了，就在门前等。大师出门，看他们在门口不予理睬。晚天下大雨，家顺生气走了，而家恒还在雨中等。半夜，大师乘车回来，见家恒在雨中被淋得很狼狈的样子，就请家恒进了屋。家恒再次请大师去佟二堡设计服装，态度诚恳地说：您不同意去，我就不走了。又讲了佟二堡现在的发展，最后终于感动了大师，答应可以给设计。但设计费是很贵的，要八十万元人民币。他以为这个价能把家恒吓走，但家恒说："行。我就是砸锅卖铁，也保证设计费。"当下签了协议。大师答应给设计八种款式，等于设计一个款式是十万元人民币。

高大明从北京回到了佟二堡，立即向田书记汇报说："这次北京去得太成功了，有名的那几位明星大腕，除了不在国内的和早已安排了节目外，其余的都请来了。"他拿出一张张和明星的合照让书记看，十分得意。田书记表扬高大明工作做得好，又交给他另一个任务，去请服装表演模特。大明很高兴地接受了这个任务。

佟家恒回来后，只给田书记打了一个电话，说自己正在找人设计新款服装，别的什么都没说。他开始购进最好的裘皮，跟南方的师傅研究怎么制作。设计大师很快把样子递来了，家恒看了觉得都不错，但又都不太理想，款式和北方的气候有差异，他提出了几条修改意见并给设计大师打了电话，说出自己的想法。大师觉得他说得很对。能给自己的设计作品提出不同意见的人还很少，特别是这个农民出身的佟二堡人，他答应尽快改进。家恒要了他的账号，说把设计费马上汇过去。这让大师很感动。

家恒手头没有那么多现金，就找人借。老爹问借钱干什么，家恒说是设计费八十万。佟德奎一听火了，大骂儿子大脑袋。就那几个破图，乱七八糟的，能值那么多钱？这次是让人骗了。家恒去找赵翠华借钱，赵翠华说："这几张图我都看过，不值八十万，什么世界品牌啊？咱佟二堡这些年都是照人家的样子扒下来的，不也卖得挺好吗？趁早把图纸退回去。我已经看过了，我就能照猫画虎弄个八九不离十。"家恒摇头不同意："这是世界设计大师，在国内外又有重大影响，他的作品值这些钱。我们以后再不能没有自己的品牌，到处模仿抄袭了。"

尽管赵翠华心里一百个不愿意，最后还是拿出了二十万元说："这是我借你的。有借有还，再借不难。"钱还是不够。正在为难时，陈兰芝主动来了，她支持家恒的这一举动，建议以此设定自己的品牌，并帮他想好一个名字：兰朵。家恒一听，连连叫好。陈兰芝拿出了三十万元说："我投进去算个股份，我可以使用这个设计，用兰朵这个品牌。"兰芝接着又说，"女儿兰兰马上要大学毕业了，她告诉我不当公务员，就回佟二堡做皮装。等她回来我就不干了，让女儿干。"家恒对此表示支持。

高大明来到上海，找到了一个专业模特队，他见到一个个靓丽的女模特，非常兴奋，和队长谈了起来。他说自己是大款，很有钱，有奔驰车和小洋楼，做皮草生意的。女模特对钱非常感兴趣，答应一定去佟二堡参加皮装节。大明答应送给她裘皮大衣。

设计大师修改后的设计样式寄来了，家恒看了很满意，马上组织南方师傅连夜加班加点，精心制作。家恒对质量的要求达到了极限，连南方师傅都有些受不了，说就是出口衣服也没这么细过。家恒说，这比出口的还重要，这是在展示佟二堡，展示我们的品牌。

大明回到家，又吹嘘自己请到了模特队，女模特如何好看。被姜美丽骂了几句。姜美丽向他要钱，大明说现在没有，钱都给明星花了。姜美丽很生气，抱着孩子走了。

高老算打着算盘对儿子说："你应当多看看咱家衣服的质量和样式，我听说佟家恒花大价钱，请香港人设计衣服，光设计费就花了八十万。"大明嘲笑着说："那是真傻，有钱不如请明星呢。衣服样式都是大同小异，没什么不同。等明儿个他的东西一出来，我照样子仿一下就行了。"

大明来到自己的工厂，让师傅们快点干，注重数量而不注重质量。南方师傅提了一些意见，大明还说他们瞎管闲事。大明把他和明星的合影照放大，装在镜框里，挂在办公室和车间最显眼的地方。

皮装节就要到了，镇里召开大会，再次动员部署。高大明在会上又是大唱高调，讲宣传讲明星讲接待，唯独不讲服装的款式和质量。家恒只说一句话："一定要让客人看到全新的佟二堡的皮装，这是树品牌树形象的好机会。"

散会后，家恒去了赵翠华处，帮助她设计女式服装。家恒又来到李云霞处，帮助她研究男士服装，家恒又来到陈兰芝处，和她一起研究女式新式服装。家恒要求每家至少要拿出十个新款式，要高质量新品牌，一改过去的样式，用最后的几天，把衣服做出来。整个佟二堡都在为首届皮装节做着准备，彻夜灯火通明。

一架架航班落地，一辆辆轿车驶来，到处红旗招展，到处歌声嘹亮。省市县各级领导、全国明星大腕齐聚佟二堡，参加首届皮装节。高大明忙前忙后，和明星大腕们握手寒暄。家恒没有想到，香港设计大师马利先生突然出现在他的面前。大师说："我是不请自到。我的八件作品到底怎样，就如同我的八个孩子，我不放心，就特意来看看。快领我去工厂。"家恒非常感动，领着大师到了工厂。大师仔细看着制作好的三十件裘皮大衣，非常满意，又提出了一些修改意见。南方的师傅们马上修改。大师对家恒的人品特别满意，他说："我这次来，不光是看作品，还是看你这个人。商人是利益第一，但我却认为是人品第一，你就是人品太好了，我才认你。"

家恒又领着大师去赵翠华、陈兰芝、李云霞等人的工厂和店铺，大师对她们的产品都提出了一些好的修改意见。大师对家恒说："晚上演出看你的这些作品，我会为你喝彩的。"

晚上灯火通明。佟二堡首届皮装节在镇广场上举行，人山人海，场面壮观。首先是领导讲话，县市省各级领导对佟二堡皮装发展给予了充分的肯定，对下一步发展提出了希望和要求。随后开始了文艺演出。先是歌星唱歌，然后是小品王的表演，接着是模特队的表演，这是皮装节的重头戏。十个模特穿的都是香港大师设计的裘皮大衣，表演了十分钟，换了三次衣服。精美的服装，优美的表演，动听的音乐，让人耳目一新，不敢相信这么好的衣服是佟二堡人做出来的。漂亮的女主持人说："下面，让我们以最热烈的掌声欢迎世界级的香港服装设计大师马利先生登场。"

马利大师的名气非常大，却很少出席这样场合。他一上场就掌声雷动，明星名模都议论纷纷，这么重量级的人物怎么能请来呢？佟二堡人的面子也太大了。大师走到台上，手拿麦克，只说了这么几句话："刚才名模表演时穿的裘皮大衣是我的设计作品，是佟二堡佟家恒先生生产的，不是赝品，不是假冒伪劣。我以我的人格和名气担保。谢谢。"这简短的几句话迎来了热烈的掌声，也为佟二堡皮草业赢得了殊荣。演出一直到深夜。

第二天，各级领导和明星名模应邀参观佟二堡的皮装工厂。高大明因为和明星熟又是会长，他要求第一个去他的工厂。工厂前插着红旗贴着标语，工人们列队欢迎，高大明和明星们的合影照随处可见。高大明口若悬河地介绍自己的工厂，高老算和刁婆子紧随其后。他的裘皮服装实在是太一般，没有特殊打动人的地方。领导和明星们看看，没有兴趣。高大明突然大声地说："各位领导和明星们都来了，我高大明是个爽快人，来了就不能空着手走，我送大家一人一件刚刚做出来的新款裘皮大衣。"

一听要送裘皮大衣，高老算马上扯住儿子的手，小声说："你疯了，瞎说什么，这么贵的东西能白送吗？"高大明说："这东西就是广告，名人能收就不错了。送。"

镇领导对他这个突然举动很惊奇，小声说："大明，这可是你的个人行为，镇里可是不能给报销的。"

大明说："我不用镇里给报销。"

领导和明星一听说要白送裘皮大衣，情绪立即发生变化，都夸奖他的工厂好，他的衣服好，赞扬声一片。客人们高高兴兴地拿着贵重礼品离开了高大明的工厂，去不远处佟家恒的工厂。高大明嘴角露出了微笑，自言自语地说："我看你佟家恒怎么跟我比，我送你不送吗？"

佟家恒的工厂没有红旗，没有标语，也没有列队欢迎的人群，只有家恒一个人在门口迎候提着大礼包的客人。镇领导批评家恒为什么门口这么冷清不热情，和高大明比你做得太差了。家恒笑笑，什么也没说。他领着客人参观车间。车间里一片繁忙景象，不少客人停下脚步，看工人们手中的产品，点头称赞。

客人们来到了衣服展示厅，三十件昨晚名模穿的裘皮大衣穿在模特衣架上，金光闪闪，五光十色，夺人眼球，衣服一件好于一件，称得上是一流的设计，一流的原料，一流的制作，人们赞不绝口。一个著名的女歌唱家站在一件最豪华漂亮的裘皮大衣前，左看右看。家恒过来介绍说："这是世界最好的美国貂皮，也叫美国黑，它的价格高于北欧貂皮，特点是貂皮针特别短、细、密，基本和绒长度相等，皮板柔软。而这款衣服用的是母貂，有特殊的光泽，幼滑，可以说是极品了。"女歌星问："我可以试试吗?"家恒说当然可以。女歌星去了试衣间,当她再次出来的时候,满屋子的人都目瞪口呆,鼓掌喝彩,她穿上这件衣服,华贵无比,精美绝伦。女歌星站在大衣镜前左右端看,真是太完美了。她说:"我的衣服太多了,裘皮大衣也有十几件,像这么穿着合体高档漂亮的还真没有。"她穿着就不愿意脱下来了。

一旁的镇领导看了,小声对家恒说:"大明星看好了,就送她吧。"家恒笑笑摇摇头,表示不送。

镇领导又小声说:"人家高大明已经送出去三十多件了,你送一件不行吗?"家恒说:"一件也不送。"镇领导很不高兴,觉得很没面子。女明星穿着裘皮衣服左走右走,围观人又是一阵叫好声。镇领导脸上挂不住,大声说:"这么好的衣服,你穿着又这么漂亮,你就拿走吧。我是镇长我说了算,以后我跟他们算账。"

家恒听了摇摇头,不让这么拿走。镇长火了:"这点小事,我说了不算吗?我能不给你钱吗?"

家恒不动声色地说:"我是店铺,是卖东西的,不是送东西的。镇里买可以,要拿现钱,我不赊账。再说,我知道镇里已经欠别人不少钱了。一时还不上,还给低价。"几句话把镇长说得满脸通红,一点面子都没有了,他一赌气,转身走了。

女歌星笑了,说:"佟老板说得对,这是真正的商品,我看也是艺术品,这衣服我买了,多少钱?"

家恒一举巴掌:"五万。"

众人一听,啊?五万,太贵了吧,打点折吧。家恒听了笑笑,摇摇头:"我的东西不打折。"

女歌星说:"值五万,我买了。"然后去更衣间换了衣服。家恒把裘皮大衣包装好,递给他。歌星一边交钱一边说:"这是真正世界级大师的作品，在法国巴黎至少十万。"经女歌星这一说，众人又看那些衣服，真是件件精美，华丽绝伦。明星们都纷纷出手，三十件样品衣服顷刻间都卖了出去。

客人拿着花大价钱买的衣服，又提着白送的衣服，都称赞买的衣服如何好，对白送的衣服，一句好话都不说。

高大明追到那个女模特。女模特说："你送我的衣服我看不好。我花了五万元钱，买了一件佟家恒做的衣服，我看值。你要追我，等把你的衣服做好了以后再来追吧。"气得高大明直翻白眼。

皮装节圆满结束。高大明白白送出了三十件衣服，损失了四十多万元，什么也没有得到。佟家恒卖出了三十件衣服，挣了一百五十万元，而且创出了自己的品牌，产生了很大的影响。

在总结大会上，田书记对家恒给予了表扬。说这次家恒的裘皮大衣，长了佟二堡人的志气，提高了档次，让大家向家恒学习。

回到家，高大明气得又摔了杯子。我又赔了，我怎么总也斗不过佟家恒呢? 高老算长叹一口气，什么也没说，继续打着算盘。这次皮装节，他们又失算了。

第二十七章

走 上 邪 路

　　皮装节过后，佟家恒名气大振。在佟二堡的皮装节上，他已经成为头号人物了。品牌好，有影响，生意好，挣得多。许多外地人都慕名而来，非要花大价钱买他的品牌裘皮。大多数业户纷纷向佟家恒靠拢，学习他的经营之道。家恒也热心帮助每一个业户解决难题。他的威信日益高涨。

　　有几个人暗地里商量，皮草协会的会长应当是佟家恒而不是高大明。他们对高大明不满意，有人还偷偷到镇上找田书记反映情况，希望能换会长。田书记说，协会是自治组织，选不选，换不换，是你们自己的事，党委和政府不做任何干预。几个人暗地里商量，争取开大会，把高大明撤掉，选上佟家恒。

　　有人把这个消息告诉了高大明，引起了他极大的恐慌，丢掉会长，这怎么可以呢？他既恨又怕，马上找爹商量。高老算打着算盘，为儿子出谋划策："会长这个职位不能丢，这关系到高家和佟家的斗争，我们必须保住会长。"可是怎么才能想出一个万全之策呢？高老算一时也拿不出好主意。这时来了一个电话，是高大明在香港的一个朋友打来的，问了一下佟二堡皮装节的情况，并告诉他一个好消息，可以为他提供高质量低价格的进口裘皮原料。这可真是一个天大的好消息。放下电话，高大明一阵激动。但高老算让他小心，应当亲自去香港那边看一看，是不是真的，千万别上当。高大明同意。

高大明一个人来到了香港，见到了这位唐先生，他实际是做皮草走私生意的。高大明请他吃饭喝酒，两个人谈得很投机。为了证明诚意，唐先生将一笔进口裘皮，以很低的价格卖给了高大明。高大明高兴地带着这批裘皮回到了佟二堡。他用这批质好价低的裘皮，做出了大衣，摆在了市场上，价格低于佟家恒的几千元，引起了很大的轰动。

此时的北方，裘皮大衣刚刚盛行，只有少数人能够买起这种衣服，大多数人对昂贵的价格一时还不能接受。许多人在皮草城看着貂皮大衣流连忘返，就是不肯掏钱买，嫌贵。高大明的衣服一摆上去，价格这么便宜，皮毛质量又好，做工也不错，立即引起顾客争相购买，一传十，十传百，都以为这个价格卖错了，购买者络绎不绝。大市场内只有高大明的衣服卖得好，佟家恒的衣服无人问津。

陈兰芝第一个发现了问题，她跑去告诉佟家恒："高大明的衣服一件低于我们三千多元。"家恒不相信。两个人到高大明的店铺一看，果然一件衣服比自己贱了三千多元。这成本怎么能做出来呢？他这么卖不是赔钱吗？家恒以为，这是高大明在和自己故意打价格战。他不服输，也不怕输，决定回应，他也开始降价。回到店里，家恒用计算器反复算着成本，决定每件大衣降价一千元，标签改过了，果然有人来问，个别人也买，但说还是比高家的衣服贵。佟家恒的衣服一降价，别人家的衣服也马上跟着降价。佟二堡的裘皮大衣突然间出现了一股降价风。

高大明和高老算在家里喝着小酒，脸上都是喜悦，不时有电话打来，报告销售衣服的好消息。有一个女服务员跑进来说："佟家恒的衣服也降价了，每件降了一千多元，现在已经有人去他们那里买衣服了。"

高大明一听，当即决定再降价一千元。看谁能降过谁？高家的店铺马上又在换标签，买主们一听降了这么多，又从佟家的店铺来到高家的店铺买高家的衣服。

高家又降价一千元的消息，让佟家恒不敢相信，他拿着计算器再算成本，已经到了临界点了。为了竞争，为了战胜高大明，佟家恒痛下决心再降五百元。

佟家顺找到哥哥，大声质问："你这么做不是疯了吗，现在这个价已经是无利可挣了。为什么还要降？我们做衣服是为了啥？是为了挣钱，挣很多很多的钱，不是为了赌气。"家恒不听，告诉他反正我降，你爱降不降，家顺气呼呼地走了。

赵翠华来找家恒，也批评他不该这么做。但家恒不理。两个人很不愉快。

陈兰芝来到了高大明的家。自从离婚，她就没再登这个门。她的突然到来，让高老算和高大明非常惊奇。陈兰芝说："我来是因为女儿马上就大学毕业了，她要回佟二堡做买卖，想听听你们的意见。"

高大明马上说："我没啥意见，她干啥都行。"

高老算聪明，打了几下算盘说："女孩回来行，但做买卖得靠她自己，或者你的帮助，我们高家没有能力支持她。再说，我们现在已经有孙子了。"

"对对对，我有儿子了。"高大明马上出去，把儿子抱了过来。

陈兰芝发现，这个儿子长得一点也不像高大明，她心里断定这个儿子肯定不是他的。陈兰芝对高大明说："女儿回来，你是她爸爸，你能做点什么？"

高大明一听，马上摇头："女儿我不管，过去给抚养费，现在能独立了，我什么也不管了。我还有儿子，我的一切都是为了儿子。"

陈兰芝听了也不生气，她笑笑说："我知道你会这么说。其实你也没啥钱，衣服卖得那么贱，都赔光了吧？"

高大明听了，得意地大笑："我赔光了？笑话！我高大明能做赔本的买卖？实话告诉你，我在香港开辟了一条新的路子，进口的皮子质量好，价钱又低。现在卖这个价，我还挣钱。他佟家恒怎么能降过我呢？这么弄下去，用不了几个月，他就会被我干垮的。你就等着瞧吧。"

陈兰芝听完，没再说啥，转身走了。

高老算说："你告诉她这些干啥？"

高大明笑笑："一个老娘们，知道也没啥。"

从高家出来，陈兰芝马上去找佟家恒，把高大明的话学了一遍，佟家恒一听这才恍然大悟，原来他另有路子，但肯定不是好路子。正规的裘皮是进口的，走的是海关，价格高低差不了这么多。他马上决定恢复原来价格，不再和高家打价格战。

佟家价格一恢复，其他几家也跟着恢复。高大明不知如何是好。高老算说："这一定是陈兰芝把你的底细告诉了佟家恒。这个女人跟佟家是一条心，穿一条裤子。我现在都怀疑，这个女儿是不是你的。"

高大明马上说："是我的，是我的。"但高老算还是摇头。

高大明为了保住自己会长的位置，找到了那几个想要换会长的人，请他们喝了酒，告诉他们自己在价格上战胜了佟家恒，裘皮市场是他的，会长也是他的。领头的一个业户问他："你的衣服为啥那么贱？"

高大明哈哈一笑，喝了一口酒说："只要你们能跟我一条心，支持我当会长，我不但告诉你们秘密，而且让你们和我一起多挣钱。"

几个人一听，当即表示愿意。高大明就告诉了自己在香港有一条进口皮子的秘密通道，可以避税百分之二十。领头的不信。高大明就说："你们可以跟我一块做一笔，用事实说话。"几个人当即表示愿意。

高大明又从香港通过秘密渠道进来一批皮子，跟高大明一起做的那几个人，都拿到了皮子。付了款，皮子质量好，价格便宜。他们都非常高兴。表示支持高大明继续当会长，跟着他一起干。很快，这事一传十，十传百，参加的人越来越多，高大明在业户中的威信也高了起来。说他为佟二堡人办了一件大好事。

家顺听说了这件事，找到家恒："哥，咱也跟着高大明一起干吧，那皮子我看了，质量好，价格真便宜。"

家恒说："我怀疑他们的路子不对，很可能是走私。那是违法的，咱可不能干。"

家顺摇摇头说："啥走私不走私的，大伙都干咱也干，能多挣钱谁不挣呀。就是出事，也是法不责众。"

家恒一听不高兴了："你说啥呢？违法的事你也敢干？告诉你，这事决不能参与。"

"有什么不能参与的，佟二堡那么多人都参与了，都挣了钱，我凭啥不干呀？"

"你敢？"家恒瞪起了眼睛。

"有啥不敢的。"家顺没理哥哥，转身走了。

听说佟家哥俩吵架了，高大明非常高兴。他偷偷地找到了佟家顺说："我不看你哥的面子，看你的面子，我吸收你参加。以后，你跟我挣大钱。"

家顺很高兴，同意加入他的团队，当即参与了购买皮子。高大明非常得意，到处宣传佟家顺已经是我的人了。

家恒知道这件事，非常生气，他找到家顺说："这条路可能是邪路，你千万别走。"

家顺说："做生意是为了挣钱，为什么有钱不让我挣？"两个人互不相让，各说各的理，越吵声越大。王爱菊也出来帮腔，第一次对家恒不满："哥，我们俩的事你别管，你不挣钱，还不让我们挣钱吗？"

家恒说："你懂啥，这事弄不好会坐牢的。"

王爱菊摇摇头："啥？坐牢？别吓唬人啦。"

佟德奎知道两个儿子干了起来，他向着老儿子家顺，对家恒说："你当哥哥的，要有个样儿，怎么还能怕弟弟挣钱呢？"

"爹，我这才是为他好啊，你怎么这么糊涂呢？"家恒说。

"我糊涂，我老了吗？"佟德奎火了。

赵翠华过来劝家恒，说了他几句，家恒火了，与赵翠华吵了起来。两个女儿一起批评家恒，说他思想不解放，僵化，有钱不挣。矛头都冲着佟家恒，他孤立无援。

陈兰芝看到这一切急在心上，她去找王爱菊说："你不该跟家恒吵架。他说的也许是对的，我了解高大明，他心术一直不正。"

王爱菊不听劝说，反问陈兰芝："你是什么人？为什么参与我们佟家的内部事？为什么你总是向着佟家恒？难道你跟他有什么隐私？"几句话说得陈兰芝哑口无言，转身而走。

陈兰芝又去找家顺，劝他不要跟哥哥干仗，你哥哥是对的。家顺不听，跟她理论，讲商人挣钱天经地义，又说："连我嫂子都不劝我，你是什么人跑来劝我？"几句话说得陈兰芝没话了。

看到佟家内部展开了连环大战，高老算十分高兴，他借故去找佟德奎，开口道："怎么样，佟队长，你们佟家好戏连台了吧？哥俩干，爹和儿子干，大伯子和弟媳妇干，当家的和不在一起睡的媳妇干，两个女儿和爹干，佟家乱成一锅粥了。"

一听这番话，佟德奎气得大叫："闭上你的臭嘴，我家的事儿你少管！"

"我是不想管，可你得管呀。你是队长，又是佟家的一家之长，好好管管你们佟家吧。"说完转身走了。把佟德奎气得鼓鼓的。

高大明的会长地位巩固了，围在他身边转的人多了。他主动找到佟家恒，一脸得意地说："这些日子过得不错吧？衣服卖不出去，挣不到钱，家里又四面楚歌。你就服软吧，别和我斗了，你斗不过我，会长的位置我坐得牢牢的。"

家恒淡淡一笑，平静地说："有点矛盾算个啥，人啊，最终要走正道，做生意也不能挣不义之财。咱俩还是骑驴看唱本，走着瞧吧。"

"好，走着瞧。我还真佩服你佟家恒这不服输的性格。"高大明笑着走了。

高大明的衣服价格低，卖得快，生意火了。姜美丽来找他要钱，他出手很大方，又给了两万，高兴地说："我还想再生一个儿子。"

姜美丽找到朱四，给了他一万，并说高大明还想要一个儿子。朱四一听很高兴。"好啊，我马上再给他造一个儿子。"说完就抱起了姜美丽，扑向了大床……

第二十八章

海 关 调 查

时间进入了二○○八年。

十一月的北国，初冬时节，一场小雪过后，寒意渐浓。生产、销售裘皮制品的佟二堡，迎来了前所未有的销售黄金旺季。

一大早，一辆辆长途客运车、旅游车、出租车、私家车络绎不绝地驶进佟二堡，停在几个大商场和一家家店铺门前。店铺门一开，操着各种口音的商人、游客就蜂拥而上。

高大明的裘皮大衣物美价廉，卖得特快特火，眼看着衣服就要卖光了，他往香港打电话，该到的貂皮到现在也没到。电话打过去了，没人接。高老算不停地打着算盘。高大明急得乱转。高老算说："不会出什么事吧，这两天我右眼皮一直在跳。"

高大明说："干了一年多，来货都非常准时，怎么能出事呢？"

"但愿吧。"高老算忧心忡忡地说。

佟家顺的衣服也卖得特好，眼看要卖光了。王爱菊问家顺："这次进的一大批貂皮该到货了，怎么还没到呢？"

"是啊，该到货了。"家顺说着拿起电话往香港打，打了半天没人接，两口子很着急，赶紧打听，这一批人买的皮子都没到货。

中午，一辆大客车在佟二堡汽车站停下，下来两个男子，四十出头，一高一矮。他们向路人打听道儿，然后朝佟二堡派出所走去。

他们进了派出所，找到了苏所长，亮出了证件，他们是深圳南头海关缉私局的陈科长和小王。苏所长热情接待他们。陈科长讲了来的目的和有关情况：我国每年从美国丹麦芬兰等国家进口大量貂皮用于制作裘皮产品，但这些貂皮大部分没上海关税，有严重的偷税行为，致使国家大量税款流失，问题相当严重。国家海关总署和中央领导同志对此高度重视，做出重要批示，成立了专案组。经过调查，犯罪嫌疑人唐有才团伙通过广东惠州鸿飞裘皮制衣厂合同手册，从香港进口保税水貂后，在国内倒卖，从中谋取非法利益。辽宁佟二堡高大明等一批从事裘皮生产加工销售的企业老板，明知在境外购买的水貂没有交税，多次通过香港大尊公司，以包税方式通关，将水貂走私至佟二堡，此行为已涉嫌走私犯罪。该案案值人民币一亿八千万元。涉嫌偷逃税款三千五百万元人民币。

听了海关陈科长的案情介绍，苏所长深感问题严重，他马上打电话，向县公安局长做了汇报。得到的答复是，全力支持海关调查人员的工作。陈科长拿出一份名单，请苏所长马上打电话让这些涉案人员到派出所来，接受海关调查。苏所长接过名单一看，第一个是高大明，其后是佟家顺、高松林等十一人。

高老算正在家里打着算盘，听到电话响，就拿起听筒："喂，哪一位？"

"我是派出所苏所长，让你儿子高大明马上到派出所来一趟。"

高老算一听语气不对，他大脑迅速地转动着："我儿子，他不在呀。"

"去哪了？啥时候回来？"苏所长不客气地问。

"这……我不知道呀。啥事呀？我去行不行呀？"高老算试探着。

"你来不行，快找你儿子去。深圳海关来人了，你儿子买的皮子涉嫌走私。"苏所长说完挂了电话。

高老算放下电话，头上冒出了大汗。这时高大明进屋，他马上对儿子说："海关来人调查了，可能出大事。"大明一听吓坏了，不知道怎么办好。高老算说："赶快关掉手机，不能去店里和工厂，就在家里躲起来。"他把儿子藏到了仓房的地窖里。

苏所长又给佟家顺打电话，家顺去沈阳送货去了，说晚上才能回来。他又给高松林等几人打电话，要他们快到派出所说明情况。等了两个多小时，一个人也没到派出所接受调查。陈科长很不满意，有点怀疑是不是派出所故意通风报信。苏所长反复解释，要带他们去这些家找人。陈科长拒绝说："我们自己去找，这个案子你们就不要介入了，都是乡里乡亲的，知道你有难处，不帮倒忙就行了。"

陈科长按照地址先来到了高大明的家，敲了半天门，高老算终于把门打开了了条缝，根本没有叫两个人进去的意思。陈科长拿出证件，说明了案由，要见高大明，请他协助调查。高老算听了连连摇头说："儿子出门去了，走了十多天，去哪儿了我也不知道。你们说的皮子走私的事，我一概不知。"说完就关上大门。陈科长再敲也不开了。

陈科长又来到了佟家顺的家，大门外面挂着锁头。他们又按地址找高松林的家，在一个街口，他们问一个卖冰棍的小贩，高松林家住在哪儿？小贩指着不远的一个大门说："那就是高松林的家。"

正在这时，高松林手拿一个兜子从门里出来，要去银行存钱。小贩用手指着说："他就是高松林。"

陈科长马上过去，大声问："你就是高松林？"

高松林点头："我是。"

陈科长马上拿出证件："我们是深圳海关缉私局的，请你跟我们走，接受调查。"

高松林说不去。陈科长和小王一起上手，将他铐上。高松林挣扎着大喊大叫，引来许多围观群众。

陈科长手拿证件大声说："我们是海关警察，这是在执法。"说完，拦了一辆出租车，将高松林带走，连夜坐飞机回深圳。

高松林被海关人员抓走的消息，立即在佟二堡引起了巨大反响。佟家恒听说了这件事，马上去派出所找苏所长了解情况。苏所长希望他，作为副会长又是家顺的哥哥，要多做解释宣传工作，希望涉案人员能主动来派出所接受调查。

高大明在家里召集涉案的几个人开会。高大明说："这次海关来的人少，才抓走一个人，现在他们回去找人，也可能动用武警，来抓我们大批的人。"几个人一听，都非常害怕，不知道怎么办才好。高老算打着算盘，一副镇静的样子。他说："兵书上讲，三十六计走为上策。赶紧跑，人一走，他们离得那么远，就是来武警，住两天抓不到人，也就没事了。"几个人一听，都说高老算的主意好，于是马上行动，赶快走人。一时间，佟二堡的小汽车拉着这些涉案的男人，一个一个的都跑了。

佟家恒从派出所出来，先去找家顺，王爱菊说："家顺刚走，涉案的人都跑了。"

家恒说："这么大的事，为啥不告诉我。"

爱菊说："告诉你有啥用？你也解决不了啥问题。"家恒给家顺打电话，家顺关机了。家恒又来到高大明的家，大明早跑了，只剩下高老算一个人，一问三不知。

一时间，佟二堡涉案的不涉案的男人都吓跑了，佟二堡成了女人堡。来买衣服的人都奇怪，怎么这里不见男人呢？镇党委田书记、派出所苏所长和家恒挨家挨户做工作，希望涉案人员回来。但没有任何效果。

高大明跑到了省城的一个洗浴中心躲了起来，买了几个电话卡，隔三差五地往家里打电话。高老算说，什么情况都没有。

佟家顺跑到市里的一个朋友家躲了起来，不时派朋友出去打听消息，有时也给王爱菊打个电话。王爱菊说，家里什么事都没有。

一个多月过去了，跑出去的人陆陆续续回来了，准备过年。家恒知道家顺回来了，就去劝他到派出所说明情况。但家顺摇头说："这事不是我一个人，我又不是头儿。他高大明没事，我为什么要去自首？"王爱菊对家恒很不满意。说他不向着弟弟，出卖弟弟。

家恒又去找高大明，高老算正在家里请几个人喝酒，为儿子等人压惊。见他进屋，脸上立刻露出不快："你来干啥？准没好事。"

家恒说："大明回来了，还是主动去派出所好。"

"啥？叫我去派出所？"高大明一听叫了起来，"你这是落井下石，不安好心。"

高老算指着家恒说："你吃里扒外，盼着我们出事儿。现在，又设套让我们去自首。你滚，快滚！"

没等家恒再说什么，高家父子把他赶了出来。

家恒去找苏所长汇报情况，问这事怎么办。所长说，这是海关的事，我们不能插手，也不能主动去调查，只能是协助。家恒点头。

佟二堡人欢天喜地过春节。高家特别高兴，挣了钱又没了事，放了很多鞭炮。

年刚过完，海关就在网上发布了通缉令，对高大明、佟家顺等十名皮草走私犯罪嫌疑人进行通缉，通缉令上有照片、身份证号码等相关信息。高大明是第一个在网上看见的，脸都吓白了，马上去找高老算。高老算一看知道是动真的了，只说了一个字，跑。高大明带上钱，又打了几个电话，跑了。

佟家顺接到了高大明的电话，也赶紧取钱，没来得及向爹告别，也跑了。一时间，被通缉的十个人都跑了。家恒找到王爱菊说："家顺不应该跑，应该去投案自首。"王爱菊狠狠瞪了他一眼，转身走了。家恒又到高家，高老算已经没了底气。但让儿子回来自首，他也是连连摇头。家恒又去找苏所长，所长说已经接到公安部门的指示，协助海关抓捕逃犯，如果嫌疑人能投案自首，会宽大处理。家恒说，我来做工作。

高大明第一个逃出佟二堡，方向是向东，先是坐火车，后是坐汽车，再后来是坐农民开的摩托车，他跑到了大山深处的一个民办企业，他的一个远房亲戚在这里干活。这儿几乎就是一个与世隔绝的地方。亲戚吃惊地看着这个有钱的大老板："你……？"

"我，我和老婆吵架了，到你这躲躲。"高大明说。

"我这住得不好，吃得也不好，活又特别的累，你能行？"亲戚用怀疑的眼神看着这个很少见面、细皮嫩肉的老板。

"行。"高大明咬着牙说。为了安全，他什么都不管了。

吃粗粮，没有肉，没有油，住的是透风漏雨的工棚。他先是干重活，抬石头，干了一天就受不了了，肩肿得老高，手磨出了血泡，亲戚就让他干轻巧点的零活。后来，零活也干不动，又让他做饭，烧水。这一干就是两个多月，人瘦了，黑了，还大病了一场，身体变得越来越虚弱。亲戚说："你快回家吧，再待下去，你会没命的。两口子吵架，有啥大不了的！"

高大明点点头，拖着有病的身子无奈地离开了这座深山。他有家不能回，有电话不敢打，只好又去投奔一个远房亲戚，继续他的茫然的，不知道边际的逃亡生涯……

佟家顺打了辆出租车就跑了，稀里糊涂地跑到了外市的一个小镇子，不问好坏贵贱租房住了下来。

小镇不大，很安静。可他躲在出租屋里，心里就是平静不下来，像怀揣了个小兔子似的，就是一个"怕"字。

走在小镇的街上，眼睛不敢看人，像做贼一样，总是觉得别人的目光在审视自己，能够穿透到心里，看出自己是网上逃犯。听到警笛响声，心就怦怦跳，得用手捂着胸口，真怕心从自己的胸口跳出来！远远地看见穿制服戴大檐帽的，都来不及打量是不是警察就逃也似的躲开。

一天，他想到不远处的小卖店买方便面，先躲在一辆面包车后面，远远地观察了很长时间，刚要抬脚过去，就见门口有两个戴大檐帽的保安，两个人像是在打闹，追跑的方向正在向自己这边移动，越来越近，家顺马上紧张起来，心想是不是警察发现我了，故意化装成保安来抓我？想到这儿，他急转身，飞快地跑回了出租屋，一整天没敢出来，他整整饿了一天。第二天就赶紧离开了这里。

家恒决定要把弟弟找回来，让他投案自首。他问王爱菊："你到底知不知道家顺在哪里？"

王爱菊说："他，他可能去我的亲戚家了。"家恒和赵翠华告别，赵翠华此时身体已经不好，总是咳嗽，人很消瘦。家恒又和老爹告别，佟德奎哭了，"我想儿子，我想二儿子，一定要把他找回来呀！"

家恒先找到一个亲戚处，没有。又去另一个亲戚处找，说来过，又走了。家恒经历了很多曲折，最后在东部山区的一个小煤矿里找到了家顺。他正在下井背煤，不成人形，钱都花光。见到哥哥，他痛哭起来："哥，我的亲哥，我想死你们了。"家恒让他回去自首。他摇头不敢，怕被抓。家恒说，我回去做好工作。你自首。家恒回来找到苏所长，说弟弟害怕，不敢回来。所长请示局长，局长同意他们去深圳海关。

苏所长和家恒飞到深圳，见到了陈科长，说明此意：我们想做工作，让涉案人员投案自首，可不可以从宽处理。陈科长说了案情。主犯是香港人，佟二堡的这些人是从犯。他们是农民出身，不懂法，总想占小便宜，如果能投案自首，可以考虑从宽处理。苏所长和家恒回到佟二堡，派出所召开涉案人员家属会议，宣传政策，希望他们能够做工作，让涉案人员投案自首。高老算不相信海关政策，对儿子的去向一问三不知。

　　家恒开着车，带着海关的政策，在小煤矿找到家顺，把他拉回来投案自首，引起了很大的反响。而高大明却一点消息都没有。

　　佟二堡村东头的三间大平房住进了两个陌生男子，矮个子的有四十多岁，平头，穿着大背心大裤头，脚穿拖鞋，这身打扮与当地农民没什么区别，只是他看似平静的眼睛里却闪着警觉的目光，他们是公安局的两名侦查员，专门来抓捕的。

　　在佟二堡村布控难度很大。侦查员巧妙利用多种身份、多种关系，凭借丰富的刑侦经验，在逃犯家周围布下了一张大网。他们上了技术手段，安插了眼线，又在外围安排了足够的警力，等待逃犯们入网。

　　白天，他们在出租屋里不停地打电话，启动电脑，搜索各种信息。晚上，夜深人静的时候，他们又秘密出现在可疑点周围，不放过任何可疑情况。夏天蚊虫叮咬，他们身上叮出了一百多个大包。吃不好，睡不好，加上心急，两个人都瘦了，嘴上都起了大泡。

　　一天中午，线人传来消息，高大明回来了。侦查员一下子振奋起来，他们快速赶到现场。可惜，高大明只在那里待了一会儿就走了，去向不明。

　　晚上，又有线人传来消息，高大明又回来了，就住在他家过去的老房子里。侦查员马上赶过去，看见他家的房间亮起了灯光，又秘密查看车库，那台轿车果然在里面。

　　经过一夜和一个上午的监控，确认高大明就在家里。警察已将高家团团围住。中午出来上厕所的高老算发现家里已被包围，他急中生智，拉着高大明的手就往外走，被冲进来的苏所长拦住。高老算说："我是拉儿子去自首的，争取宽大处理。"苏所长和两个侦查员互相看看，没说别的，就当是自首吧。

佟家顺和高大明自首后，其他几个逃犯也都回来自首了。

海关陈科长再次来到佟二堡，向他们宣布了如下决定：高大明、佟家顺等十人，男，现住辽宁省灯塔市佟二堡镇，职业，商人。我局正在侦查"11·05"专案，因犯罪嫌疑人可能被判处有期徒刑以下刑罚，办理取保候审后不致发生社会危害性，根据《中华人民共和国刑事诉讼法》第五十一条第一款之规定，决定对其变更刑事拘留强制措施为取保候审予以释放。中华人民共和国南头海关缉私局。听到这个决定，高大明、佟家顺等人拥在一起，失声痛哭。他们补交了税款并接受了罚款，受到了一次深刻的法制教育。

鉴于高大明的违法行为，镇党委建议，高大明本人申请，辞去了皮草协会会长职务，大家一致选举佟家恒为皮草协会会长。

第二十九章

女 儿 接 班

　　陈兰芝的女儿高兰兰大学毕业回到了佟二堡，她是学服装设计的，在校学习优秀，毕业后许多知名服装企业找她，高薪聘请，还有一个亿万富翁不仅安排她的工作，还有意要娶她为妻，她都一一拒绝，回到自己的家。

　　兰兰长得相当出众，落落大方，美丽动人，加上她会设计，穿戴时尚，是很时尚的大美女。她的性格活泼开朗，说话不让人，与她母亲完全不同。

　　女儿回来，陈兰芝非常高兴，她对女儿说："我已经老了，干了这么多年，为你攒下了两个店铺，一个工厂，还有一套房子，我什么都给你了，我什么都不管了，我要享受生活，再就是要看到你快乐结婚。"

　　女儿感谢妈妈，她毫不客气地说："妈，你放心，我会让你看到一个全新的工厂，一个全新的品牌，也让你看到一个全新的女儿。"她自任董事长兼总经理，开始对妈妈的企业进行现代化的改造。首先将工厂改名为OK公司。

　　陈兰芝听了直摇头："女儿，改个什么名字不好，非要叫OK干啥，谁懂呀！"

女儿笑笑说："OK在英文里是好的意思。你没看好多电影电视剧，中国人都说OK了。叫OK公司就意味着我的公司是最好的公司。我们以后生产的衣服也叫OK品牌。"

尽管陈兰芝不太愿意，可还是看着女儿去工商局改了名字。又把店铺进行了装修，OK两个字母格外醒目。佟二堡商户对这样的名字直摇头。接着，高兰兰搞了一个简短的全新的挂牌仪式，领导没请谁，却请了一帮大大小小的记者。她把员工也都找来了，停工半天，听她做了一番关于皮草的讲话。

"自盘古开天辟地，人类的原始社会，就以各种动物皮毛当做衣服遮羞避寒，人类经过进化与进步，发展到历史的今天，爱美的女性讲究服装的品位，穿上富有时装感与身份品位的得体衣装。查阅服装史，皮草的文化最久远，皮草从古到今一路走来，光鲜无比，它所代表的是奢华、高贵，富有权贵地位象征。从皮草的最初成形到现今的时尚代言，经历过那么久的时光，其奢华的分量从未改变。无论是古代还是现今，都是'达官贵人'的有力写照，是名媛贵族的时尚宠儿，皮草的名声响彻五湖四海。"

记者们认真听着这个年轻女性的演讲，快速地记录着，而店里的员工还是听得满头雾水。妈妈不干了，女儿来接班，上来就讲这些大道理。附近一些店铺的人也都过来听。高兰兰喝了一口水，看着越来越多的人，又继续讲下去："如今，皮草已进入时装领域。而时装讲的是时尚加流行。时尚就是代表今天。从远古到现在，皮草一直受人们的喜爱，因为皮草最时尚，它已经从单一的保暖功能转变为彰显个性的高级面料，普及到越来越多的领域。流行是一个趋势，这个趋势不可阻挡。很多服装设计大师和品牌都喜欢用皮草做原料或者装饰。皮草已经演化成服装界的名流服饰，具有精髓的衣着形象典范。"

都是一些新名词。许多人听了似懂非懂，但对回来的这个美女小老板，却开始刮目相看了。

高兰兰开始设计服装，自己毕业设计得过大奖的十几套衣服经过修改，用全新的理念，加进了许多现代流行元素，使传统的裘皮开始向时装转变。她又亲自去广州、香港选购裘皮原料，找最好的南方师傅精心加工，十几套衣服做出来非常好看，换上时尚新颖的OK商标，代表了佟二堡裘皮服装的最好水平。

高兰兰决定自办一个小型服装展示发布会。她把大学同学、一些名模，还有大城市的服装店老板请来了五十多人。佟二堡人看过政府办的皮装节，个人办展示会还是第一次。这一天，佟二堡的大街小巷挂满了OK字样的鲜艳旗帜。她的两个店铺前更是精心装扮，气氛如节日一般。请的客人虽不多，但档次高。香港、广州、北京、上海都有老板来，他们对OK这个品牌感兴趣。名模们穿着十几套新装一出现，就立即引起了轰动。许多人不敢相信这是佟二堡人设计的。兰兰的大学教授是一位国内知名的设计大师，他郑重地向裘皮服装界介绍了高兰兰，当即就签了许多订单，有的还先交了预付款。

兰兰随即组织生产，自己工厂的人手不够，她又委托几个工厂生产，两个月订单全部交货，挣了近百万元。

挣到了第一笔钱，陈兰芝劝她买材料扩大生产，而她却买了一台白色的宝马Q7吉普车，这是佟二堡第一台这个款式的高档汽车，开回来人人都来看，香车，美女，真是太时尚了。她开着新车，拉着陈兰芝在佟二堡转了几圈，批评妈妈不会享受生活，挣了这么多资产还没有一台汽车。陈兰芝说："女儿，你可知道妈妈这些年的辛苦，妈妈一个人把你拉扯大容易吗？不过，看到你今天成功了，妈妈为你高兴和自豪。"

兰兰说："妈，这才是开始，好日子还在后头呢。"接着，高兰兰又在镇里最醒目的地方花了十万元竖起了十米高的广告牌，上面写着：OK皮草。一进佟二堡，谁都能看得见。到了晚上，广告牌的霓虹灯把OK皮草几个大字映照得光彩夺目，成为一道美丽的夜景。陈兰芝看了说好是好，但也太贵了。女儿不以为然，说这笔钱花得值。

兰兰取得的这些业绩，让高大明为之振奋，他逢人就讲："看看我的女儿，看看OK皮草，那是我高家的骄傲。"他几次主动找女儿，兰兰都不理他，就像不认识一样。参加皮装展示会，他主动坐在第一排，兰兰都没有给做介绍。竖广告牌，他又是忙前忙后，兰兰什么也不用他。

高大明受不了了，他去找陈兰芝，开口道："你怎么能这么教育孩子呢，我好歹也是她父亲呀，为啥这样对我？"

兰芝说："你说父亲，你够格吗？这么多年，你为孩子做过啥？"

高大明回答不上来了，转了话题："反正，我要求女儿回家看我，这不过分吧。"

"女儿回不回去，那是她的事，与我无关。"尽管陈兰芝这么回答，但她还是劝女儿回去看看。

兰兰说："我会去看他的。"她开着宝马来到了高家。高老算开门，看见是孙女，高兴得不得了。"我今天打算盘就知道孙女能回来看爷爷，咱高家的孙女就是行，爷爷真为你高兴。"他像招待贵宾一样把兰兰请进屋，让到了沙发上。

高大明见到兰兰，更是高兴得不知道说啥才好，又拿水果又拿糖，还给兰兰沏了一壶茶。

高兰兰不吃不喝，她看着高家父子，平静地说："我今天回高家看看，尽管我是高家的女儿、孙女，但我没有继承你们自私贪婪的特点，我更像妈妈。从小到大，我没得到父爱，也没有得到爷爷奶奶的疼爱。你们的内心想的就是如何要孙子，给高家接香火。为此，我妈妈差点投河自尽。尽管这都是过去的事情，但我不能忘记。"

行业做起来了，我是在你们的肩膀上起步，我真心地谢谢你们这些前辈。"兰兰站起来，又给家恒行了个大礼，"叔叔，我愿意入会，但这个副会长，我现在还不够格当。等我将来把企业做好了，做强了，超过你了，我就当会长。"

听了兰兰的一席话，家恒无比高兴。此时已近中午，他留兰兰在家吃饭，兰兰高兴地答应了。

厂里食堂的师傅很快做好了八个菜，家恒把家人都找来了。佟德奎第一个进屋，他拉着兰兰的手，左看右看，上看下看，看着看着，眼泪就出来了："这丫头，哪样都好，就像是我的孙女。"

兰兰说："那我就叫你爷爷。"

"好。"佟德奎就要认孙女。

"爷爷，你已经有两个孙女了，干吗还认呢？我们不好吗？"大萍和二萍不高兴了。

"不是，不是，你们都好。孙女当然是越多越好呀！"

赵翠华见到兰兰马上就哭了，她想起了自己丢失的儿子大鹏。她没说几句话就咳嗽起来。兰兰给她拿纸巾，让她尽快去医院看看，并安慰她说："大鹏一定还活着，一定能找到他的。"

赵翠华拉着兰兰的手问："真的能找到？"

兰兰点点头，十分肯定地说："真的。"

这顿饭没怎么吃好。赵翠华哭哭啼啼想儿子，勾起了佟德奎的思念，两个女儿对爷爷要认这个孙女不高兴。而佟家恒却一个劲地让两个女儿向兰兰学习。

兰兰走了，两个女儿向家恒提意见，大萍说："你不该对兰兰这么好。我们干了这么多年，难道还不如她？爸爸偏心。"二萍是假小子，还说了一句："是不是因为她是兰芝姨的女儿，就超过我们，我知道爸爸对兰芝姨特别好，不说我们也看得出来。"一席话把佟家恒说得满脸通红。

佟二堡的皮草商人们有一个不成文的习惯，每年春节前都要把自己的衣服卖掉，一是为了还年前的贷款，更主要的是图个吉利，没有库存过春节。兰兰做出了一个大胆的决定，收购这些平价，甚至是降价卖的衣服。她通过关系去银行贷了二百万元。拿着钱，她在观看市场。

头年，裘皮火了一阵，过小年了，皮装市场内人少了，各家各户开始降价，卖库存过年。兰兰去了一家裘皮店铺，看货讲价，别人以为她是闹着玩的，自己做衣服的，怎么还能买衣服呢？五十件裘皮衣服，打了五折，她全买了，当即付现金。店主闹不明白。紧接着又去一家，将衣服四折全包了，当即付款。陈兰芝听说女儿买衣服的事，跑来劝她："人家卖库存过年，你怎么还买呢？过了年就开春，这东西一放一年，利息多少？明年行情怎样都不知道，风险太大。"

女儿笑笑说："你放心，我自有主张。"家恒特意过来，劝她要小心，市场如战场，我们长辈的失败太多了，也害怕了，你真是初生牛犊不怕虎。兰兰笑笑，不言语。

农历腊月二十八了，兰兰还在买衣服，都是低价的。农历大年三十的上午，她又去一家店铺，花最低的三折买下了他们一百五十件裘皮大衣。兰兰手中的钱没了，过年都受到了影响。别人家都放鞭炮，而她没钱买鞭炮，过年的东西也没买什么。兰芝为女儿担惊受怕，年都没过好。

过了春节，天气突然变冷，大雪下了一场又一场，比春节前冷了很多。四面八方前来佟二堡买貂皮大衣的人多了，车子排成了长队，可许多商家都把貂皮大衣处理了，现做又来不及，师傅们都放假回了南方。只有兰兰的店里裘皮大衣货多样全，价格不涨不降不打折，来买衣服的人络绎不绝。二十几天，她年前低价买进来的裘皮大衣全卖了，净挣了二百多万元。这一下子，让佟二堡的人眼睛发红了，对这个年轻美女老板刮目相看了。高兰兰成了佟二堡皮草商人中新一代的杰出代表。有人帮着介绍对象了，这么有钱的美女谁不希望得到呢？

镇里的一个副镇长托人找到陈兰芝，提了此婚事，说副镇长刚提拔，以后还有进步，行不行？兰芝问女儿，兰兰听后摇头，看来可能是嫌官小。

县里的一个副书记刚离了婚，听说了高兰兰，特意到镇里检查工作，还去兰兰的店上看了看，让人来说媒，看好了兰兰，副书记离婚没孩子，将来可能要当县委书记，官大着呢。陈兰芝问女儿行不行。兰兰说："不行，别说是县级，就是市级我也不找，当官的没几个是干净的。"

不找当官的就一定要找商人了，高大明知道了，就来找陈兰芝，说自己有个朋友在东部山区开矿，有上亿资产，他有个宝贝儿子也开矿，看好了兰兰，你给提提。兰芝摇头，"你说的事我不管。"高大明很不高兴。这个矿主的儿子开着保时捷吉普车来到了佟二堡，进了兰兰的店。被兰兰的美丽漂亮所打动，当即求婚，你要同意嫁给我，我马上打过来五千万。

兰兰笑笑说："我就值五千万吗？告诉你，用不了几年，我会超过你的。你的矿产资源会越来越少，还污染环境，而我们的服装，让所有人美丽快乐。"兰兰拒绝了他的求爱。

高老算知道了，马上找到兰兰："孙女，爷爷告诉你，这五千万不是小数目呀。我看这婚事行呀，你就嫁了吧。"

兰兰不高兴地说："要行，你就嫁，我不嫁，我看不起那么多的钱。"

高老算气坏了，他马上去找高大明，让他教育女儿。高大明无可奈何地说："我去过了，说了半天，女儿根本不买账。"

高老算急了，为了钱什么都不顾了，他拉着高大明直接去找陈兰芝，大声指责："这丫头是你带大的，她就听你的话，五千万，多大的数啊，为什么不嫁呢？你有责任教育她。"

陈兰芝说："女儿大了，一切都要听她自己的，我没有权利，你们更没有权利指手画脚，女儿看不起钱更好。"

高老算气得大叫："这哪是我们高家的后代呀！"

佟家恒知道了这件事，就来问兰兰："为什么不看这个对象，你在等什么，是有男朋友了吗?"

兰兰笑笑，想了一下说："我真的没有男朋友。可是我的意念中应当有一个既有才气又有财富的帅小伙在等着我。可我真的又不知道我心中的这个帅小伙在哪呢。"

家恒说："那也不急，你年纪还不大，心中的那个白马王子一定会出现的。"

第 三 十 章

大 明 吸 毒

　　一场走私案件让高大明损失惨重。丢了名声，在商户中威风扫地，而且还补了税款，罚了一部分资金，丢了皮草协会会长的职位，真是人财两空。他的裘皮生意也越做越不好，买主少，价格低。别人都在挣钱，他不但不挣还赔。本以为女儿能和亿万富翁的儿子结婚，给自己带来些财富，可兰兰对这婚事不予理睬，也让他火上浇油，他的情绪变得非常暴躁，看谁都发火。在工厂无端地大骂工人；在店铺对营业员更是态度不好，对客户也发火，像变了一个人。

　　回到家，他更是没有一点笑模样。高老算想安慰几句："大明啊，你不要这样……"话还没说完，就被儿子顶了回去："你别说了，闭嘴。"刁婆子想劝儿子，还没等开口，高大明就不耐烦地说："行了，我不爱听。"说完转身就走。

　　姜美丽跟他要钱，说是儿子的抚养费，高大明发火骂她。她回了几句，高大明火了，不但不给钱，还狠狠地打了她几个耳光，臭骂了一顿。姜美丽很伤心地哭了。

　　朱四吸毒没了钱，又来到佟二堡找姜美丽，跟她要钱。姜美丽说，我没有钱。把高大明打她不给钱的事一一说了。她哭了，想离开高大明，带着儿子走。可朱四不同意，离开高大明到哪弄钱去呢？这可是个摇钱树啊！姜美丽说，我已经摇不出钱了。朱四说，我有办法。让他跟我一样，也上毒道。姜美丽摇头说："我们不能害人，你已经陷进去了，没办法。大明他心情不好，应当理解。以后也许会给我钱的。"

朱四威胁她："你不按我说的办，我就把这孩子的真实身份告诉高家，让你身败名裂。你也知道我还有一些黑道上的生死朋友，他们会弄死你，信不信？

姜美丽知道朱四是个说到做到，敢杀敢砍的人。她害怕了，只好答应，拿着几盒烟走了。

佟家恒来到高大明的家，他真诚地说："你是大户，有一定的影响，不少人还看着你呢。你应当振作起来，跌倒了再爬起来。"

高大明以为佟家恒当上了会长故意来气自己，他板着脸，一点笑容也没有，冷冷地说："佟大会长，你来干啥？来看我高大明的笑话？告诉你，别看我不是会长了，做皮草生意，挣钱，我绝不在你之下。"家恒赶忙点头，还要开口，高大明不耐烦地挥了下手，大声地说："你不要再说啦，我啥也不想听。你走，你快走吧。"他硬是把好心的佟家恒赶走了。

高老算对高大明说："你不能这样，这样下去，你会毁了的。要沉得住气，少安毋躁，少安毋躁呀！"

"你别磨磨叽叽的啦，我啥都不想听。你过去，你快过去。"高大明又火了。高老算看着这个已经陌生的儿子，伤心地流下了眼泪。

晚上，高大明气得睡不好觉，冲姜美丽一次一次地发火。姜美丽几次犹豫，最后无奈，拿出了一盒香烟，说这烟特别好抽，你尝尝。大明不想抽，姜美丽给他点上，送到嘴边。大明抽了，开始几口没什么感觉。烟抽完了，他急躁的情绪突然没了。他对姜美丽的身体，产生了强烈的要求，姜美丽也积极迎合，挑逗。两个人疯狂做爱。时间之长、力度之大是从来没有过的。然后他大睡。第二天醒来，他说："昨天晚上怎么那么好？心情也好，做那事也好，身体也好。许久许久都没有那么好了。"姜美丽笑而不答。

高大明到工厂去，像变了一个人一样，对员工都特别客气，见面主动说话，大家都觉得奇怪。他到店铺去，对店员顾客特别亲切，和昨天判若两人。回到家，对高老算和刁婆子也非常好，非常尊重。两个老人以为儿子好了。

可是到了晚上，他又开始暴躁，发火，摔东西，骂骂咧咧的。高老算和刁婆子进屋看了一眼，高大明又冲他们发火，两个老人觉得奇怪。

姜美丽从外面回来了，高老算告诉她，儿子又发火了，不知道为什么。姜美丽笑笑说，我不怕，我有办法。她又拿出一支烟，让高大明抽起来。之后，大明又好了起来。而且性要求特别强烈，天还没黑就要做事，姜美丽只好顺从。高大明非常用力，大喊大叫。吓得在外面偷听的两个老人都不知道如何是好。做完后，他又大睡，打着呼噜，一脸的快乐。

刁婆子害怕，把姜美丽叫出来。问刚才是怎么回事。姜美丽说："你们都是过来人。我们两口子做那种事，他特别兴奋，就叫了，喊了，有什么害怕的？说明我会伺候他。"刁婆子不放心，又进屋看了看熟睡的儿子，才走开。回到自己屋里，她对高老算说："这么大年纪了，做这种事比年轻小伙子还劲足，不对吧？"

高老算说："有什么不对的？老爷们都是这样。"

刁婆子说："你对我可没这个样，四十多岁的时候就不好使了。"

高老算说："那不是我不行，是你不行。你没听别人说，男人行不行，关键在女人。要是给我换个年轻的媳妇，我也好使。"刁婆子气得骂了他几句。

一连十几天，高大明都是在暴躁的情况下，抽了姜美丽送上的香烟激情上阵的。他觉得可能有问题，早上，他抓住姜美丽的手问："你是不是给我用了什么药？我怎么会这样？"

姜美丽开始不承认，但高大明再三追问，姜美丽最后说了实话："我看你急躁时太痛苦，给你用了一种进口的好烟，烟里有药，买烟的钱是借的，很贵。我这一切都是为了你好。"

高大明听了很高兴，以为这个女人疼自己，当场给了她一万元钱，说是用来买烟的。姜美丽很高兴。

高大明开始用这种烟，一切都变得正常。做了几笔生意，挣了几十万元钱，他又信心十足起来。

很快，姜美丽手中的烟抽没了。高大明又开始暴躁起来。他叫姜美丽去弄烟。姜美丽说："烟不好弄，而且非常贵。"

高大明说："多少钱我都要，必须给我弄到。弄不到，我就休了你。"姜美丽答应。

姜美丽又去见朱四，说高大明已经成了瘾，多少钱都买。朱四说，要跟高大明见面。再给他一点厉害。

姜美丽告诉高大明，自己一个远房表哥姓朱，是做药品生意的，以前的那些烟都是表哥卖的。只有表哥有烟，他不给我，怕我没有那么多钱。他要见你才行。大明说，那就叫他来吧。看看我的工厂、买卖，我买得起烟。姜美丽摇头说，人家不来这里，嫌佟二堡太小，不安全。要在省城见面，就今天晚上。

大明当即拿了十万元钱，带着姜美丽，开着奔驰车，去省城的一个五星级大酒店。高老算和刁婆子对儿子和儿媳的诡秘行踪很是怀疑。

在大酒店的一个小包间里，高大明请朱四吃饭，提出买烟。朱四先说没有，又说这烟如何好，如何缺，如何难弄，急得高大明不断提价。最后是一万元一条，买了十条，当即交易。朱四答应，只要有钱，我保证你的供应。吃饭时，朱四给高大明几支毒性更强、依赖性更大的烟。高大明吸完后异常兴奋，当即要求开房间。朱四故意支走了姜美丽，给高大明找了两个小姐。在新型毒品的刺激下，高大明和两个小姐轮番"战斗"，两个小姐被折磨得连连告饶，房间里叫声不断。

朱四则开了另外一个房间，和姜美丽睡在了一起。他一边搂着姜美丽，一边数着眼前的钱，十分快乐。

高大明第二天醒来，朱四过来，问他昨晚怎样，他说非常好。朱四就说："昨晚用了一种更好的药品。国外的有钱人都是这么享受，你挣那么多钱干什么？做皮草生意为什么？都是为了享受啊。两个年轻貌美的小姐陪着你，多幸福啊。"大明问，用的什么药？多少钱？朱四又一一报出。大明说我要了，回去给你把钱打过来。这时姜美丽进屋，说自己一个人睡得不好，问他睡得好不好？朱四解围，说自己和大明在一起。姜美丽点头，两个人唱起双簧，只骗高大明一人。

高大明开始离不开毒品了，由抽烟变成了扎针，药量也越来越大，花钱越来越多。高老算首先觉得不对劲，仔细观察发现了不少疑点，儿子暴躁时，会急急忙忙回家扎针，然后就变得特别好。在儿子一次回家扎针时，被高老算当场堵住，他大声问道："儿子，你这是干啥？"

"我，我感冒，我……"高大明不知如何回答。

高老算说："不对，你根本没感冒，我已经偷偷观察你好些日子了。"

高大明摇头不说了。高老算抢下针管要送医院检查，高大明才说了实话："爹，别去检查了，我扎的是新型毒品。已经用了几个月了，离不开了。"

高老算听说是毒品，吓了一跳："啊？儿子，你，你怎么能用毒品呢？你不知道这样会家破人亡吗？"

高大明摇着头说："我，我顾不上这些了。快，快把针管给我。"高大明毒瘾上来了。

高老算退后一步说："不行，不能给你。我不能看着你毁了自己。"

"快给我！"高大明暴躁起来，伸手去抢针管。高老算不给，两人争抢起来。需求强烈的高大明用力把高老算推倒，一把抢过针管，颤抖着扎在胳膊上，然后是满面舒畅的表情，变成安静享受的一个人。看到这一切，高老算惊呆了。高大明说："我吸毒的事，不能告诉任何人，更不能告诉警察。不然我就全完了。"高老算点点头，眼里全是泪水。

知道儿子在吸毒，而且这么重，高老算几夜睡不好觉，算盘也打不响了。刁婆子问出了啥事，开始他不说。后来没办法，只好说了。刁婆子吓得哭了："这可怎么办啊？再吸下去人得死，家里的财得光，要是报警又会毁了儿子的前程和名誉啊。"

高老算这一回算是彻底失算了。他打了一夜的算盘，也打不出一个好主意。刁婆子说："媳妇说话肯定好使，找媳妇吧。"

他们把姜美丽找来，高老算先问："你知道不知道大明吸毒？"

姜美丽摇头说："不知道，不知道。"

刁婆子马上开口说："你说不知道，鬼才相信呢。他吸毒能瞒得住你？还有，他平时和你做那种事，那么大叫吗？"

几句话把姜美丽问得哑口无言，最后承认，知道大明吸了毒品。

高老算让儿媳妇劝儿子戒毒，说你有办法也有手段。但姜美丽一口一个不行，劝不了。被老两口臭骂了一顿。

高老算又是几天几夜吃不好，睡不着，不知道怎么办才好。他不停地打着算盘。突然想起了高兰兰。那是大明的女儿。女儿说话一定管用。

高老算来找孙女高兰兰。兰兰看到他没有一丝热情，对这个自私的爷爷根本不理睬。高老算说："爷爷来求你，爷爷实在没办法了，你一定得出头，不然高家就完了。"

兰兰冷冷地问："是衣服卖不动了，还是缺钱了，需要多少？"

高老算流着眼泪说："都不是。是你爹，你爹他吸毒了。"

"啊？有这事儿？"兰兰瞪大眼睛，不敢相信。

高老算就把高大明吸毒的事情说了一遍。兰兰说："这事我管，我管定了。你放心吧。"

听了兰兰的话，高老算万分激动，他给孙女行了个大礼："爷爷谢谢你了。"

高兰兰来到了高大明的家。此时，高大明正毒瘾发作，手中的药用光了。发脾气，摔东西，骂人。见女儿来了，也不说话。这时姜美丽进来了，给了他一支烟，抽了这才见好一点。看到这一切，兰兰什么话都没有说。她知道，现在劝说任何话都没有用。只有强制戒毒。

兰兰找到了佟家恒，说了高大明吸毒的事，两个人一致的意见是必须强制戒毒。他们找到派出所苏所长，苏所长当即打电话给县公安局缉毒大队，得到的答复是先要弄清毒品来源，切断来源。然后去戒毒所强制戒毒。兰兰接受了查清毒品来源的任务。

兰兰以女儿关心爸爸为名，请他出来吃顿午饭。两个人在一个小包间内，兰兰以女儿的深情，向高大明了解情况。大明开始不说，后来被女儿的一番真情话语打动，告诉了实情：是姜美丽给自己抽了毒烟，后来又认识了朱四，现在的毒品都是从朱四那里买的。非常贵，比金子都贵。

兰兰和家恒一起向苏所长汇报了情况，苏所长又向县公安局缉毒大队汇报了朱四和姜美丽的事。缉毒大队已经盯上了这两个人，开始布控。

佟家恒来到高大明家，深情地说："大明兄弟，相信我的话，戒掉毒瘾，远离毒品，好好做我们的皮草生意。"

高大明痛苦不堪地摇着头："不行，我戒不掉了，离开它，我会死的。"

家恒说："没那么难，只要有恒心，一定能把毒品戒掉。我们大伙儿一起帮助你，不会看你不管的。"

听了这话，高老算上前紧紧握住家恒的手："谢谢你呀，你一定要帮大明度过难关啊。过去的恩恩怨怨，都是我的错。我算计了别人一辈子，最终还是被别人算计了。"

佟家恒说："你放心，我们大家一定会帮助大明戒掉毒瘾，重新生活。"

公安人员在暗暗跟踪姜美丽。她去了市里的一个小旅馆，正要和朱四进行毒品和金钱的交换，被公安人员当场抓获。在公安局的审讯室，姜美丽交代了事情的全部经过，痛哭不止。朱四也交代了自己从吸毒到贩毒的过程。同时也交代了提供毒品来源的上线。公安机关根据他的交代，联合行动，破获了一个特大贩毒集团。

苏所长和佟家恒、兰兰来到高大明的家，把案子情况做了通报。高老算捶胸顿足地大骂："这个坏儿媳妇，是她把我儿子领到了这条毒路上去。"刁婆子更是骂得凶狠，要马上休了这个儿媳妇。这时高大明的毒瘾又发作了，在征得高老算和刁婆子同意后，缉毒人员把高大明拉上汽车，送戒毒所强制戒毒。看到儿子被带走，高老算和刁婆子伤心地大哭。

家恒来到公安局戒毒所，带着礼物看望正在戒毒的高大明，高大明十分感动。高兰兰来到戒毒所，看到高大明，亲切地叫了声："爸爸"。这是这些年来，她第一次这么叫他。高大明听了，泪水就止不住地流下来了。兰兰拿来了许多吃的、用的东西。高大明说了句："我对不起你，女儿。"就再也说不下去了。

陈兰芝来了，高大明抬不起头，不敢看她。更让他没想到的是，李云霞带着儿子来看望他。她对儿子说："这是咱佟二堡最大的皮草商人，你长大了，要向他学习。"高大明哭得更厉害了。李云霞说："过去的大风大浪都过去了，这点困难吓不倒你。"高大明抬起头，看着所有人期待的目光，点了点头。

　　姜美丽因为是从犯加上认罪好，孩子小需要照顾，被放了出来。她也来到戒毒所，在大明的面前痛哭流涕，长跪不起，请求原谅。

第三十一章

翠 华 病 倒

深秋时节，佟二堡又是一个销售的旺季，一家一家的店前，皮装大市场门前，停满了车辆，从四面八方来购物的人络绎不绝。

赵翠华的大女儿大萍已经有了一个女儿，自己开了店，生意不错。二女儿二萍找了对象，也是佟二堡做皮装的，自己有厂有店，马上就要结婚了。

赵翠华的店里，挤满了来选皮装的客人。问价的，试衣服的，一个接着一个。赵翠华指挥着几个女服务员，忙作一团。

赵翠华忙了一阵，觉得有些累，就坐在椅子上休息。女服务员说："老板，你太累了，脸色特别不好看，还是回家休息吧。我们在这你还不放心吗？"赵翠华摇着头说："不是不放心，这难得的旺季，已经有几年没这么火了。"

二萍风风火火地跑了进来，看妈妈的店里人这么多，生意这么火，就说："刚才去了姐家的店，人也这么多，卖得特好。"

翠华问："你爸那里生意怎么样？"

二萍说："我爸的衣服卖得特火，越是贵的卖得越好，人家不讲价。现在城里人，怎么这么有钱呢？"

翠华说:"还是改革开放好,人们有钱了。我们的衣服也好卖了。"

母女俩正说着话,进来了一个旅游团,二十多人全是来购物的,赵翠华赶忙起身接待,介绍服装,不时有人提出问题,赵翠华赶忙解答。说着说着,她头上冒出大汗,脸色越来越白,突然间,她昏倒了。二萍赶忙跪在地上喊:"妈妈,妈妈,你怎么啦?"

赵翠华双眼紧闭,不能说话。二萍吓哭了,赶快给爸爸打电话。

佟家恒正在店里接待顾客,也是忙得团团转。手机响了,他开始没顾上接,但手机响个不停,他接了电话。"爸爸,你快来吧,妈妈昏倒了。"二萍在电话里大喊。他丢下顾客就往外跑。

跑到翠华店里,佟家恒看翠华脸色难看,问她怎么了?她摇头不语。家恒赶紧打了急救电话。

一辆救护车飞快地开到了店门前,家恒和医护人员抬着翠华上了救护车。大萍也闻讯赶来了,两个女儿开着自己的车子跟在救护车的后面。

赵翠华被送到了市中心医院,医生询问病情。二萍说:"妈这一年多总是咳嗽,有时还有血。"

医生说:"为什么不早点来检查呢?你们都是佟二堡的皮草商人,都不缺钱,为什么对自己的身体如此不重视,只重视那几个钱?没了生命,钱有什么用啊?"说得几个人连连点头。医生开了单子说,马上检查吧。

先是做了X光胸透,医生看了很久,神情紧张。然后做CT,并用了增强药。做完CT又做磁共振,做了很久,全部都是胸部。做完以后,主任和医生把佟家恒叫到了办公室,告诉他检查结果:初步确诊为肺癌晚期,而且肿瘤长的位置非常不好,不能手术,只能保守治疗。

听到这个消息,佟家恒大怒,他大着嗓门吼道:"你们怎么能这么看病呢?这么不负责任,误诊。是不是差红包呀?我还没来得及给钱呢?我佟家恒有的是钱,只要你们诊断我媳妇不是这个病,要多少钱我都给,我是佟二堡有钱的皮草商人。"

主任和医生十分理解佟家恒此时的心情，对他的过激言行不予计较。主任退一步说："我们的诊断水平可能低，要不你们去省城的大医院看看吧，他们的水平比我们的高，我们也希望不是这样的诊断。"

家恒说："走，马上去省城，找最好的医院，找最好的大夫。你们是什么破医院，瞎看病。"他们用救护车送赵翠华去省城，在车上，家恒打了几个电话。省城的朋友都给安排好了。

在省人民医院，院长找到科主任，把家恒介绍了一番："佟先生是佟二堡的皮草商会会长，实力派的皮草商人。"科主任热情接待，认真看了带去的片子，说市里医院的诊断正确。家恒一听又火了，说市里医院的设备不行，拍得不准，要重拍，用最好的设备，最好的医生，我不差钱。主任点头同意，马上安排。

又进行了一番检查，拍出的片子与市里的一样，诊断正确。面对这样的现实，家恒仍然不认同。"我要去北京检查，去301医院。"主任劝他，现在病人虚弱，马上进京不好，不如先让病人住下，我们积极治疗，你再带着片子去北京。这个意见家恒采纳了。于是安排了最好的单间病房，用最好的进口药，安排专人护理。两个女儿守着妈妈，家恒拿着片子去了北京。

家恒又通过许多关系，去了301医院的胸外科，见到了一位全国最权威的专家。专家认真看了市省两级医院带来的那么多的片子，最后说，省市的诊断都正确。病人最多活半年，最少两个月，现在她想干什么就叫她干什么吧。

面对全国最权威的专家的诊断，家恒不能再怀疑什么了。他的心一下子就如同死了一般。回想起和赵翠华恩恩爱爱波波折折的一生，他不禁泪如泉涌，失声痛哭。

家恒回到省医院，假装什么事都没有。他对翠华说："你的病没事。省里市里的水平太低，误诊。"赵翠华摇摇头，什么也没说。

赵翠华用了很多进口好药，虚弱的身体得到了恢复，就像什么病都没有一样。她对家恒说："这些天一直在睡觉，总是不停地做梦，梦见的就是一个人——儿子大鹏。我梦见大鹏还活着，和我说话。他在读大学，不，好像读什么士。"

家恒马上说："那叫硕士，或者是博士。"

赵翠华听了点点头，想了一会儿，又说："你别骗我，我知道自己病得不轻，可能活不了几天了。这辈子我对不起你，给你弄丢了儿子。你现在有钱了，什么事情都可以办到了。能不能帮我把儿子大鹏找回来？让我闭眼之前看上他一眼。"一席话，说得佟家恒心如刀绞，哽咽着说："你好好养病，我一定把儿子找回来。"

家顺和妻子王爱菊来医院看望嫂子，翠华仍然说对不起佟家，丢了儿子，现在又天天梦见，讲得十分动情，听得十分凄惨，让人不禁落泪。

佟德奎来看儿媳妇了，他进了屋，赵翠华从病床上起来，突然跪在佟德奎面前："爹，我对不起你，对不起佟家，我把儿子弄丢了。"

佟德奎看着虚弱的儿媳妇，泪流满面，上前扶起赵翠华："爹对不起你，当初我不该那么骂你，不该说得那么绝情，不该把你赶出家门。丢孩子也不能怨你，哪个亲生母亲愿意把儿子弄丢了呢？都怪我，爹做得不对，爹向你认错。"说完，他连向儿媳妇行了三个大礼，老泪纵横。

家顺抹着眼泪说："嫂子，回去以后就搬回来住吧，我们好好伺候你。"

赵翠华摇头说："我不能搬回去。当初丢儿子时，我发誓不找回儿子，我绝不进佟家的门。这话到死都不变。"

陈兰芝领着女儿兰兰来医院看望，还拿了许多东西。赵翠华让家恒领着兰兰到外屋去，自己有话要单独和陈兰芝说。他们出去以后，赵翠华握着兰芝的手说："我得的啥病，他们不说，我也知道，别看我没啥文化。头几天他们偷着说话，以为我睡着了，其实我都听见了。我最多活半年，最少两个月。这辈子我最对不起的就是佟家了。我生了两个女儿一个儿子，可儿子却让我弄丢了。都怪我啊。本来前几年，我还抱点希望，知道你和家恒挺好，你一个人离开高家也不容易。你和家恒过，还可以生个儿子，了却我的心愿。可是家恒说什么都不干，错过了好机会。现在让你再生儿子，这个年纪也生不出了。这就是命啊。我真要是走了，姐姐就把家恒交给你了，你一定要把他照顾好，家恒是个好男人。你答应姐姐行吗？"

陈兰芝流着眼泪，看着赵翠华殷切的目光，她点了点头。然后，她抱住赵翠华，两个女人失声痛哭。哭声引来了护士，告诉陈兰芝不能让病人激动，她需要静养。

几天后，赵翠华坚决要求出院回家。家恒怎么劝都不好使。科主任对家恒说："现在病人的病情基本稳定，在医院住下去也没什么必要，我知道你们不差钱。但病人的意愿应当得到尊重，也许回家对她的病情稳定会有好处。"

家恒听信了主任的话，把赵翠华接回了家里。家恒不死心，到处托人，弄偏方给赵翠华治病。他通过一个关系，知道深山里有一个老中医，有偏方可以治病。他历经艰难，终于找到了老中医，拿了药回来，给高翠华煎药。

高老算和刁婆子来了，除拿了许多补品，还带来一个祖传秘方。高老算说："我在家都算过了，你会没事的，好人一定会得好报。这祖传秘方我没告诉过别人，用了肯定见好。"

家恒紧握高老算的手："大叔，我谢谢你了，谢谢你了。"

高老算说："谢啥呀，我有困难时，你主动上前，我得谢谢你呀！"

高老算的举动和话语，让家恒感受到人性是可以回归的。

家恒又去各个中药房，买药煎药。两个女儿日夜守候在母亲身边，让赵翠华感到很温暖，很快乐。她的病情很稳定，心情也见好，但就是每晚都做梦。梦见的都是丢失的儿子大鹏。一天，她对家恒说："我知道想把丢失的儿子找回来已经是不可能的了，但我还是不死心，在我离开这个世界之前，我最后的愿望，就是再找一次儿子。你带我去当年的老地方。"

家恒答应她的要求，把家里的主要业务交给了兰兰。两个女儿都不太高兴，为什么要交给一个外姓人呢？还有别人比自己的女儿亲吗？她们有意见又不敢提。家恒看出来了，对她们说："你们要向兰兰学习新的经营思想和理念，做新一代的皮草商人。"

家恒带着赵翠华先来到了沈阳五爱市场，这里已经面貌一新。找了很久很久，才找到当年丢孩子的地方。赵翠华回忆起二十多年前经商的艰难，丢失儿子的痛苦，泪水横流。家恒也感慨万千。赵翠华说了当时一个卖药的老人提供的细节，一个南方商人突然不来了，可能是温州人，也许是他抱走了儿子。咱们再去温州。

家恒领着赵翠华来到温州，大都市大人流大高楼。千千万万的人流中到哪能找到儿子呢？他们在温州东转西转，寻找当年去的那个工厂，寻找那个收留自己的老板，可是什么都找不到了。

就这样住了几日。家恒说："咱们回去吧，你的心愿也尽了。"但赵翠华不回去。家恒以她的身体为由，订了第二天的机票。

第二天早上，赵翠华突然问家恒："温州的东面是什么地方？"

家恒说："是宁海，也是一个皮草之都。"

赵翠华说："我儿子就在那里。我昨晚梦见了，真真的。一个好漂亮的大小伙子，还和我说了话。"

家恒说："那是梦，不是真的。已经订了机票，中午就可以飞回去了。"但赵翠华坚决不走，一定要去宁海。家恒没有办法，只好同意。他突然想起高老算的二儿子高大白在宁海做皮装生意，做得挺好。他马上给高老算打电话要了高大白的电话，又给高大白打了电话，报了自己的姓名。正在宁海皮装厂当老板的高大白，一听佟家恒的电话，非常高兴。知道他要从温州到宁海来，马上答应安排宾馆。自己亲自去接。

在宁海的一个五星级宾馆门前，高大白接待了从出租车下来的佟家恒夫妻。大白说话仍然结巴："哥、嫂子，我真是，从、从心里往、往外欢迎你、你们。"家恒说："给你添麻烦啦。"

大白笑着摇头："哪、哪儿的话呀。盼、盼还盼不、不来呢。"他早已把房间安排好了，领着他们住下。

大白问家恒来这里干什么，家恒说什么事都没有，就是领你嫂子散散心，玩一玩。赵翠华问大白："我丢儿子的事，你是知道的。这么多年，你在宁海，没帮我找找儿子？"

大白说："我、我找了，可、可是没、没找到。"

翠华说："我做梦了，儿子就在这里，你一定要帮我找。"大白点头答应。

大白回家把佟家恒两口子来宁海的事告诉了妻子周阿妹，并讲了佟家恒是佟二堡皮草协会会长，如何会经营，有影响。周阿妹很有心计，马上把这个消息告诉了远房叔叔宁海皮草大王周正法。周正法说："我正想去佟二堡呢，想不到佟二堡的会长来了，我马上要见他，今晚请他吃饭。"

大白听说宁海的大老板要见佟家恒，这是了不得的事啊，他马上去宾馆报信。家恒说："我来这里就是散心，没有任何商业行为。大老板那么有钱，有地位，还是不见为好。"

大白一听急了："得、得见呀。就、就是为、为我，也、也得见呀。"家恒只好同意。

晚上，在酒店高档包间里。佟家恒见到了宁海皮草大王周正法。他五十多岁，个子不高，四方脸，粗眉大眼，说的满口北方话，一点没有大老板的架子，他紧握家恒的手说："欢迎你来宁海呀。我知道你，我也多次去过佟二堡。"

家恒说："周老板的大名我早就知道，几年前我来这里取经，也去过您的企业。和您比，我才刚刚起步呀!"

两个人都是皮草商人，一个是南方的，一个是北方的；一个是大级别的，一个是中级别的。两人一见如故，相见恨晚。周正法对佟二堡皮草行业的现状了如指掌，对佟家恒、高大明等人的情况也能一一说出，这让佟家恒很吃惊。赵翠华只吃了一点东西，推说身体不好，提前回房间休息了。

佟家恒无意中问起周正法："你是如何开始经营皮草生意的?"

周正法说："这得感谢我的哥哥周正斌，是他手把手教我经商的。我们开始在温州做服装生意，后来到宁海做皮草生意。他才是宁海真正的皮草商人。只是他现在年纪大了，不愿做了。现在正领着老伴儿在外地旅游呢。他虽然资产没有我多，但比我有思想，过几天能回来，你可以见见他。"

家恒说："我明天就回去，见不到他了。"

周正法又说："我哥哥有个儿子叫周全国，在英国牛津大学读商学博士，别看年纪小，是个十分出色的皮草商人，对皮草特别在行，已经能在香港、美国举牌拍皮子了，有机会你见见他，会大开眼界的，他算得上是一个真正的新一代皮草商人，我已经落伍了。"家恒笑笑，说以后有机会可以见见。

第二天，家恒领着赵翠华离开宁海。在机场，赵翠华久久不愿意离开，嘴里一直说："儿子在这里，儿子在这里，儿子就在这里。"

飞机起飞，赵翠华坐在舷窗前，久久地看着宁海的那片土地，轻声地呼唤着："大鹏，大鹏，妈妈来看你了，妈妈来看你了。"

第三十二章

突 发 车 祸

　　雨天，高速公路上，一辆奔驰轿车快速行驶。皮草商人周正斌和老伴儿旅游归来，他有七十五六岁年纪，消瘦的面孔，满头的银发，说话的声音很响亮，情绪也很兴奋，他正接儿子周全国从英国打来的电话。他挂了电话，对老伴儿说："还有半年，儿子就毕业了。他问我是留在英国，还是去美国。"

　　老伴儿说："去哪都行，你们皮草的事我也不懂。要我说，最好还是回来，哪儿也不如中国好。"

　　说起儿子，周正斌的兴奋劲一下子上来了："你说咱儿子，从小就聪明，就对皮草有特殊的爱好，咱把他培养成一个世界级的皮草商人，那也是对人类的贡献，对不对？"

　　"你呀，一说起儿子，就没个完。"老伴儿说。

　　雨越下越大，越下越猛，高速路上已经有了积水。司机小心地开着车子，秘书坐在前排打着盹。

　　对面的路上，一辆崭新的轿车快速行驶着，快速道上一辆越野车超车时，溅起的水花全都甩到了轿车的挡风玻璃上。轿车司机是个新手，看不清路面，车速又快，他紧急处置不当，车子一下子飞出了左侧的隔离带，与对面驶来的周正斌的轿车相撞，一场重大交通事故瞬间就发生了。

周正法正在集团公司召开董事局会议，他提出了新的战略构想："我们的皮草行业要向北方发展，大家都清楚，北方天气寒冷，人们喜欢穿貂皮。而我们南方做貂皮又不穿貂皮，我们为什么不把生产销售基地向北方转移呢？"他的观点得到大多数董事的赞成，全场气氛一下子活跃起来。他喝了一口茶水，又继续说："辽宁灯塔有个佟二堡，近年来发展较快，从皮装到裘皮，影响越来越大，我一直在关注。前几天，我有幸见到了佟二堡皮草协会会长佟家恒先生，他是个很优秀的皮草商人。我们要向佟二堡进军。"

正说到这，他的手机响了。他关了手机，自言自语道："开这么重要的会议，怎么能接手机呢。"他又继续讲进军佟二堡的三大优势……

女秘书没敲门就慌慌张张地进来了，手里拿着手机。正在讲话的周正法发火了："为什么不敲门就进来？不知道我们在研究重大问题吗？"

女秘书连声说："对不起，董事长，您的电话，是急救中心打来的，您的哥哥和嫂子遇到车祸，正在那里抢救，请您……"

"啊？"周正法大叫一声，立即站了起来，一挥手："休会。备车。马上去医院。快！"

英国牛津大学商学院，留学博士周全国是一个英俊潇洒的中国青年，二十七八岁年纪，高高的个子，白净脸，高鼻大眼，留着分头。他正和几个留学生一起交流。一个留学生问："全国，你学生成绩门门优秀，留在英国吧。"

另一个学生说："你去美国吧。你对皮草行业的管理，去美国能大有作为。"周全国笑而不答。

一个很漂亮的中国女留学生说："全国，你一定是想回宁海。你爸爸一定希望你回去接班，干一番事业，你可是大皮草商人的富二代啊。"

周全国听完笑了："还是小丽了解我，我和爸爸刚通电话，他非常希望我回去。我也真想回去。外面再怎么好，也没有家好。"

小丽用爱恋的目光看着全国："你回去我也跟你回去，行不行？"

几个同学大笑，一个同学说："你这么个美女，又漂亮又有知识，多少人追你啊。跟全国走，他怎么能不同意呢？"众人又是大笑，全国笑而不答。

医院抢救室里，一片紧张忙碌的景象。周正法率领许多人赶来，医院院长陪在身边。抢救室主任神情严肃地介绍说："车祸非常严重，司机、秘书和老太太已经停止了呼吸，只有周先生还有生命迹象，我们正全力抢救。"

周正法说："要不惜一切力量，用最好的药，选最好的医生，要不我从北京请医生坐专机来。"

院长说："放心吧，董事长，我们会全力抢救的。"

主任想了想说："董事长，请您快速通知他的亲人，主要是孩子，他有几个孩子？"

周正法说："我哥哥就一个宝贝儿子，在英国牛津读博士，还有半年毕业。"

"快通知他回来吧，周先生非常危险，按说他应当是死亡的，可他还有生命迹象，也许是在等儿子回来吧。"

周正法听了主任的话，马上掏出手机打电话。

周全国和几个同学正准备去餐厅用餐，他的手机响了，一接是二叔打来的，告诉他，你爸爸遇到车祸，非常危险，你要马上回国。周全国一听吓坏了。几个同学问他怎么回事，他说了实情，要马上去机场。小丽问："要不要我跟你同去？"周全国摇头，请她代为请假，然后快步跑出校园，打车去机场。

飞机场正好有一班飞北京的航班，周全国买了机票跑步上了飞机，飞机起飞。

从北京来的专家和医院的十几个大夫在重症监护室会诊。因为伤势太重，大家都摇头。周正斌的身上全是管子，用着各种药物。主任说："老先生太坚强了，他好像在等人，在等自己的儿子。"

北京的专家说："这就是意念在起作用。"

周正法在外面听交警汇报，交警说："事故调查结束，责任全在对方，但对方车里的三个人全部死亡。"周正法听了点点头，没说什么。抢救室主任从身边走过，周正法拦住他说："无论如何也要全力抢救。我侄子已经上飞机了，还有十几个小时就到了。"

飞机在北京机场降落，周全国出关。又买去宁海的机票，然后打电话告诉二叔，我有两个小时就到宁海。周正法说，你爸爸在等你，我派车去机场接你。

飞机在宁海机场降落，周全国跑出机场，二叔的宝马车在外面等着，上了车，宝马车闪着红灯，快速行驶。

医院里，周正斌的生命就要坚持不住了，周正法焦急地看着手表，大夫和护士们在忙碌。

车子开到了医院，周全国跑着冲进了重症室，看着满身管子的周正斌，大声呼喊着："爸爸，爸爸，我是全国。我回来了，你睁开眼睛看看我吧。"

奇迹真的发生了。昏迷了几天的周正斌慢慢睁开了眼睛，看到了儿子，他的眼睛里闪着奇异的最后的光芒。他握住儿子的手，嘴唇动了几下，周全国马上趴到父亲的嘴边仔细地听着，周正斌微弱地、断断续续地说："爸，对，不，起你。"说完就闭上了眼睛。周全国失声痛哭，摇着父亲的手，大声喊着："爸爸，爸爸，你说什么呢？"

护士们进来，拔掉了周正斌身上的各种管子，撤掉了仪器，给遗体盖上了白布。周正法过来，拉住周全国的手问："你爸爸刚才说什么？"

"我听得不太清楚，好像是说他对不起我。二叔，他怎么这么说呢？他是不是糊涂了，说的是梦话。"

周正法没有言语。他的儿子周全金进来了，拉住了全国的手："弟，你别太伤心，医院尽了全力，这也是天灾，没办法的。"周全国流着泪，点点头。

周家的丧事办得隆重，两位老人入土为安。周全国跪在他们的坟前，久久不起。周正法过来，拉起周全国说："孩子，二叔有话跟你说。"

在周正斌的书房里，周正法拿出一个保险柜的金钥匙说："这是你爸爸临出门旅游时交给我的，你不在身边，他每次外出，都把这个钥匙交给我，嘱咐我一旦有什么意外，就把钥匙交给你。可多少次了，都没有发生意外，我都在他回来时，把这个钥匙还给他。我作为他的弟弟知道，这个保险柜，除了他没有第二个人打开过，也不知道里面有什么秘密。现在，我把它交给你，你是他唯一的儿子，也是他的法定继承人。我想，保险柜里，除了他给你留下的两亿八千万的资产外，也许还有什么其他的秘密。孩子，你已经是大人了，这个秘密你应当知道了。"

周全国用陌生的目光看着二叔，接过了这把沉甸甸的金钥匙，把一个老式的特别厚重的保险柜打开。周正法悄悄走开了。

保险柜里的东西不多，摆放得非常整齐，下面是许多房产证、地产证，还有多家银行的大额存款单，保险柜的正上方有一个白色的信封，没有封口，里面是一封周正斌写的亲笔信。周全国看了起来。

"儿子，当你读到这封信的时候，我已经离开这个世界了。爸爸要对你说，却一直不敢说的话就是：爸爸对不起你。你不是爸爸的亲生儿子。

你是爸爸捡来的，不，准确地说是爸爸偷来的儿子。爸爸有罪，爸爸后半生都在受这个罪的折磨。爸爸现在要告诉你这一切。

　　"那一年，我去沈阳五爱市场送货，我和你妈妈都已经三十多岁了，由于我的原因，我们一直都没有孩子，我多想有一个孩子，有一个可爱的儿子啊！那天送完货已经是中午了，在那个路口我看见了你。你正看着别的孩子在吃冰棍。你可怜巴巴的样子让我很是喜欢，我花了五分钱给你买了一个冰棍，冲你晃晃，你跑过来了，跑得跟跟跄跄，差点摔倒。我把冰棍给你，你马上吃了起来。吃得那么香，我动心了，太喜欢你了，看看身边没人，我又拿出挎包里的一个面包，送给你吃，你跟在我的后面走了几步，在路口，我抱起你，上了一辆出租车，连夜乘车回到了温州，你就这样来到了我的身边。我怕有人知道，不久就从温州来到了宁海。

　　"自从有了你，我兴奋快乐，做生意有劲头，我的生意越做越大，越做越好，我要把生意做到全国去，我给你起了个名字叫周全国。我把你送到最好的幼儿园，最好的小学，最好的中学，你又考上了全国的重点大学，后来又让你去英国的牛津大学攻读博士学位。我把我所有的希望都寄托在你身上。但是随着财富的增多，随着人的成熟和衰老，我越来越感到不安。我把你抱走了，你的亲生父母会怎么样？你的爷爷奶奶会怎样？我考虑他们了吗？我算一个什么商人啊？有几次，我都想把真相告诉你，带你回去寻找亲人，可是我又没有那个勇气，怕你恨我，离开我，一去不回。我真的是喜欢你，我的好儿子。

　　"我错了，爸爸向你认错，爸爸给你留下了两亿八千万的资产算作补偿，当然我知道，感情是多少钱都不能买到的。我还把抱你回来时穿的衣物都保留下来，留你找父母时之用。我不知道你父母的任何消息。但那时能在沈阳五爱市场进货的，都应当是附近经商的人，你去寻找他们吧，当你找到你的生身父母时，代我向他们认罪……"

看完这封信，周全国立即瘫坐在沙发上。

周正法进来了，给全国递上了纸巾。周全国擦着两眼的泪，失声痛哭起来。周正法拍着他的肩膀说："孩子，哭吧，哭出来就会好受些，这是你的命，谁也没有办法替你。"

周全国哭了一会儿站起身，擦干了脸上的泪说："二叔，我现在已经知道了身世，周家的这两亿八千万，我一分都不要。我要去找我的生身父母。"

周正法说："你去找你的父母我赞成，但这两亿八千万是你父亲留给你的，你不要谁要，你要真不要，也是对死去的两位老人不原谅。他已经认错了，人也已经走了，你还想要他怎样？你读了这么多年的书，受到了这么好的教育，难道他们对你就一点也没有恩情吗？一点也不值得你回报吗？"

周全国听了低头不语。周正法又说："孩子，二叔能告诉你的是，当你被抱回来时，你爸爸你妈妈比亲儿子都疼你，这么多年没说过你一句，没动过你一个手指，就是对亲生的也未必能做到啊。我猜想，在沈阳五爱市场上货的，应该是附近的人，看你小时候穿的衣服，家应该在农村，你父母应该是农民，然后开始经商。那么我提供你两个地方可去，一个是海城的东柳，那里做衣服比较早。另一个是灯塔的佟二堡，那里离沈阳近，当年做服装，现在是做皮装。我过些日子也要去佟二堡，研究在那里投资的事。"

周全国听了二叔的话点点头，想了想说："我决定暂不回英国读博士了，先去找父母。这两亿八千万，叔叔你先替我保管着，等我找到了生身父母以后再说。"

周正法提醒他："全国，你找父母也要有个办法，以你这两亿八千万的身家，还有你的学识长相，你能找到一千个父母，信不信？"

一句话把周全国说乐了："二叔，相信我会有办法的，我是个博士，能那么笨吗?"

　　周全国再次来到父母的墓地。他跪在那里，轻声说道："爸爸妈妈，儿子理解你们了，不怪罪你们了，我要去辽宁寻找我的亲生父母了。你们在这里安息吧。"说完，又烧了三炷香，磕了三个头才离开。

第三十三章

寻 找 亲 人

周全国一个人来到了海城的东柳，他是一个打工者的模样，穿得很破旧，先在东柳的集市上转了两圈，熟悉一下地形，然后用白纸做了一个牌子，上写：寻求工作，不要工钱，只求吃住。他举牌站了一天，有几个人过来问的，又上下打量他一番，看他细皮嫩肉的，问了几句都能干什么，他回答不上来，没有人用他。

晚上，他来到一个破旧的旅馆住下，只吃了一碗面条，便和小旅馆的老板谈起来，他问怎么才能找到工作。小旅馆的老板说，你要主动去找，在外面举牌不行，你年轻不懂啊。

睡觉前打开手机，有很多未接电话，包括几位英国同学的电话，还有小丽的电话和短信，短信写着：全国，你为什么不开手机，快回个信，都快急死我了。你到底怎么了？家里出什么事了？有什么困难别怕，有我呢。全国看了笑笑，又把手机关了，睡下。

第二天，他去厂家找工作。他对一个老板说："我是大三的学生，家里生活困难，父母突然双亡，上不起学了，只求出来打个工，有饭吃，有地方睡就成，不要工钱。"

老板听了不信，摇头。另一个挺自私的老板说："行，我收你，就按你说的条件办。"

全国去了这个老板的工厂，老板让他当搬运工，非常累的活，苦力一样。他没干过，干不动，咬着牙。老板说他不行，不像个男人。

中午吃的饭也不好，馒头加咸菜还有一碗汤。

晚上睡的地方更不好，又脏又小，还有蚊子，屋里的另几个人打着呼噜，他一夜未睡。

就这样咬着牙坚持了三天，手上磨出了血泡，腿也碰破了皮。晚上吃饭时，老板在一边喝着小酒吃着炒菜，而他却是馒头加咸菜。老板酒喝得挺高兴。全国借机问话："你们这地方二十多年前，有没有人丢过孩子？"

老板一听马上问："你问这个干什么？你是什么人？"

全国马上说："我的一个大学同学和我特好，他让我打听一下，你是这地方的大老板，一定能知道这样的事。"

老板听了很高兴，想了一下说："我知道有个人二十多年前丢了一个孩子。但我现在不能告诉你，告诉了你就跑了，你再干十天活，我再告诉你。"

全国说了很多好话，狠心的老板就是不说。全国只好咬着牙又干了十天，装车卸车还有打扫卫生，什么活都让他干。

十天后，全国找老板，问谁家丢了孩子。老板又不承认，全国气愤了，指着他的鼻子说："你是个商人，商人最重要的是要讲诚信，我已经白干了十多天的活，你答应的事为什么不办呢？"

老板被问得无话可说，只好说出最东面的一个姓李的商人，二十多年前丢了一个孩子，你千万别告诉他是我说的。他不让人知道丢孩子这件事。周全国谢了老板，也离开了他家。

李家不缺打工的，但缺少一个伺候有病老爷子的人。李家的老头儿七十多岁了，瘫在炕上。李家老板说你一个小伙子，不会干这种活。但全国说我能行，在家伺候过有病的父母。老板想了想说："那就先干三天试试，行了就留下，不行就走人。"

全国伺候老人，喂饭洗脚洗脸端屎端尿，这些活他都没干过，常常出乱子，挨主人说。但他虚心，说什么也不顶嘴，只说对不起，对不起，我不要工钱了。三天下来，主人觉得小伙子不错，活已经基本都会干了，对他也还算满意，想继续留他。全国想了想问了一句：老人为什么得了这个病？"

主人说："是因为二十多年前丢了孩子，他一直想孩子，慢慢就傻了。"

全国一听很惊喜，马上问："孩子在哪儿丢的？"

主人说："是在沈阳的五爱市场丢的。"

全国一听更紧张了，马上又问："怎么丢的？"

主人说："那年去五爱市场进货，光顾买东西了，没顾上看孩子，一转身孩子就没了。"

全国又问："孩子当时穿什么衣服？"

主人说："穿一件花衣服。"

"怎么会是花衣服呢？"全国问。

"孩子是个丫头，当然穿花衣服了。"主人回答。

一听这话，全国悬着的心放回了原处。他安慰主人几句，又问："除了你们家，还有谁家也丢了孩子？是个男孩。"

主人愣愣地看着他："你问这个干什么？"

全国说："我同学的叔叔捡过一个走丢的男孩。"

主人想了想说："前面有个姓马的家里，丢过一个男孩，很悲痛的。你可千万别说是我说的。"

全国谢了主人，又找个借口辞了工作，去找马家。马家势力很大，很有钱，是东柳的大户。全国敲了半天门，管家才把门打开。全国笑着问需不需要人，人家连理都不理，马上把门关上了，一副财大气粗的样子。

全国不死心，就在门口等。一连等了两天，马先生终于回来了，他下了奔驰车，全国赶忙跑上前去，自我介绍说："马先生您好，我是个大学生，想在你这求职。您看行不行？"

马先生上下打量，盘问了几句，全国都一一回答。马先生说："我缺个会计，不知道你能不能行。"

全国马上说："我能行，还有证。"马先生一听很满意，可谈到工资，他就小气多了。

全国说："我可以不要工资，白干。"

马先生假惺惺地说："那可不行，我这么大的公司，哪能让你白干呢？"

全国说："那你说多少都行，我在这吃住。"马先生想了好半天，又咬了咬牙，伸出了四个手指头："一个月给你四百元，白吃白住行吧？"

全国笑着说："行，你说多少都行。"

全国就在马家住下，每天写账记账汇款，还干很多别的活。过了不几天，老板开始让他做假账，偷漏税。全国说："这样不行，违法的。"

老板一听火了："让你干什么就干什么，多什么嘴啊？搞服装的哪有多少是真的？名牌也是假的多，不偷漏税，我到哪里挣大钱去。"

全国赶忙赔罪，中午请老板吃饭。老板很高兴，去了一家最好的饭店，点了一桌子好菜，又要了一瓶好酒。吃着喝着，全国就故意问他有几个孩子，最后终于问出，他二十多年前，在五爱市场丢了一个儿子。

老板伤心地说："儿子跟你的岁数差不多。"

全国问："你儿子丢时穿的是什么衣服？"

老板说："这么多年了，他穿的是什么衣服我早忘了。"他喝了口酒，接着说："我虽然丢了一个儿子，可又给我带来了好运，我把臭婆娘给休了，又找了一个年轻漂亮的大姑娘，又给我生了一个儿子，一会儿我儿子就来，我让他跟你认识一下。"

话音刚落，门就开了，进来一个小流氓一样的男青年，没一点礼貌和教养，进屋见到好酒就喝，见到好菜就吃，还满口脏话，张嘴骂人。全国看了很伤心，我怎么会有这么一个爹和这么一个弟弟呢？他想了一下又问："你是什么血型？"

马先生摇头说："不知道。我从来没得过病，也没验过什么血型。你问这个干什么？"全国说就是随便问问。

全国想了一计，敬酒时故意用牙签把马先生的手指弄破了，出了血，马先生气得大骂，全国马上赔罪，用手纸把血迹擦干净。然后，借故上厕所，跑到镇上的医院去验血型，结果血型不对。他是既伤心又高兴。伤心的是没找着家人，高兴的是这个混蛋不是自己亲人。

全国想离开这里，他说："我对服装不感兴趣，我对皮草感兴趣。"

马先生一听火了："这里没皮装，要找皮装去灯塔佟二堡。"

周全国带着愤懑和无奈离开了东柳，来到了佟二堡。

此时的佟二堡正进入一个快速发展的新时期，家家门庭如市，户户商贾云集，这里已经变成了皮装产业的特区。

田书记因为年龄原因调离，新任女党委书记叫严玲，四十多岁，白净的圆脸，齐耳的短发，一副精明能干的样子。她正在给业户们开会，她讲话声音清脆而有力："佟二堡跟过去比是发展了，但我们不能总跟过去比。要跟先进地区比。跟宁海比，我们差。跟辛集比，我们也差。这当然有历史原因，宁海是南方，起步早，又依托大都市；辛集呢，是县城，又依托省会石家庄，发展当然比我们快。这些都是客观现实。我们佟二堡仅是个镇，又远离灯塔。但我们也有优势，完全可以发展得更快一些。党的十七大已经给我们指出了加速发展的方向，我们必须加大开放力度，破除陈旧观念，争取尽快大发展。"

听着这位女书记的讲话，佟家恒的内心很不平静。前几天，严书记已经单独找他谈话了，希望皮草协会在扩大开放、加快发展上做出贡献。可是，怎么才能大发展呢？他还很迷茫。

"当前，佟二堡紧缺的不是资金，而是人才，是高档次的、能引领方向的领军人才。"严书记用这句话结束了她的讲话。

赵翠华的病情又出现了反复，沈阳的医生来了，又拿来了一些进口的好药。赵翠华说："我梦见儿子，儿子大鹏来了，我看见了。"她见谁都这么说。家恒觉得赵翠华精神出了问题，是不是用了这么多药，特别是进口药引起的？医生说不是。至于为什么说这些话，可能是想儿子心切，出现了幻觉吧。

高兰兰的生意特别好，但就是人手不够，特别是有用的，能超过自己的人手没有，她想用高薪请人才。陈兰芝说："你就是人才，大学毕业，学的又是这个专业，到哪还能找到比你还好的人才呢？"

兰兰说："我是学设计的，是做微观的。我要把企业做大，要找学营销的，特别是学国际经济贸易的，做宏观的。"

陈兰芝说："什么微观宏观的，我不懂，我就知道在佟二堡没有比我女儿更好的人了。"

周全国来到佟二堡，他吸取了在东柳的教训，这次是西装革履，自称是海外学成的皮草专家。那十足的洋派头引起了人们的注意。

他先去了一个小店，跟店主谈了起来。店主说是缺人，可他一开口月薪一万，年底还要加提成。店主听了直摇头，以为他是精神病人，说咱这里从来没有这个价。

全国又问："佟二堡现在谁家的生意最好？"

店主说："论实力要数佟家恒了，又是皮草协会的会长。论人气，要数高兰兰最旺，人家是大学毕业生，又年轻又漂亮，就是学服装设计的，创立了OK品牌，衣服卖得好。"

周全国来到了佟家恒的店，店面果然很大，很气派，生意很好。全国进了店，女服务员热情接待，开始推销衣服。全国摇摇头说："我不是来买衣服的，我要见你们董事长。"女服务员听了摇头，店长赶忙说："董事长不在，有什么事可不可以跟我说。"

全国看了看这个挺漂亮的女店长问："你们招不招人？"

女店长打量着周全国说："我们招人，但我们都招年轻漂亮的小姐，你……"

全国一听笑了："我是来当白领的，不是服务员。"

女店长又仔细打量了周全国问："你都有什么本事？"

全国说："我本科是服装设计专业，硕士研究生是经济贸易专业，博士是英国牛津大学国际贸易专业。我对皮草行业特别熟悉，在美国、加拿大皮草市场做代理。"

女店长哪里见过这么有学识的人？她听得目瞪口呆，半信半疑："你，你能有这本事，不是冒牌的骗子吧？"

"怎么说话呢？"全国不高兴了。

"那，那你要多少工资呢？"女店长问。

"月薪一万，年底提成。"周全国不假思索地说。

一听这个数，女店长吃惊不小，"你走吧，我当店长也挣不了这么多钱呀。"

这时，佟家恒回来了。他见到周全国立即产生了莫名其妙的亲情感。周全国看着他，眼睛里闪着亲切的光芒。店长给家恒和全国分别做了介绍。

全国说："我就是来找您的。您是会长，皮草生意做得好。"

家恒听了摇摇头，有些无奈地说："好什么呀，皮草生意做到现在，下一步怎么做都不知道呢。你有这么高的学历，又在英国读博士，你给我说说，我的企业怎么办？说好了，我就用你。"家恒把全国让到沙发上，店长端来了茶水。

　　全国想了想说："我来佟二堡才几天，了解得不是很多，我感觉佟二堡皮草行业发展的关键是要借大船。"

　　"啥？借船？借船干啥？"家恒不解地问。

　　"我是打个比方。现在佟二堡都是小家小户小作坊，单打独斗，不能形成大的规模。您是会长，可您的店也不多，也不大，宣传力度也不够，全国皮草业知道您名字的也不多。因此，要走出去，或者请进来，把大企业家请进来，就像是借一个大船，你们坐上这艘大船，一同去远航。"

　　家恒听明白了，他点点头说："是该找个大船，可大船在哪呢？"

　　"大船总会有的。现在你们的思想还不够解放，经营理念还很落后，就是大船来了，你们也会把船赶跑，或者干脆不上船。佟二堡的商人要尽快向现代商人转变。"全国说。

　　"商人还分啥现代不现代？"家恒问。

　　"那当然了。这里最核心的是观念。"

　　正在这时，高兰兰来了，她有事情找家恒会长商量。她一见全国，立即被他的气质和容貌吸引了。

　　"这位是？"兰兰开口问道。

　　还没等家恒介绍，全国主动回答："我叫周全国，是到佟二堡找工作的。"

　　家恒说："这小伙子很有才学，刚才给我讲了借船的事，我挺服气。"

　　"借什么船？不是什么骗子吧。来，我考一考你。"兰兰看着一旁的女服务员，对全国说，"你说说吧，这么贵的裘皮大衣，怎么才能卖得好？"兰兰美丽的大眼睛看着周全国，嘴角露出了一丝不易察觉的微笑。

周全国笑了，顺手从衣架上拿过一件裘皮大衣，仔细看看，开口道："卖这件衣服，你要懂得，顾客要的不是便宜，是感觉占了便宜。不要与顾客争论价格，要讨论价值。没有不对的客户，只有不好的服务。卖什么其实不重要，重要的是怎么卖。没有最好的产品，只有最合适的产品。没有卖不出去的货，只有卖不出货的人。成功不是因为快，而是因为有方法。按我说的这些去办，这件衣服应当能在一个很好的价位上卖出去。"

高兰兰惊讶地看着这个表达流畅、哲理深刻的帅小伙，没有回话。几个女服务员情不自禁地鼓起了掌，她们卖了好多年的裘皮大衣，还没听过这么深刻的总结。

家恒听了，连连点头，他已经决定要聘用这个让他耳目一新的小伙子了。

周全国看着高兰兰说："我还不知道这位漂亮的小姐是做什么的呢?"

家恒赶紧说："她叫高兰兰，是OK公司董事长。她是学服装设计的大学生。"

"啊，您就是高兰兰。我听说了，您的OK品牌不错。"全国笑着说。

兰兰没有笑，想了一下说："我还想问一个问题，我的企业怎么才能越做越好?"

这个问题比刚才的问题更深刻，也更有实际意义。周全国想了想说："在企业的各种要素中，最重要、最关键的是人。企业利润来自员工的努力，企业发展来自员工能力的提高。由此，中国五行管理学把'企业要不断地提高员工工作能力和收入水平'作为企业管理的基本原则之一。"

听到这里，兰兰点了点头。周全国喝了口水，又继续说："坚持不断提高员工的工作能力和收入水平，有利于调动员工的工作积极性。由于每个人都需要一定的物质基础作为生活保障，需要不断提高自我能力实现更多的人生价值。如果企业能够满足员工物质层面和精神层面的需要，员工

第三十四章

出 手 不 凡

　　佟家恒开始安排周全国的生活，他把最好的房子腾出来，让给他住，又买了全新的用具，把房子收拾一新。还把自己平时也舍不得坐的宝马车让出来专门拉周全国，他对食堂的大师傅说："这孩子是南方人，又在国外读过书，留过洋，吃什么都讲究，你要学会做西餐。"大师傅庄重地点头，马上去找书。

　　家恒的做法引起了两个女儿的不满。

　　大萍首先找他提意见："爹，你这样对待一个并不熟悉的外地人，过分了。我们也不了解他，万一要是个骗子怎么办？"

　　佟家恒摇头说："我会，我看人还能错呀，这真是个难得的人才。"

　　大萍说："就算他是个什么人才，一开始不该给他这么高的工资，不该对他这么好。"

　　佟家恒说："是人才就该给好的待遇。如果将来真的贡献大了，我还要给他股份。"

　　"啥？给他股份？爹，你、你对他比对你亲女儿还亲呀！"大萍说完，转身走了。她气呼呼地去找二萍，跟妹妹说了这事儿。二萍一听火了，拉着姐姐就来找佟家恒，也不管旁边有没有外人，开口就大叫："爹，我们对你有意见，有天大的意见。你想把股份给那个外来的小子，你到底想怎么样？我们是不是你的亲女儿？"

"我就是顺嘴说说，给不给股份，那是以后很远很远的事儿呢。"家恒说。

"远也不行，你必须保证，你的财产不能给外人。"大萍紧接着说。

"怎么，现在就想着我的财产了？"家恒不高兴了。

"谁想着你的财产了？告诉你，我们能干，挣的钱不比你少。"大萍说。

二萍说得更有劲："爹，你是不是想儿子想疯了，想把这小子当你儿子啊？"

家恒一听火了："你说啥话！你们只知道做点小买卖，挣点小钱，不知道外面的世界有多大，找到一个人才不容易。你们这样做成不了大商人。我是想把他当儿子，我要是真有这么优秀的儿子，我们佟家的祖坟早冒青气了。"

两个女儿见爹真生气了，没再说什么，但她们心里头都不服气，姐俩生气地走了。

高兰兰也在积极做准备，像给新郎官准备一样，不但房间用品和车子都用好的，还给买来了高档的内衣内裤。陈兰芝看了就逗女儿说："是不是看上这个周全国了？"

兰兰笑着说："是，我看上了，又怎么样？"

陈兰芝说："你要小心。咱们对他还不了解，可别一见钟情。没看网上说，漂亮英俊的男人又是骗财又是骗色。"

兰兰一听不高兴了："妈，我能那么傻吗？谁都能打动我吗？"

"那也不好说。"陈兰芝说。

"我的事儿你别管。"兰兰丢下这句话，走了。

周全国来上班，佟家恒领他看自己的工厂，又看了几个店铺，看了自己做得最好的裘皮衣服，不时加以介绍。周全国边听边看，一言不发。

看完了回到办公室，周全国直言不讳，对佟家恒的衣服表扬的少，指出毛病和问题的多，佟家恒听得有些坐不住了，头上冒出了汗。两个女儿在外屋偷听，不时还小声议论。

周全国说："你现在必须尽快走出佟二堡，别当这里的土皇帝，要向国际最好的皮草品牌看齐。如今的皮草行业正在逐步摆脱传统观念，它与天气的关联越来越少，更多的是时尚需求。佟二堡光有几个店铺，做几件裘皮大衣是远远不够的。要拥有设计开发的优势，拥有创作的优势。从款式开发到产品工艺的创新，再到品质管理和生产成本等方面，都要创造优势。"他拿过一件黑色裘皮大衣说，"这种设计和制作都已经过时，厚重臃肿的感觉要逐步淡化，取而代之的是时尚轻巧的剪裁、亮丽悦目的色彩。颜色上独特的搭配，摇滚明亮饰品的巧妙运用，不同原料皮质的大胆拼接，还有皮草元素与各类服饰的结合运用。从销售上看，小生产厂家或者靠零星拿货的小代理商将被淘汰出局，取而代之的是国际知名皮草品牌的厂家直销店。"

周全国讲的这些都是佟家恒过去没有听说过的，让他耳目一新，又有点目瞪口呆。两个女儿在外屋也听傻了，怪不得爸爸花高薪请这个人，肚子里真有点玩意。

中午，家恒请全国吃饭，备好了饭菜和酒水，但全国没有去吃。他说："我就是一个打工仔，我要和别的员工吃一样的饭菜。虽然我挣的钱多，但身份没有改变。"这一举动，让家恒对这个年轻人有了更好的印象，知道他是个能干大事的人，自己没有看错。

第二天，周全国去高兰兰家，兰兰推托自己有事，让妈先陪一会儿。陈兰芝问周全国的不是皮草问题，而是他的经历、家庭和个人情况，就像是丈母娘看女婿一样，拷问了一个多小时，周全国对答如流，陈兰芝很满意。

兰兰是在隔壁的屋子里偷听他们的对话，她很高兴，拿出四件自己新设计的款式，请周全国提些意见。

周全国并不客气，每件衣服都提出了修改意见，他说："女人的衣服实际上是给男人看的，所以男人的意见对聪明的设计师来说十分重要。"

这一观点让兰兰赞同得连连点头，她马上问："你喜欢哪位服装设计师呢？"周全国想了想说："我喜欢英国的亚历山大·麦坤。他的设计都是带有灵魂的，而且是一件完整的作品，而不是光看设计的表象。这也是我们很多中国设计师缺少的。中国好多设计师都想改变外形，却往往忽略了设计的内在。"

兰兰认真听着，品味着话中深刻的道理。她说："我现在拥有自己的OK品牌，做品牌设计让我有些困难。"

周全国听完笑了："这很正常。因为品牌设计就涉及到商业，商业讲究的是利润，所以我们不但要把设计做好，还要让设计出来的东西有商业价值。要使两者都满足是比较困难的。往往有些好的想法因为成本高不得不放弃。"

兰兰听了连连点头："听君一席话，胜读四年书。我在大学的课堂里也没听过这么深刻并结合实际的道理。"她的脸上溢出了欢喜的神采，她终于找到了自己喜欢的意中人。

陈兰芝在隔壁听了这些话也很高兴。知道女儿终于找到了一个心爱的人，太不容易了。

中午，兰兰请全国吃饭。全国说："在这里，我跟员工吃一样的饭菜。在佟会长那里，我也是这么做的。"

兰兰说："现在我们不是工作关系，是青年男女关系，我作为一个年轻漂亮的姑娘，请你一个英俊才子吃饭，你能一点面子不给吗？你还留过学，在英国这个老牌资本主义国家待过，怎么一点绅士的风度也没看见，是不是假的？"

几句话让周全国没了话说，只好答应一起去外面吃饭。可陈兰芝坚决不让他们去外面饭店吃，她要亲自下厨做饭。她小声地告诉女儿："这小伙子，我都看好了。不管他们家穷与富，你的对象就是他。"

兰兰笑着连连点头："这一回，我们俩意见一致了。"

周全国和高兰兰一起吃着陈兰芝做的四个菜，还喝了一点红酒，两个人说着话，非常开心。陈兰芝在一边看着，高兴得嘴都合不上。

佟家恒和高兰兰同时接到邀请，让他们作为佟二堡地区皮草商的代表，参加在美国举行的世界皮草拍卖大会。这是世界上最高档次的皮草拍卖大会，没有身份和地位的人是不被邀请的。两个人商量，一致要把周全国带去，看看他除了理论上讲的那些大道理以外，在实际操作上到底是怎样？也算是对他最实际的考验。

家恒和兰兰把这一想法对周全国说了，他非常高兴。兰兰提出，要马上给他办去美国的护照。全国说不用办，我有护照，平时每年至少也去美国两三次。

在去美国的飞机上，兰兰对全国特别热心，关怀备至。家恒已经看出来，她有那个意思了，就故意躲远一点，为两个人创造条件。周全国对兰兰的热情没有回应，他一直在想，怎么才能借机问问丢孩子的事，因为有在东柳的教训，他不随便开口。

美国的皮草拍卖大会人多热闹，周全国会说流利的英语，又认识很多皮草商人，一看就知道是这个圈子里年轻有为的后生。

拍皮子前，周全国对家恒和兰兰说："我为你们拍，如果挣了，我要得好处，这是国际的通用做法。"家恒和兰兰都同意。

家恒问："你要多少？"

全国说："多少都行，你随便给。"

家恒想了想说："百分之十怎么样？"

全国同意。

此时，国际皮草行业行情不稳，受美国经济不景气的影响，皮草价格波动很大，而且下行压力增多，一些大的皮草商都不敢出手。越是不出手，价格越低，都怕赔。

周全国出现了，他看好了几手皮子，果断出手进货，众人一看他买了，也都跟着买。皮价马上起来了，周全国出手很大，一买就是几十万美金。而且买好货。

买了几十手皮草后，家恒觉得差不多了，就主张结束，但周全国摇头，说再看看行情。行情见涨，这时又有一大手皮草出现，是最好的"美国本黑"，要价二百万美金，要求一次成交。全国对这手皮子非常感兴趣。他想把这皮子买下，但佟家恒不同意，因为价格高，有风险。两个人发生了意见分歧。

全国说："你信我的，皮价最终还是要涨的，好皮子越来越少，买进是不会错的。"

家恒说："你只顾自己百分之十的回报，可亏了算我的呢，这可是几千万元的买卖啊，我得小心。"

全国说："赔了算我的，百分之十我不要，好不好？可别错过商机。"

家恒说："赔了算你的，你有什么啊？你就一个人，算你的有什么用？"

一听这话，全国急了，张嘴刚要说什么，可话到嘴边又咽了回去。商机眼看就要错过，关键时刻，高兰兰拍板："买下吧，赔了算我兰兰的。我的资产已经几千万了，够了吧？"周全国用感动的目光看着兰兰，点点头。

家恒没话说了。在最后一分钟，周全国拍下了这二百万美元的皮子。

周全国感谢兰兰对自己的信任。这次来美国，拍了三百多万美金的皮子，折合两千多万元人民币。这么大的风险，佟家恒确实把心都悬了起来。

回到佟二堡，说什么的都有，皮子很快就发过来了。一入冬，下了一场大雪，国内皮草行情见涨，来佟二堡买衣服的人非常多。很快传来消息，国际上皮草又开始大涨，而且是打着滚的涨，涨得让家恒看见谁都笑。大家都说，你找了一个财神爷。兰兰更是高兴，涨了皮子挣了大钱，看准了一个好男人。她对周全国更好了，处处体贴，就像是老婆对老公一样。

佟家恒和高兰兰把周全国找来，两个人要付给他佣金，按照百分之十的份额，每个人应给他一百二十万元。家恒说："这次因为你，我们大挣了一笔，该给你的马上给。你是要现金还是支票，是要房子还是要车，怎么支付都行。"

周全国笑笑说："我现在手头不缺钱，这笔钱就放在你们的账上，我什么时候需要再拿。"

他对这么多钱的淡薄态度，让家恒和兰兰觉得奇怪，他是不是有点傻？但经商办事一点不傻。

赵翠华的病情又一次加重，医生说她能活到现在已经是奇迹了，你们准备后事吧。

这些日子，赵翠华反反复复说："我做梦了，我儿子大鹏来佟二堡了。"

佟大萍这些日子总是没事来看周全国，偷偷地，反反复复看。她对佟二萍说："你看那个姓周的，像不像我弟弟？我怎么感觉他就是我弟弟呢？我昨晚做梦都梦见了。"

佟二萍也去看了两次，回来说："不像。我做梦也梦见弟弟了。"

大萍说："你只比弟弟大几岁，他是什么样，你根本记不得，这事得去问爸爸。"

两个女儿来找佟家恒，说起这个周全国像弟弟，做梦梦见了。家恒说："你妈妈这些日子天天梦见你弟弟，总说你弟弟来找咱们了。这，这不可能啊？要不，我盘问盘问他。"

家恒借故感谢周全国，请他吃了一顿饭，随便问起他的家庭情况。周全国说："我父亲是皮草商人，母亲也跟着经商。我从小就跟着他们学习，后来上了全国重点大学，再后来就去英国读博士。"

"那你父母现在在哪经商呢？"家恒急切地问。

"我父母已经不在了，在一场车祸中去世了。"全国伤感地说。

"那你有兄弟姐妹吗？"家恒又问。

"没有。我是独生子。父母老来得子，对我如掌上明珠。对了，我还有个叔叔，也是做皮草生意的。"周全国说。

家恒听了很失望。晚上，他告诉两个女儿："我问了，不是。"

大女儿不信："他会不会故意说谎呢？"

家恒反问："他为什么要说谎呢？没有道理啊。"

两个女儿不死心。一个跟着一个借故去找周全国，问的都是关于他家庭的事。这一问，全国起了疑心，回答的口径都一致。两个女儿没信心了。

她们去看妈妈，赵翠华反复说："我又梦见儿子大鹏了，就在佟二堡，就在我身边，快给我找来。"她有点像疯了一样。二萍想把周全国的事告诉妈妈，让他来见妈妈。但大萍不同意："妈这个样子，如果来了，是会刺激她，会出现意外。还是以后再找个机会吧。"

陈兰芝非常支持女儿与周全国的婚事，让女儿主动开口求婚，而且这事要越快越好。她急切地说："你要不好张口，妈替你求婚。"

高兰兰笑着说："这事还用你吗？你自己的事都没解决好，我的事不用你操心。等看准了机会，我会主动张口的。"

"那可得快点呀，别夜长梦多。"陈兰芝叮嘱说。

第三十五章

引 资 风 波

燕州宾馆门前，市委书记程立与前来考察的宁海皮草大王周正法的手紧紧地握在了一起。程书记四十七八岁年纪，白净的脸，戴着眼镜。他风趣地说："周先生的大名在皮草界早已如雷贯耳，能在灯塔接待您，实在是我们的荣幸啊。"

周正法笑着说："程书记是年轻有为的干部，在这里一定会大有前途的。"两个人边说边走进了会客厅。

会谈进行了两个多小时，双方谈得非常愉快。周正法要在佟二堡投巨资建皮草市场，这完全符合程书记的战略主张，可以说是一拍即合。两人有点相见恨晚的感觉。

程书记说："头几天，省长来佟二堡视察，对皮草行业的发展提出更高的要求。要扩大开放，引进域外资金、人才和管理经验，使佟二堡成为全国乃至世界的皮草基地。周先生是给我们送东风来了呀。"

快到吃午饭时间了，两个人谈得意犹未尽。程书记说："咱先不吃饭，我陪你转转怎样？"

周正法说："好啊，我也正想全面了解了解呢。"

两个人上了一辆车，先在县城转了转。周正法不客气地说："你这个县城太一般了，没有一点现代化气息。你有空，去我们宁海看看。"

程书记说："让你看，就是不怕丑。你放心，用不了三年，这里就会有大的变化。"

"能吗？"周正法不太相信地看着这位年轻的书记。

"能。"程书记坚定地回答，"走，我带你看看燕州城。听说过这个地方吗？"

"听说过，但是没去过。"周正法回答。

车子向东行驶近一小时，来到了一座小山前。下了车，程书记指着前方说："这就是燕州城遗址，原称叫白岩城，是五世纪初高句丽人所筑。全城依山而建，蜿蜒迂回，森严壮观。"

他们顺着小路围山而行。南面为陡崖峭壁，崖下是东西流向的太子河。西、北、东三面稍坦，筑有石城，总长两千五百多米，城墙在五至八米之间，用大石块垒砌。每隔四十米距离，修有突出的方形"马面"。在城中的制高点上，建有指挥台。四面筑有内城，还设有蓄水池。看到这些遗址，周正法连连带头，称赞这里历史悠久。

程书记感叹道："这里不仅历史悠久，还人杰地灵呢。听说过抗日英雄李兆麟吗？"

周正法笑着说："当然听说过。"

"李兆麟是我们灯塔人，我领你看看他的故居吧。"他们又驱车半个小时，来到了铧子镇后屯村，走进维修后的故居小院。

程书记介绍说："李兆麟，一九一〇年出生在这里，一九三一年加入共产党，'九一八'事变后参加抗日救国活动，成立东北义勇军第二十四路军，后任东北抗日联军第三路军总指挥。抗战胜利后，任滨江省副省长，中苏友好协会会长。一九四六年三月九日在哈尔滨被国民党特务杀害，时年三十六岁。"

"真是太年轻，太可惜了。"周正法深有感触地说。

程书记看了一下表："呀，都快一点啦，我说肚子怎么叫了呢。这饭是在灯塔吃呢，还是去佟二堡吃?"他征求周正法的意见。

"当然去佟二堡吃了。我投资的地方在佟二堡，可不是在你的县城。"周正法笑着说。

"那好，咱就再忍受一会儿吧。"

"没问题，好饭不怕晚。"

两个人说着上了车。

严书记在镇政府门前迎接周正法。

"怎么，换了个年轻的女书记?"周正法握着严玲的手，风趣地说。

"这是我们在全市干部中优中选优的，她还是我们市委常委。"程书记在一旁介绍说。

"据我所知，佟二堡的历届书记中，女书记你是第一个呀。"周正法对严书记说。

"看来，周董事长对佟二堡的情况十分了解呀。"严书记笑着说了一句。

"那是，那是，知己知彼嘛。"周正法笑着回答。

午饭很有特色，水豆腐，泥鳅鱼，土豆拌大茄子，高粱米水饭，还有热气腾腾的大包子，还上了一瓶铧子白酒。都饿了，吃起来特香，也特可口。严书记想借吃饭的机会介绍一下佟二堡，她刚要开口，周正法端起了酒杯说："你不用介绍佟二堡了，这里的事情我大体都知道，我已经偷偷来过不止三五次了，连你们皮草协会的会长佟家恒我都见过了。"

"啊，佟会长你也见过了?"严书记瞪大了眼睛，吃惊地问。

"那是呀，不过不是在佟二堡见的，是在我们宁海见的。来，喝杯铧子白酒吧，祝我们的合作成功!"

几个人一同碰杯，把酒干了。

吃完饭，程书记有会要回去，他对周正法说："投资的具体事情，您先和严书记商量，最后咱们再详谈。"

严书记领着周正法开始考察土地。

　

佟二堡是一个没有秘密的地方，宁海皮草大王要在这里投资建皮草城的消息一夜之间就在业户中传开了，反对声一片。

高老算打了一夜算盘，第一个站出来反对。他跑来找佟家恒，开口道："狼来了，狼来了。咱佟二堡刚发展起来，是块肥肉，引资进来就是引狼入室，来吃我们的肥肉。你是会长，这事坚决不能同意。"

佟家恒正坐在家里喝闷茶。周正法这么快就来了，是喜是忧，他现在还看不准。

"你说话呀！你是会长，你是啥想法？"高老算着急了。

"这事，得看党委和政府的。"家恒说了一句。

"不行。当官的想的是他们的政绩，不会考虑我们的利益。这件事我已经算过了，不能听政府的，我们要做主。虽然我们高家和佟家过去有矛盾，但现在我们要一致对外。这件事你当会长的要是不好挑头，那我就来挑头，反正我啥也不是。"高老算丢下这么一堆话推门走了。

高老算又去找佟家顺和王爱菊，大讲狼来了，来吃我们肉了，我们一定要坚决抵制，希望他俩去做佟家恒的工作。

家顺听信了高老算的话，急忙来找佟家恒，见面就说："哥，你这个会长可不能白干，关键时刻要为业主说话。不然，别怪我这个弟弟无礼。"

家恒说："这事我做不了主，看看情况再说吧。"

家顺对哥哥的态度不满意，他要组织业户集体行动，坚决反对。

高大明从戒毒所出来了，人变白了，也变瘦了，以往那踌躇满志、不可一世的神态早已不知所终，取而代之的是双目无神、垂头丧气。他一回到家就大门不出，二门不迈，谁也不见。

佟家恒拿着营养品来看他，鼓励他说："大明，你应当振作起来。这就像小孩子学走路，哪能不摔几个跟头呢。"

高大明有气无力地说："这跟头也摔得太重了，我、我都有点起不来了。"

"你能行。当年，你是咱佟二堡第一个背包出去的。别忘了，大伙都瞅着你呢。"家恒说。

高老算对家恒的到来表示万分感谢，希望他帮助大明重新站立起来。他还特别关心引资的事，他说："家恒呀，千万千万记住，决不能让外来人在咱佟二堡建什么皮草城。我已经串联一些人了，咱坚决反对，政府也得听听群众意见呀！"

家恒点点头，没说什么。

周正法是有备而来，他在严书记的陪同下，在镇里转了几圈，看好了镇东面的一片土地，提出要在这里建一座皮草城，而且拿来了规划图和设计效果图，这让严书记既振奋又吃惊。她把情况用电话向程书记做了汇报。程书记指示，要开个座谈会，听听广大业户的意见，他还要亲自来参加。

座谈会在镇政府的大会议室里召开，业户代表来了五十多人。严书记主持会议，程书记先讲话，他说："大家可能都知道了，宁海皮草商人周正法先生来咱佟二堡投资建皮草城，这是咱佟二堡皮装发展史上的一件大事，市委市政府想听听大家的意见，然后再做决策。大家有什么意见都可以发表。"

程书记话音刚落，高老算就举手发言，他说："我坚决反对外来人到我们这里来搞什么投资。咱佟二堡现在发展起来了，要人有人，要钱有钱。要建皮草城，我们自己也能建。别人来干什么？还不是来分我们的肉，抢我们的钱。不同意，不同意，坚决不同意。"

"我也不同意。"佟家顺跟着说，"过去咱佟二堡低谷的时候，没有人来投资，有困难都是我们自己扛过去的。如今形势好了，有人要来摘桃子了，还选咱最好的土地，还要优惠政策，天底下哪有这样的好事儿呀！"

"不同意。"

"不同意。"

王爱菊、李云霞、陈兰芝、大萍、二萍等人一齐吵吵，会场乱了起来。

程书记挥挥手说："大家别急，一个一个说，把理由说充分。"他看了看坐在前面的佟家恒，"佟会长，你说说。"

"我……我还没有想好。"家恒说了这么一句，就把头低下了。

程书记笑了："没想好可以继续想。我今天只想给大家提几个问题，我和你们一块来回答。第一，咱佟二堡和宁海比，是强还是弱？"

会场一下子静了下来，没有人回答。很显然，佟二堡远远弱于宁海。

"第二，我们和宁海比，到底差什么？"

二萍在底下马上接了一句："差钱呗！"

程书记摇摇头："不光差钱，重要的是差观念、经营思想和经营理念。我们和人家比，还差得很远很远。"

程书记喝了一口水，环视着众人："第三，佟二堡怎么才能快速地赶上宁海，成为北方乃至全国皮草行业里的航母？靠我们现在这些人，这样的观念，这样的实力，到底行不行？这三个问题大家不要急于回答，都回去思考，我们市委、市政府还有佟二堡镇党委也要认真思考。这是重大的战略性问题。"年轻的市委书记的一席话，结束了这个没有任何结论的座谈会。

周正法在招待所打电话，把周全国偷偷地约了出来。两人一见面，周正法就急切地问他寻找亲人的情况。全国说："东柳没找着，得到了一些教训。佟二堡刚来，还没敢找呢。"

　　周正法说："我要在这里投资，你就不用帮别人打什么工了，就和你哥哥周全金一块干吧。"

　　全国不同意。他说："对我来说，投什么资不重要，重要的是找到亲人。所以，我现在还不能和你们认识，更不能参与你们的投资活动。我只能是偷偷地寻找，也许能找到，也许找不到，但我不后悔。"

　　周正法同意了全国的想法，把儿子周全金留下，做相关投资的前期工作，自己回宁海处理一些紧急事务，并且要出一次国，时间是两个月。

　　周全金和周全国两个人偷偷见面。周全金因为项目落不下而着急，他问周全国："佟二堡这么多的业户反对，关键的是几个人？都是谁？我要亲自去找他们谈谈。"

　　周全国说："最关键的是三个人，一个是会长佟家恒，在佟二堡最有影响，他现在没正式表态；另一个是高老算，他坚决反对，有号召力；再一个是高兰兰，她那天有事没参加座谈会，什么态度还不清楚，她在年轻人中有号召力，要是能把这三个人的工作做通了，事情就好办多了。"

　　周全金说："行。这三个人就交给我了。"

　　年轻气盛、急于求成的周全金把在佟二堡投资建皮草城的规划图和效果图做成了两个醒目的大广告牌，立在了要征用的那块土地的前面，十分醒目。规划分为三期，一期要建二十万平方米的大厅，还有五星级的酒店。引得佟二堡人都来观看，人们议论纷纷。

　　占用的土地和房屋有高家的也有佟家的。高老算站在大牌子底下挥舞着算盘，大声喊着："我就是不同意，看谁敢来拆我的房子。"高大明也来了精神，更是火气冲天："我是从戒毒所出来的人，我怕谁？敢拆我的房子，除非把我放倒。"他情绪特别激烈。一些人也跟着起哄，现场一片混乱。

周全金来找佟家恒，手里还提着烟酒，他进门就说："佟会长，我是周正法先生的儿子，我现在负责佟二堡这个项目。这可是省、市、县各级领导高度重视的大项目。我爸爸和省长、市长都是好朋友，在这投资我们是有依靠的。你是会长，表个态，我们是不会忘记你的好处的。"

他的这一席话，引起了家恒的反感。他反对用官来压人，更反对得什么好处，他冷冷地说："既然省、市、县领导都同意，那你还来找我干什么？我说话也不算，你走吧，带的东西你拿回去。"

周全金很生气地走了。他又去找高老算，可高家没人，高老算和儿子都在广告牌前讲话呢。

他又去找高兰兰。一下子被高兰兰的美貌气质所吸引。他不能想象，在这么一个佟二堡，会有这么漂亮、这么有气质的女老板。他惊呆了，半天没有说出话来。倒是兰兰笑着主动开口："你是来看衣服的吗？"

他点点头，又摇摇头："我……我是周正法先生的儿子，我叫周全金。知道您在佟二堡很有影响，我想、我想和您谈谈。"

一听这番话，兰兰笑了："你是为投资的事找我吧？没问题，我坚决支持你们来投资。你们不光有雄厚的资金，更主要的是理念先进、管理科学。佟二堡的商人就是土地中爬出来的商人，还没有脱胎换骨的转变。你们来了，正好可以加快我们改造的步伐。"

高兰兰的话让周全金看到了希望，他对这个女人非常有好感。他依依不舍地离开高兰兰，嘴里还说："我会常来的，会常来的。"

夜里，高大明领着几个人，把周全金竖的广告牌给推翻了，把那些彩图给弄得稀巴烂，还留下了一些传单，上面写着：南方佬快滚开，不然就给颜色看，更厉害的还在后面。

第二天一早，周全金看到这些场景后，马上报警，公安人员和严书记等人赶到现场，又是照相又是排查。周全金情绪激动地说："我们在很多地方投资，都是主动请我们去，给我们各种优惠政策，还没有敢这样对待我们的。希望你们抓紧破案，抓到坏人，不然我们就走人，在哪里都可以投资。"他还当即给老爹周正法打电话，汇报这里发生的情况。周正法在电话里说："要是实在反对，我们就走。"严书记赶忙赔不是，说："群众的工作要慢慢做，佟二堡人抱团有特殊性，希望你不要太急躁。"

　　周全金说："时间就是金钱，我投这么多钱，也是为了早见效益。这么耗着，我可等不起。"

　　晚上，周全金又接了几个匿名电话和短信，都是让他识时务，早点离开佟二堡的。周全金有点害怕了。

　　佟二堡出现的问题引起了市委、市政府的高度重视，在市委常委会上，程立书记态度鲜明地说："招商引资是佟二堡皮草行业发展的必由之路，宁海来投资，是佟二堡千载难逢的重大机遇，绝不能错过。群众工作要做，对违法犯罪行为要坚决打击。"他随即安排司法部门有关人员进驻佟二堡，为招商引资保驾护航。

　　为了表明灯塔和佟二堡的诚意，程书记亲自带队，到宁海去见周正法。此时，周正法正在国外考察，程书记和严书记等人足足等了四天。见面时，程书记给周正法行了个大礼，抱歉地说："实在等不起，我们工作没有做好，影响了你们的投资进度，我特来认错。"

　　周正法拉着程书记的手说："你能亲自来，又等了我好几天，足见你的诚意呀。群众有点意见也正常，我们一块做工作。"

　　县公安局人员进驻了佟二堡，找佟家恒了解情况。佟家恒一问三不知，什么都摇头。公安人员很不满意。

　　高大明喝了点酒，去找佟家恒，进门就说："砸广告牌的事是我干的。

你照实说，别为难，我什么都不怕。"

家恒笑了："我早就知道是你干的，但我不能说。你这么做为谁啊？不是为你个人，都是为咱佟二堡。我也是为佟二堡着想，以后这样的事千万别做了。"

严书记找家恒谈话，批评他工作做得不够，态度不积极。家恒一言不发。

回到家，高老算来了，两个女儿来了，李云霞来了，连陈兰芝也来了，他们都让家恒顶住压力，反对外来投资。家恒处在了两难之中，几夜睡不好觉。

年轻气盛的周全金找到镇里和市里领导，提出要强迁，不然我们就撤，不在这干了。有人同意强迁，要给老百姓点硬的。家恒知道了，马上去找镇领导，说强迁不行，会激化矛盾的。业户知道了这件事，联名给上级领导写信，表示要战斗到底。

这时候，程书记、严书记已经从宁海回来了。程书记态度明确：不能强迁，不能激化矛盾，农民就是农民，对他们要进行教育。可是怎么教育呢？一时间，谁也没有好办法。

周全金想到了高兰兰，想以她为突破口。他第二次上门去见高兰兰，进门不谈投资拆迁的事，提到了感情问题。讲自己有多少财产，在这要干到什么程度。现在还没有女朋友，一眼就看好了你。希望你能帮我度过这一关，把拆迁的事做通，我们就处对象。

这一说法让兰兰非常生气，指着他的鼻子说："我支持你们外来人投资是一回事，处对象又是另一回事。你有几个臭钱算什么，我高兰兰不稀罕。我已经有男朋友了。"周全金被说得无地自容，狼狈而去。

在宁海的周正法也为项目进展不顺着急，他想到了高大白是佟二堡人，就把他找来，让他回去做佟二堡人的工作。大白满口答应，说这事好办，我能行。当天坐飞机回到佟二堡。

高大白带着很多礼品回家，跟爹妈和哥哥讲自己在宁海干得如何好，挣了多少钱，又找了女人，是周老板的远房亲戚。虽然没结婚，但她已经怀了身孕，这次不便回来。

高老算一听二儿子要有孩子了，非常高兴。高大白反复讲周老板如何有实力，为人如何精明。高大明说："宁海的周老板在佟二堡投资，我们坚决反对。"

大白一听马上劝哥哥："这、这是好、好事，不、不能反对。"他把自己回来当说客的事说了出来。

高大明一听就火了，拍着桌子大骂："你这个内奸，吃里爬外。"

高老算一听也来气了："你是佟二堡人还是宁海人？别挣了几个钱，就不知道自己姓什么了。"他们把大白骂出了家门。

大白又去找佟家恒，把自己回来的任务说了一下。家恒问了一些周正法的为人和在宁海经营的情况，然后说："我现在非常难，我是会长不假，但会长是大伙儿选的，现在大伙儿对外来投资有意见，我进退两难。希望你能够理解，回去和周先生好好说说。"

大白回佟二堡没取得任何成果，哭丧着脸回到了宁海，也不敢向周先生报告，只好跟周阿妹说了。阿妹说他无能，这点事也办不成。

家恒处在两难境地，镇里市里天天给他打电话，让他去做群众工作，还让他时常去汇报。业户们也天天来他家，吵着闹着不同意，家恒非常苦恼。他找周全国说："我知道外来投资是好事，可以把我们皮草行业做大，可眼下大伙儿都不同意，我也没什么好办法。硬来吧，肯定不行，佟二堡人是吃软不吃硬。"

全国说："佟二堡只有引进来才有更好的前途，别为眼前的小利益丢了以后的大利益，我看还是应该接纳宁海，要想办法。"

家恒说："所有的办法都想过了。要是佟二堡人参与了这个投资，事情就好办了，我也好说话了。"周全国听了点头。

周正法又一次来到了佟二堡，他把儿子周全金批评了一顿，说他工作方法还不够灵活。儿子服气地点头，承认工作方法简单急躁。

周正法又偷偷地把周全国找出来了解情况。全国说："核心人物还是佟家恒，他现在进退两难，我也很理解他。我正在想一个两全其美的办法。"周正法急着问是什么办法，他笑而不答。

第三十六章

投 资 之 谜

聪明过人的高老算看到了危机。这两天他闷在家里，关了手机，不停地打着算盘。刁婆子抱着孙子过来，送到高老算眼前："大孙子，让爷爷亲亲吧。"

高老算不耐烦地摆了下手，头也不抬地说："去去去，没看我在这算计吗？"

"有什么好算的，不就是宁海的人来投资吗。天塌大家死，又不是你一个。"刁婆子不高兴地甩了一句，抱孙子出去了。

高老算喝了一口茶，又细品品，叹了口气。眼下的情况非常清楚，尽管大家都反对宁海人来投资，可他心里明白，反对是没有用的。宁海人比佟二堡人有实力，加上党委、政府大力支持，投资是早晚的事。人家投资建了皮草城，那佟二堡人怎么办呢？前景是好是坏呢？是狼来了吃我们的肉，还是狼来了领着我们去吃肉，这都是谁也说不清的事。因此，必须早做准备，有备无患。

高老算就是高老算，他坐车来到十公里以外的县城，想在那里寻找商机。县城他太熟悉了，不宽的街道，不太高的楼房，没有让他兴奋的地方。他突然想起城南有一条葛西河，他抬脚朝那里走去。

葛西河，说是河，河宽不过四五米，河水也不大。河两边是荒地、杂草，还有一些破旧的建筑、房屋。他找了块干净的地方坐下来，看着这条小河，看着河北面的城市。他突然产生了一个灵感，随即拿出随身带的算盘，噼噼啪啪地打了起来。打累了，打饿了，他拿出自带的干粮和水，边吃边喝，然后在河边不停地散步。几个过路人投来奇异的目光，其中一个四十多岁的男子还特意走到他身边，又看了看下面只有一米深的河水，关切地问了一句："大叔，你可千万别想不开呀。"

高老算笑了："我想开了，什么都想开了。"

"那就好。再说，这河也淹不死人。"男子说了这么一句走了。

高老算开始对河边的建筑进行查看，有一个不太大的鸡场，养了一些鸡。有一个二层楼的招待所，生意不太景气。有两个要倒塌的库房，院子里冷冷清清。还有几块河滩地，也没种什么东西。看完这些，他又打了一阵算盘，这才满脸笑容地离开葛西河。

晚上，他亲自下厨，做了四个好菜，又拿出一瓶铧子白酒。

"今儿是怎么啦？"刁婆子不解地问。

"去，把儿子和孙子都给我喊来，我有话说。"

一会儿，高大明一个人来了，说姜美丽带着孩子回娘家了。

高老算把酒打开，亲自给儿子和老婆倒上。刁婆子又问："这不年不节的，又没啥喜事，你咋这样？"

"今儿是不年不节，可今儿有个好事。"高老算端起了酒杯，卖起了关子。

"爹，啥好事儿，你快说呀。"高大明急了。

"来，喝了这杯酒，我跟你们细说。"高老算依次和老婆子、儿子碰了杯，一口把酒干了，夹了一口菜，香香地吃完。看着老婆子和儿子说："我今儿去县城，考察了一个项目。我决定把咱家所有的钱都拿出来，投这个项目。"

高老算说："我不买鸡，也不买蛋，我买你的养鸡场。"

场主愣了一下，仔细打量高老算："买鸡场？"

"现在养鸡赔钱，你还做这干啥，又脏又累的。卖了得了。"高老算说。

场主点点头，眼下养鸡确实赔钱，他早就不想干了，只是没遇到真正的买主："你真想买？"场主又打量了高老算一番，掐着手指算了算，咬咬牙，伸出了三个指头，"我要三十万。"说完，他看着高老算，等着他砍价。

高老算哈哈一笑："三十万，行。但我要问你，这地是不是你的，有没有手续？"

场主马上说："是我的，有手续。"

"好，马上签协议，马上给钱。"

高老算又用同样的办法，把招待所、两个库房和两块河滩地都买下了，三百六十万花个精光。

高老算花大价钱买了一些破地，还有危房、鸡场的事很快在佟二堡传开了，人们议论纷纷，说啥的都有。

佟德奎在街上拦住了低头走路的高老算，神气地说："听说你不干皮草了，去县城葛西河养鸡种地了。我早就说吗，你不是我们佟家的对手，别看你会算计，算来算去，吃亏的总是你，我说得没错吧？"

高老算听了点点头，什么也没说，转身低头走了。

看着他离去的背影，佟德奎哈哈大笑，笑得那么爽朗，那么自信，那么神气。他回家对儿子说了这事，家恒想了想说："也许，他投资是有道理的。高老算算得上是个有头脑的商人。"

"他都失败了，你，你怎么还这么夸他？"佟德奎不解地问儿子。

高老算的心思已经不在佟二堡了，他每天都坐车去县城，坐在葛西河的岸边上，看着平静的河水流淌，打着手中的算盘，吃着自带的干粮，日复一日，无论刮风下雨。

一天，他看见十几个陌生人来到葛西河，比比划划的，看穿着打扮，都是有文化的城里人。紧接着，又有人拿着皮尺、地图、仪器，像在丈量。高老算过去问了一句："你们这是要干啥？"

领头的看了他一眼："要开发葛西河。"

"真的？"高老算大声地问。

"是真的。"那人看着喜出望外的高老算，感到莫名其妙。

好消息很快传开了，市委、市政府要开发葛西河，建设生态公园。紧接着，生态公园的规划图、效果图就设计出来了，贴在了政府广场前，征求广大市民意见。高老算跑过去看了，那是北京清华大学给设计的，那些图真是太美，太漂亮了。有很宽很宽的河水，有小岛，有草地，有绿树，有小桥，有游船，还有文化、体育活动等设施。围观的市民赞不绝口。高老算有点怀疑：这么好的公园能建成吗？这不会是做梦吧？

高老算知道，政府动迁部门很快就要找自己了，他离开了葛西河，回家等信息。

傍晚，一高一矮一胖一瘦两个陌生的年轻人走进了高老算的家，高老算赶紧让座、拿烟、倒茶，热情招待。

"你叫高老算？"胖子先开口。

"是。"高老算点头。

"葛西河边上的鸡场、招待所、仓库都是你的？"瘦子发问。

"对，是我的，都有合法手续。"高老算答了话，又问，"你们是……"

"我叫狗头，他叫二赖。我们都是灯塔地面上有头有脸的人，换句话说，也就是黑道白道都好使的人。"胖子边说边点了一支烟。

"啊，你们……"高老算原以为他们是政府动迁办的，"你们找我干什么？我也没惹着你们呀。"

"你是没惹着我们，但我们现在有事要找你。政府要开发葛西河，我们想挣几个钱花，在那里也买了点房子买了点地，但比你的少多了。今天找你呢，就是要告诉你，你的那些东西值多少钱，怎么卖，你不能说了算，要听我们的，而且，你挣了，还要给我们砍一块。"

"为什么呀？"高老算瞪大眼睛问。

"这还不明白吗，我们保护你呀，当然要提取保护费了。"胖子说。

"不行，我不同意。"高老算摇着头说。

"怎么，你敢和我们作对，你不怕放血？不怕家被砸？你打听打听我狗头在市面的影响。"胖子敲着桌子大声地说。

门"砰"的一声被踹开了，高大明拎着两把菜刀进来了，"怎么，敢到我家里来吃黑？你不打听打听我高大明怕过谁！告诉你，我就是佟二堡那个抽烟的，刚从局子里出来！"高大明说着，把菜刀往桌子上一放。

两个小子一下子脸都白了，他们听说过佟二堡有个抽烟的，社会上挺好使。"大哥，你，你是……"瘦子吓得话都不会说了。

"这是我爹，葛西河的投资是我们爷俩的。"高大明说。

"哎呀，这是大水冲了龙王庙。我早就知道高大哥在佟二堡、在灯塔都好使，这回好办，不是你们听我们的，是我们听你们的。行不行？"胖子脑子转得快，马上换了副嘴脸。

"我可不管你们的事。"高老算摇着头说。

"别，别，我听人说你会算计，天天打算盘，一算一个准。这回，千万把我们算上，跟着您老人家挣一回大钱。"瘦子说完，两个人给高家父子行了个礼，这才离开。

政府要开发葛西河的事在佟二堡传开了，人们都佩服高老算深谋远虑。有的说他这次能挣几百万，也有人给算过了，说起码能挣两千万。高老算名声大震，他抬头挺胸、满脸笑容地大步来到了佟家恒的工厂。

佟德奎正在门卫室值班，他远远看见高老算走来，马上低下头，装作看报纸。高老算走到窗子前，看着低头的佟德奎，使劲地敲了敲玻璃。佟德奎装作没听见，把头埋在了桌子底下。

"佟队长，你出来一下，我有话跟你说。"高老算更加用力地敲着玻璃窗。

佟德奎不得不抬起头，看着满脸得意的高老算说："出去干什么？有话就说，有屁就放。"

"口气还挺硬，你头些日子说我什么来着，干不了皮草了，养鸡种地去了。告诉你，这回呀，我可挣大发了。"高老算神气十足地说。

"有什么神气的？不就是会算计共产党，钻了共产党的空子，搞投机倒把嘛。"佟德奎气愤地说。

"哈哈哈！"高老算大笑，"佟队长，说话的辞怎么还这么落伍呢，这叫啥投机倒把？这叫投资理财。是，我是钻了空子，这不假。可共产党让我钻这个空子呀，我没犯法，一切收入都是正当合法的。你气也是白气。说白了，二十多年了，你还是个农民样，一点进步都没有，真让我笑话。"

"你，你……"佟德奎气得手在发抖，胡子乱颤，后面的话一句也说不出来了。

第三十七章

兄 妹 相 恋

　　这些日子，高兰兰一直缠着周全国。她请周全国陪自己去省城的"卓展"买衣服，全国推托有事不去。兰兰说："你是我聘的员工，一切要听老板的，我要付你工钱，这一个月的试用期还没完呢。"全国只好陪去。一路上兰兰柔情似水。两个人根本不像是老板和员工，而像是一对情侣。兰兰看各种衣服，也包括女性内衣，让全国帮选。她温情地说："你说过，女人穿衣服是给男人看的。我领你这么优秀的男人来，就是要你帮我选衣服。"全国只好帮着兰兰选了很多高档衣服。

　　中午吃饭，去了一家很有情调的西餐馆。吃着吃着，兰兰像变魔术一样从包里拿出一块高档男表："你看看，这表怎么样？"

　　全国看了看，点点头说："是名表，值十万元。"

　　"你真有眼力，这是给你买的。"兰兰把表塞到了全国手上。

　　"我不要。"全国摇头。

　　"怎么能不要呢？这是我专门为你买的，名表不是男人三宝之一嘛。"兰兰笑着说。

　　"那倒是。但这么贵重的礼物我不能要。"全国把表推回到兰兰眼前。

　　"要不这样吧，这表就算是你自己买的，我先预付了你的工资。这总可以了吧？"兰兰说完，不管全国同不同意，打开盒子把表戴在了全国的左手腕上。

下午两个人又去看电影，是进口情感大片。看着看着，兰兰就在黑暗中抓住了全国的手，全国想抽回来，但兰兰拉得紧紧的。看到激动处，她还流出眼泪来。晚上，开着宝马车回到佟二堡。

陈兰芝看着女儿和全国从车里下来，拿了那么多高档东西，很高兴。她问女儿都买什么了，兰兰说给全国买了块十万元的手表。兰芝一听有些不放心："女儿，你可千万别头脑发热，上当受骗。"兰兰呵呵一笑，说不会的。

第二天，兰兰又让全国陪着去市里一家高级美容院做了美容。整整一天时间，全国耐心地陪着，不时接个电话。

晚上，陈兰芝问女儿与全国的关系挑明没有，兰兰说："还没呢，争取明天挑明吧。"

第二天，周全国该去佟家恒处上班了。家恒也打来电话，说有事要研究。但兰兰不干："串一天吧，你今天继续归我。"

全国说："那不行，我必须一视同仁。"兰兰说："我今天有要事找你。"她又打电话给佟家恒，说找全国有急事。家恒没有办法，只好同意。

兰兰开着车，拉着全国就走，全国问去哪？干什么？兰兰都不告诉，说去了就知道了。车子开到了弓长岭温泉假日酒店，她要请他洗温泉。两个人在室外的温泉池内沐浴，兰兰穿着泳装，美丽动人，女人味十足，让全国很动心。他们戏水，按摩，玩得很开心。中午在一农家小院，吃的农家饭菜，汤河全鱼。兰兰正式向全国求婚："过去都是男的向女的求婚，而我却改变了规律，女人向男人求婚，我看好你了。不问你的家庭，你的身世，更不问你的财产，我只看好了你这个人，你是我有生以来看好的最好的男人。我向你求婚，不管你是否同意，这婚我都求定了，我一定要得到你。"

兰兰的话让全国很感动也很震惊，他想了想说："这事让我考虑考虑，一两天答复你。"

兰兰说："行。但我要明确告诉你，不管你同意还是不同意，这婚我求定了。我要一追到底，直到把你追到手为止。"

晚上，周全国找到周正法，说出了自己的想法："佟二堡人反对外来人投资，希望这个皮草城能有佟二堡人参与来投，这也是佟家恒的态度。现在有个机会，高兰兰一直在追求我，今天她又向我公开挑明了这件事，态度很坚决。我如果能和她结婚，就是佟二堡的女婿，这样我的投资就算是佟二堡人的投资了。为了这个项目尽快落地，我想答应这门婚事。我爹妈都走了，亲生的父母又没找着，您是我叔叔，是我的唯一亲人。这么大的事，不是儿戏，请二叔帮我拿主意。"

周正法想了一会儿说："这是件好事，可以缓解很多矛盾，也可以使这个项目尽快落地，可关键是你爱不爱她，喜不喜欢她啊？"

全国想了想说："过去不怎么喜欢她，这些日子接触多一些，这女孩还是不错的。"

"她知道你有多少财产吗？"

"不知道，我就告诉她，我是个穷光蛋，除了书什么财产都没有。"

"那就好，她不是为你的钱来就好。可我知道，你在英国读书时，有个女生对你很好的。头些日子，她把电话打到了我的手机上，说到处找你找不着，快急疯了。你的手机不开，发短信也不回，我告诉她，你没什么事。她还是不放心，说近期要回国专门看你，我看她对你不错。"

全国说："她对我确实很好。她也确实是个很优秀的姑娘，可我们没有正式确定恋爱关系，现在是事业第一。兰兰也确实非常优秀，我也是反复考虑才最后做出这样决定的。"

周正法同意了周全国的想法，并说这件事要快，确定了婚事，成了佟二堡的女婿，事情就好办了。

晚上，陈兰芝又问女儿进展情况。兰兰说："我已经和他挑明了，他说回去想一想，一两天告诉我。"她很有把握地说，"我看好他了，跑不了的。你就等着在家娶姑爷儿吧。"

高老算在家里数落高大明："外面都传，聘来的那个大学生周全国和兰兰搞对象的事，你当爹的知道不知道？"

高大明摇摇头说："一点都不知道。"

高老算批评儿子："这么大的事，你当爹的一点都不知道关心，你也不像是她的爹啊！虽然你和她妈早就离婚了，女儿跟着她妈过，可你毕竟是她的父亲啊，这么大的事，你该关心过问啊。要是真搞对象，也得征求咱高家的意见才行，咱不同意，她也别想搞。"

大明听了不高兴地说："爹，这事你就别管了。我当爹的都不管，你当爷爷的管什么？操心不禁老啊。"

高老算一听火了："不行，这事我一定要管。"

第二天，周全国来到了兰兰家，正式告诉兰兰："我经过慎重考虑，同意跟你订婚。"兰兰高兴得马上拥抱并吻了全国。陈兰芝也非常高兴。

中午，高老算来找周全国，先自报了身份，然后问全国一些情况。主要是家庭财产，父母亲的自然情况。当听说全国父母都不在了，家里没有什么财产时，高老算连连摇头，表示不能同意这门婚事。

高老算又来找陈兰芝，进门就说："我了解了，周全国家太穷，和我们门不当户不对，这门婚事我不同意。兰兰现在也有几千万的资产，不能找个穷光蛋吧？"

陈兰芝没给高老算好脸子，她没好气地说："孩子的事孩子做主，我当妈的都无权干预，别说你这个爷爷了。"

高老算气得大喊起来："她是我们高家的孙女，我当爷爷的一定要管。"

陈兰芝也毫不示弱："我就不让你管，你也没有资格来管。"几句话把高老算堵得说不出话来，他只得伤心地走了。

陈兰芝来找佟家恒，把女儿和周全国订婚的事说了，想听听他的意见。家恒感到莫名其妙，她女儿的婚事，为什么要征求我的意见呢？但他也没过多考虑，高兴地说："周全国这个孩子确实不错，两个人订婚是好事。"

"那你同意了？"陈兰芝问。

"我？我当然没意见了，我的意见重要吗？"佟家恒反问。

"那当然了。"陈兰芝说完乐呵呵地走了。

高老算直接去劝高兰兰，语重心长地说："孙女呀，这些年爷爷对你关心不够，你父母离婚，高家包括你爸爸对你都关心不够，我们错了，我们改。但你的婚姻大事，爷爷是一定要管的。听说你跟那个外来大学生周全国订婚了？"

兰兰回答："是。"

"为什么不征求我们的意见，我是你爷爷，还有你爸爸。"高老算问。

"为什么要征求你们的意见？我的事情我做主。"高兰兰说。

高老算说："孙女，你还小，不懂事理，以你现在的条件，特别是经济条件，可以挑个更好的。我已经打听了，他们家穷，什么都没有。现在是什么时代，经济时代，能决定一切的就是钱。你这么好的条件，不能找个穷光蛋啊。"

兰兰听了很不高兴，马上反驳："你别满脑子的就是钱钱钱。人这一生除了钱就没有别的吗？你走吧，我不想听你说话，也不想见到你。"兰兰说着闭上眼睛，捂住耳朵，极为讨厌的样子，"走吧，走吧……"高老算无奈，气哼哼地走了。

高老算回到家，把火都撒到高大明身上："你这个女儿是怎么教育的？爷爷的话根本不听。你当爹的现在必须出面，必须去管。"可是高大明什么话都不说，长叹了一口气，走了。这让高老算和刁婆子十分不解。刁婆子说，这可能是儿子戒完毒，心理发生变化的缘故。高老算不死心，说还没吃订婚饭呢，一切都还来得及，我再想办法，一定把这个婚事搅黄。

听说兰兰和周全国订婚，许多人都来祝贺。佟家恒第一个来了，说了一些祝福的话，让兰兰很高兴。家顺和王爱菊来了，李云霞来了，王秀芹来了，大萍和二萍也先后来了，唯有高家没来人。兰兰很生气："我这么大的事，爸爸和爷爷为什么不来呢？我一定要找他们理论理论。"

陈兰芝拦住女儿说："你不用去，要来的一定会来，不来的也别强求。人生许多事情都不是强求来的。"兰兰点了点头，回屋去了。

陈兰芝对周全国说："咱佟二堡有个规矩，订婚要吃订婚饭，双方家人要见面，你们家还有啥人呀？"

周全国说："我还有个叔叔在外地，不知能不能来？"

陈兰芝说："一定要等他来，这可是大事。"

"好，我打电话告诉叔叔。"全国说。

第三十八章

真 相 大 白

周全国找到佟家恒说："我和高兰兰已经订婚了，马上就要吃订婚饭。这样我就算是佟二堡的女婿了，我来投资行不行？佟二堡人能不能接纳我？"

家恒想了想说："你如果真的和兰兰订婚结婚，你当然是佟二堡的女婿，你也算是佟二堡的人，你来投资我们当然欢迎。但你小小年纪，又没有父母，你哪有钱来投资呢？"

周全国说："这你不用担心，到时我一定拿出一大笔钱来投资，也算是和宁海的周正法先生合作，你看怎样？"

一句话提醒了佟家恒，他马上问："你姓周，宁海的周先生也姓周，你叫周全国，他的儿子叫周全金，你们是不是认识？是不是有亲属关系？"

周全国笑而没答。佟家恒马上想起来，自己曾经看见过，周全国和周正法先生偷偷在一起谈话的情景，他严肃地说："你要说实话，你和周正法到底是什么关系，这非常重要。"

周全国没有办法，只好从实说来："周正法是我二叔，周全金是我的叔伯哥哥，二叔已经同意了我和兰兰的婚事。"

一听这种关系，佟家恒马上反悔，他语气坚定地说："这不行。你是周家派来的卧底，想通过所谓的婚姻关系来达到你们的目的，是骗局。"

周全国一听急了，赶紧申辩。佟家恒根本不听，两个人争吵起来。

这时，二萍气喘吁吁地跑进来，大叫："爸，我妈可能不行了，你快去吧。"家恒一听，二话没说，立即就跑。全国一听，也跟了过去。

赵翠华躺在炕上几乎是奄奄一息了。家恒扑过去，拉住她的手，大声呼喊："翠华，翠华你醒醒，快醒醒啊。"

赵翠华双目紧闭，没有一点反应。周全国进来了，看着躺在那里的赵翠华。赵翠华突然睁开了双眼，冲着周全国喊："大鹏，大鹏，我的儿子啊，你终于回来了。"这呼唤让家恒、二萍和周全国都大吃一惊。

家恒问全国："你来干什么？这里没有你的事，快出去。"

全国站在那里，看着赵翠华伸出的双手，又看着佟家恒冰冷的目光，他犹豫了一下，还是慢慢地走了过去。

赵翠华死劲地抓住了全国的手，再次用力呼喊："大鹏，大鹏，我的儿子，你终于回来了。"她的眼睛放着奇异的光芒。

全国愣愣地看着赵翠华，抬头冲着佟家恒问道："这是怎么回事？"

佟家恒不好意思地解释说："她快不行了，肺癌晚期，说的都是梦话。这些日子，她就一直在说这些话。这是她心中的一件大事。她不愿意就这么离开这个世界，心不静啊。"

全国问："大鹏是谁？阿姨为什么这么喊？"

家恒叹了口气说："大鹏是我们的儿子，也是唯一的儿子，二十多年前在沈阳五爱市场走丢了。"

全国听说佟家丢过孩子，马上紧张起来问："他是怎么丢的？"

家恒说："你问这个干什么？太难过了，我不想再讲。"

全国急切地说："你必须马上讲，快，我要知道，我要知道。"

家恒就讲起了当年丢儿子的经过。全国认真听着，心里一阵激动，又问道："你儿子丢的时候，穿的是什么衣服啊？"

家恒说："蓝色上衣，黑色裤子，灰色布鞋。衣服上还绣着一只展翅的大鹏鸟，那是他妈妈亲手绣的。"

周全国激动得浑身颤抖，他松开赵翠华的手，起身说："你们等着，你们等着。"他飞快跑回自己的房间，从皮箱的夹层里拿出父亲留在保险柜里的衣服和鞋子，又飞快地跑回去，进门就喊："你看看，是不是这身衣服和鞋子？"

赵翠华看见了，眼睛一亮，一把夺过衣服："是我儿子的衣服，是大鹏的衣服！"

家恒马上问："你怎么会有这个衣服？你是谁？"

全国又问："你儿子身上还有什么特征？"

家恒说，我儿子后背上有个黑痣。周全国当众把衣服脱了，后背上果然有个黑痣。

"你真是我们丢失多年的儿子大鹏吗？"佟家恒不敢相信这是真的，他吃惊地看着全国，眼泪一下子流了出来。

"我是，我就是回来寻找生身父母的。我可找到你们了！"周全国讲起了父母车祸出事，自己了解身世和出来找父母的经过。

周全国一下子跪到了赵翠华面前，大声呼喊着："妈妈，妈妈，我是您的儿子，我回来了。"

赵翠华突然挣扎着坐了起来，大声喊着："儿子，大鹏，妈终于把你盼回来了。"她紧紧抱住儿子的头，泪如泉涌。

周全国跪在赵翠华的身边，紧握她的手。赵翠华泪流不止，一句话也说不出来。二萍兴奋地大叫："我弟弟找到了，我弟弟找到了。"她跑出去通知家人。

一会儿，大萍全家来了，进门就抱住了全国："弟弟，你真是我弟弟吗？你可回来了！"虽然这么多年，不在一起，但那种血缘的亲情是无法阻挡的。佟德奎来了，拉着全国的手，左看右看，这就是自己的孙子吗？他不敢相信。看了好一会儿，他突然大哭起来："我的孙子呀，爷爷想死你了呀！"他老泪纵横，泣不成声。全国拉着爷爷的手，亲切地叫着："爷爷，爷爷。"就哽咽着说不出话了。

赵翠华已经快不行了，但她握着儿子的手，一点也不松劲儿。她微弱地对佟德奎和佟家恒说："我对不起佟家，现在儿子终于回来了。我可以算是你们佟家的儿媳妇了。家恒，你快抱抱我吧，我要走啦。"

佟家恒流着泪抱住了赵翠华，她在家恒怀里安详地停止了呼吸，一只手还紧紧地握着周全国的手。

周全国马上打电话，告诉二叔周正法他找到了父母。

周正法带着儿子周全金来到了赵翠华的家，他详细地讲述了哥哥抱走孩子的经过和临终的交代，正式将周全国交还给周家，并代表哥哥向佟家认错，行了三个大礼。然后说出哥哥给全国留下了两亿八千万元的资产，这一切都应当归佟家。佟家恒听后摇头说："我不要这些钱。儿子能回来，我就非常满足了。别人的钱，咱一分都不要。"

周正法说："按照法律规定，这些资产应当由全国继承，我们周家一分也不要。"

高兰兰知道全国就是佟家恒丢失的儿子，非常高兴，回家告诉妈妈。陈兰芝一听头"翁"的一下，差点摔倒。她自言自语地说："怎么会是这样，怎么会是这样呢？"

兰兰不解地问："妈，佟家这样的好事，你怎么不去祝贺？"陈兰芝一时无语，不知道怎么回答。

赵翠华的葬礼隆重，整个佟二堡地区的人几乎都来了。店铺自动停业一天，对这位最早从事皮草生意的女人，给予了最高的礼遇。作为找回来的儿子，只和妈妈见了最后一面的周全国，披麻戴孝，为妈妈送终，在坟头久跪不起。

葬礼完了，兰兰跟妈妈说吃订婚饭的事。陈兰芝一反常态，冷冷地说："订婚饭不吃了，这门婚事以后再说。"

兰兰对妈妈的这种态度很不满意，就问："为什么呀？"

陈兰芝说："你不用问，这门婚事不行。"

兰兰急了，跟妈妈大吵起来："我可以不做你的女儿，但我好不容易找到这么好的男人，我决不放弃。就是死也不放弃。"

陈兰芝说："只要我还活着，就一定不同意你们的婚事。"说完，她忍不住哭了。

第二天，兰兰去找佟家恒，含着眼泪说："我和全国的婚事，我妈突然不同意了，不说为什么。我不认这个妈了。"

家恒劝了兰兰几句，马上去找陈兰芝："这两个孩子这么般配。以前你又这么积极，现在为什么不同意啊？"

陈兰芝看了家恒许久，只摇头，不说话。

家恒急了："你知道吗，兰兰找我了，非要和全国结婚。你要不同意，她说不认你这个妈了。这到底是为什么呀？"

陈兰芝沉思片刻，欲言又止，在家恒的逼问下，终于说出了实情："兰兰是你的女儿。现在全国找回来了，你能让你的儿子和你的女儿结婚吗？"

"啊，是这样！"家恒这才恍然大悟，"这么大的事，为什么不早告诉我？"

兰芝说："你有家，有翠华大嫂，我怎么告诉你？那会伤害她的。"

家恒回去告诉周全国，你不能和兰兰结婚。全国问为什么。家恒说以后你会知道的。家恒又告诉兰兰，你妈妈说得对，你们俩属相不合，不能结婚。但两个人都不能接受这个荒唐的说法，兰兰是非结婚不可。宁可不认妈，宁可不要家，也非要和全国结婚。全国也被兰兰的深情打动，表示坚决要娶兰兰。

再不说出真情，事情就难办了。万般无奈之下，家恒向两个孩子讲述了当年河里救陈兰芝的经过，以及兰兰的真实身份。兰兰听了大哭，不相信这是真的，去找妈妈。陈兰芝点头说是。兰兰哭了，全国哭了，陈兰芝哭了，三个人哭成一团，哭得天昏地暗。

高老算知道了这件事，气得不知如何是好。他大骂陈兰芝是个坏女人，坏了高家的风气，又骂儿子无能，让人戴了绿帽子。他气得去找高大明。大明表现得十分平静："我早就知道这个女儿不是我的，就连现在的儿子也不是我的。我早就去医院检查过，我先天性没有生育能力。"

高老算气得大拍桌子："这么大的事情为什么不说呢？"

大明无奈地说："说了又有什么用？谁的孩子又能怎样？我过去做错了许多事，这是上帝在惩罚我，我认罚。"

高老算欲哭无泪，气得摔门而去，回家大病了一场。

一对相爱的人不能结婚是何等的痛苦？好在他们认识的时间不是太长，又都受过高等教育，在经历了几天的痛苦后，终于都想开了。他们改为兄妹，全国叫她妹妹，兰兰叫他哥哥，两人拥抱在一起。

周全金来了，知道他们是兄妹，表示祝贺，半开玩笑半认真地说："这回我可有机会了。你这么好的妹妹，我可不想让她当妹妹，我跟她可没有血缘关系。"周全国告诉兰兰："全金是难得的优秀青年，论经商比我还强，实力更比我强。"兰兰听完笑了。

全国在英国读书的女同学马小丽来到了佟二堡，找到了全国，一见面就把全国紧紧抱住："从现在起，我绝不离开你半步。"全国把兰兰、周全金等人一一做了介绍，四个年轻人都非常高兴。

家恒来了，全国说自己想回英国把博士学位读完再回来。家恒同意，对小丽这个漂亮的女同学也赞成。

　　家恒和陈兰芝对兰兰和周全金的交往表示很满意。

　　赵翠华离世前，给两个女儿写了一封信，说我死后，你们才可以打开看。两个女儿看过信后，一起来到陈兰芝家，拿出了那封信。赵翠华在信中说：我走了以后，你们要主动去找陈兰芝阿姨，让她和你爸爸生活在一起。我知道他们平时挺好的。这也是我最后的一件心愿了。两个女儿都同意妈妈的想法。希望他们老年快乐，让爸爸身边有伴，满足妈妈的遗愿。陈兰芝为赵翠华的举动感动，流下了热泪，说你们两个姐妹都接纳我，那我就过去。

　　两个姐姐也正式认了兰兰这个同父异母的妹妹。

　　陈兰芝带着兰兰来到了高家，这让高老算一点都没有想到。他拖着有病的身子，冷冰冰地说：“你来干什么？还有脸来呀？”

　　兰芝笑笑说：“我既是来认错的，也是来认亲的。二十多年前发生的那件事，是对是错都无法再说了。我对高家对大明，只能深深地说一句对不起了。这也是多年来，我心里的一块心病，今天认错，希望你们能原谅。再一个是来认亲。今天我把女儿领回来了，尽管没有血缘关系，但还有亲情。从小到大，高家给了兰兰很多的关心，兰兰来认亲了。”说到这里，兰兰给高老算、刁婆子和高大明行了礼，叫了爷爷、奶奶和爸爸。这叫声亲切、自然、真诚，充满了深深的亲情。三个人听了，都连连点头，高兴地答应，感动得流出了泪水。

　　高大明十分激动，他拉起兰兰的手，看着兰芝说：“这么多年来，我这个爸爸就是个假的。假的就是假的。但以后我要假的真做，把你当成我的亲女儿，以前爸爸做得不对的地方，女儿、还有你妈妈就多原谅我吧。”

　　高老算也很感动，爱怜地抚摸兰兰的头，一口一个孙女地叫着。

刁婆子也真心悔过了："以前是我不对，当年对兰芝做得太过分了。我老了，你千万别跟我一般见识。"

姜美丽抱着儿子进来，孩子奶声奶气地叫着爸爸，爷爷和奶奶，胖嘟嘟的样子非常可爱。高大明抱起儿子亲了一口说："这是姐姐，快叫姐姐。"

"姐姐。"孩子甜甜地叫了一声。

高家响起了一片笑声。

第三十九章

皮 草 传 情

葛西河的动迁开始了。狗头和二赖子找到高老算。狗头说:"高爷们儿,这回发财的机会来了,咱可就看你啦。这一锤子砸下去,非冒出大把的黄金不可!"

二赖子也跟着说:"我听说了,上级有文件,不准强拆了。咱这房子咱这地,真他妈的值点好银子。"

高老算没言语,也不抬头,一直打他的算盘。

紧接着,动迁办的人来了。核对了房屋、土地的相关手续,并向高老算介绍葛西河改造的重大意义、工程规划内容和进度。高老算仍然不言语,一直在打算盘。动迁办的同志征求他的意见,高老算摇摇头,还是一言不发。动迁办的同志拿出打印好的动迁协议,请高老算签字。高老算拿过协议,看都没看,三下两下把协议撕了个粉碎。动迁办的同志急了:"你,你怎么敢撕毁协议?"

"我不想动迁。走,走。"高老算大声吼起来,把动迁办的同志赶了出去。如此三番两次,高老算成了葛西河动迁的钉子户。

狗头和二赖子又来了,还拿了好酒好烟。他们进门就说:"高爷们儿,您真行,小的孝敬您了。"

高老算看都不看那些礼物，挥着手说："你们也走，我不想跟你们说什么。"

两个小子摸不着头脑，只好提着东西走了。

高老算打着算盘，陷入了深深的矛盾之中。

周正法找到佟家恒，真诚地说："现在，孩子已经找到了父母，就应当把孩子的名字改过来。他过去叫佟大鹏，还应当叫回去。"

佟家恒笑了："孩子的名字就是个符号，从两岁多丢到现在，已经二十多年了，周全国这个名字很好听，就不必改了。"

但周正法坚持要改，两人争执不下。最后，周正法说："咱俩谁说了也不算，还是听孩子的吧。"

于是把周全国找来，说了此事。全国想了想说："这两个名字我都要。大名还叫周全国，毕竟周家把我养大，送去学习，花费了很多，我不能忘记他们。小名我就叫大鹏，只要回到佟二堡，回到爸爸和亲人的身边，大家就一定要叫我大鹏，这样好不好？"

"这样好，这样好。"佟家恒和周正法都为全国的想法叫好。

谈到投资皮草城的问题了，这也是最重要的事情。周正法说："这次全国在佟二堡找到了生身父母，我们周家欠佟家的账也算了结了。我左思右想，前一段我的工作也有不足，想在这里投资，当然是为了这里的发展，但我没有想到佟二堡人的感受和承受能力。这些天，我又反复思考，决定由我个人投资改为股份投资。初步设想分为三股：我一股。全国一股。因为他既是我们周家的人，也更是佟二堡的人。佟二堡人现在应当能够接受他了，我哥哥也给他留下了一大笔财产。另外是佟二堡人一股。可以入资，也可以把动迁的房屋土地折钱入股。这样，也会减少很多麻烦。然后，我们成立股份公司，按现代企业管理制度来运作。这样做，你看好不好?"

周正法的一席话,让佟家恒很感动。他知道这就等于是让佟二堡人和宁海人一起建皮草城,风险共担,利益同享。他当即表示同意,紧握着周正法的手,连说谢谢。

合资入股方案送到了镇里,严书记连说好好好,这回是皆大欢喜。她立即把方案报给了程书记。

家恒把方案读给皮草协会的全体会员听,问大家有什么意见。高老算马上说:"我一点意见没有。马上给我评估,我第一个就搬迁。"

皮草城占地的二十几户一致同意入股。人们开始兴高采烈地搬家、倒土地。皮草城的施工建设快速开始了。

周全金找到了佟家恒说:"该入股的都入股了,你的一股还空着呢。"

家恒说:"我不入了,我儿子一个人已经占了三分之一的股份,好事不能都是我们佟家的,我的那份让出去。"

全金说:"你入股跟全国入股没关系。你知道吗?这一股每年会分很多红利的。"

家恒听了仍然摇头:"我的钱数有限,我的钱还想干点别的事情。"

佟家恒一个人来到村东头的一片空地前,在那里转来转去。佟德奎过来,问儿子有什么心事,在这想干什么?家恒说出了心中多年的想法:"爹,我想在这建一所老年中心,让佟二堡六十岁以上的老人都住在这里。免费吃,免费住,免费医疗,让佟二堡人享受和市里人,甚至比市里人更好的生活。这些年佟二堡人挣钱了,我挣的算是多的。钱多了干什么?为大伙谋点事,做点贡献。佟二堡不是所有人都挣到大钱了,还有那些当初经商失败者,现在生活很困难,我们不能忘了他们啊。"

家恒这一番深情的话语,让佟德奎很感动,他竖起大拇指说:"家恒,你不愧是我的儿子,是咱佟家的儿子。有钱了,别忘了大伙儿。爹支持你，建成养老院，我来当院长，你看行不行？我可不要一分钱呀。"

家恒高兴地说："行，爹当院长我放心。您过去就是队长，现在继续和您的老伙伴们一起共度晚年，挺好的。"

父子俩说定，开心地哈哈大笑。

葛西河的动迁已经开始了。很多户都签了协议，拆了房子。只有高老算和狗头、二赖子的房子还立在那里。动迁办的同志天天来佟二堡做高老算的工作。高老算不同意，后来就躲起来了。这件事让佟德奎知道了，他亲自坐车到县里，在葛西河动迁现场看了看，回来就直奔高老算的家，一脚踢开了大门："高老算，高老算。"他大着嗓门喊。

刚从外面回来的高老算见是佟德奎，马上笑脸相迎："我在，什么事呀？"

"啥事？你干的好事！你为了多捞几个臭钱，丢了咱佟二堡皮草商人的脸。呸，我都替你害臊。"

"我怎么啦？"高老算吃惊地问。

"我刚才去葛西河了，就你买的那些破房子还立在那里。你想要多少钱呀？是不是把国家的钱都给你才够呀？"

"我不是，我是想……"

"你想什么？告诉你，你们高家永远也赶不上我们佟家，三十年前你不行，三十年后你们还是不行！"

"谁说的？我们高家怎么不行？"高老算生气地问。

"我告诉你，我儿子家恒挣了钱，建宁海皮草城的股份他没要，让给别人。他拿钱要建一个老年中心，让咱佟二堡六十岁以上的老人都免费住进去。这事你能做到吗？"

"真的？"高老算又吃了一惊。

"当然是真的，地点都选好了，我当爹的就是支持。钱多少是多呀？

咱都这么大岁数了，还能活几年，积点德吧。告诉你高老算，葛西河的事，你要是给咱佟二堡人丢脸，我这辈子跟你没完，下辈子还找你算账。"佟德奎说完，推门就走。高老算还想说什么，佟德奎已经走了。

第二天，动迁办的人又来了。这一次，高老算没躲，也开口说话了："你们谁是头儿？"

"我是。"一个年轻的小伙子说，"我是组长，我姓赵。"

高老算摇摇头说："我要找大领导。"

小伙子一听很高兴，马上打电话。很快，一辆轿车停在了高家门前。一个四十多岁的男子下了车，进了院子。"大叔，我姓胡，是动迁办主任，您有什么话跟我说吧。"

"动迁办主任？"高老算打量一下他，又摇摇头，"你的官小，我要找大的。"

"我就具体管动迁的事，找大领导没用，具体事我办。"胡主任说。

"我说找大领导就是找大领导，跟你我不说，你官小。"高老算执拗地说。

胡主任想了想："那好吧，您要找哪一位领导呢？分管副市长，还是副书记？还是市长？"

"我要找程书记。"高老算说。

"什么，你要找一把书记？这……"胡主任为难了。

"我就找他，别人不行。"

"程书记正在省里开人代会，他是省人大代表。这次会议要选省长，他没有时间见您呀？"胡主任说。

"见不见是他的事，你要动迁我，我必须见程书记，别的都免谈。"高老算说完，转身进屋了。

晚上十点钟，有人敲门，高老算出去开门，市委书记程立微笑着站在门外，他身旁站着胡主任。

"老爷子，听说您要见我，我特地从省里赶回来啦。"程书记拉住高老算的手，一同进了屋子。他把高老算让到沙发上，自己却站着："有什么话您说吧。"

"我就想问你一句话，政府广场公布的那些图，真的能建成？"

"您说的是葛西河改造的效果图啊，那没问题，只能建得比图上的还好。"程书记蛮有把握地说。

"真的？"

"当然是真的。如果两年建不好，我这个书记就不当了，也来佟二堡，和您老一起做皮草生意。"说到这里，程书记笑了，大家也笑了。

高老算说："程书记，我想见你，就是想听这句话。我在葛西河买了一些房子和地，就是为了动迁时候多挣几个钱。这些日子，我一直矛盾着，吃睡不香。你说我要那么多钱干什么？生带不来，死带不去。人活着总得为别人做点好事，积点德吧。昨天，咱村的佟德奎把我臭骂了一顿，我开窍了。他儿子佟家恒要用自己的钱给六十岁以上的老人建养老院，我跟他比，我，我差远啦。"说到这里，高老算竟动情地流了泪。

程书记赶忙拿了纸巾递给他。高老算接过纸巾擦了眼泪，接着说，"我想好了，葛西河的房子和地，我共花了三百六十万买的，证据都在。我现在就原价卖给你们，一分钱不多要。"高老算说完，打开桌子抽屉，拿出一个纸口袋，递给了胡主任。胡主任被此情景惊呆了，不敢相信这个钉子户的巨大转变。

程书记笑了："老爷子，您不愧是皮草商人，有觉悟。但我们不能这么收，我们有专门的机构，按照现行价格对这些房子和地进行评估，政府按评估的价格征收，不会让您老人家吃亏的。"

高老算脸上露出了笑容，马上表态说："狗头和二赖子动迁的事我也管了，保证不要高价。"

"真的？那太好了！"胡主任高兴地说。

程书记说："老爷子，您为改造葛西河做出了贡献。我代表党和政府及全市人民，向您表示深深的敬意。"说完，程书记给高老算行了个大礼。

"别，别，可别给我行礼。要说谢，我得谢程书记。你做这事不是为了个人，是为了老百姓。我也给你行个礼。"说完，高老算又给程书记回了个大礼。

屋里的人都笑了。

第二天，高老算找到狗头和二赖子，瞪着眼睛说："你们不是说动迁的事听我的吗？"

"是，听您的。"两个人连连点头。

"我已经跟政府签协议了。"

"什么价？"狗头和二赖子急切地问。

"政府的收购价。"高老算回答。

"那、那你吃亏了。"狗头惋惜地说。

"我们不干，我们得要个大价钱。"二赖子说。

"要啥大价钱呀？政府的收购价已经不低了。政府为老百姓办好事，咱得支持呀。我算过了，这个价，我挣了一笔，你们两个也能挣一笔。"高老算拿出算盘。

"可是……"狗头犹豫。

"可是什么，你想挣多少呀？不能靠这个发财，拿着钱跟我去佟二堡吧，我帮你们在宁海皮草城弄两个店。今后就做皮草生意吧。不会的话，我教你们。"高老算诚恳地说。

"真的？"狗头和二赖子喜出望外。

"那还能假吗，你看我高老算是说假话的人吗？"高老算拍了一下胸脯，自豪地笑了。

佟二堡宁海皮草城动工开建，省市县领导来了不少，为项目奠基。家恒等人出席，一派热闹的场景。

周全金和高兰兰都为这个大项目奔忙，一个是宁海方面的代表，一个是佟二堡方面的代表，两个人商量着各项工作，还常常争论得很激烈，争论完了又很快乐地去吃饭。

佟家恒投资的老年中心也开工建设。他的开工静悄悄的，没有鞭炮，没有贵宾，别人都不知道他要干什么。有人问他，他就回答暂时保密，到时候一定告诉你。

高老算跑来找佟德奎，见面就说："佟老犟，这回我行了吧，高家不比你们佟家差了吧。"

佟德奎笑着点点头："葛西河的事我知道了，你给咱佟二堡皮草商人争脸了。"

高老算说："我跟你事没完，敬老院建成后，我再找你算账。"

一年以后。

一个现代化的造型别致的二十万平方米的宁海皮草城竖立在佟二堡的大地上。

这一天，举行了隆重的开业庆典和第二届佟二堡国际皮草节，嘉宾云集，高朋满座，车辆把佟二堡塞得满满的。

这届皮装节是高兰兰和周全金两个人全新设计的。他们不请明星大腕，而是找了国内三十家旅行社的老总及两千多名游客，佟二堡给予了最优惠的政策。这个皮草城，已经和国内外大城市的大商城没有什么两样了。北京街，上海路……各条街路井然有序。购物导游，让几千名游客大开眼界，置身其中，不敢相信这是在一个小小的乡镇。

周全国带着女朋友马小丽回来了，他拿到了博士学位。

高大白带着媳妇和新生的儿子回来了。他也要在这里投资，让高大明和高老算非常开心。

与皮草城开业形成对比的是一座新建成的老年中心。佟家恒正在组织人，帮着老年人搬进宽敞明亮的新房子，这里的条件一流，设施一流，老人们住进这里，连声说着感谢的话。

佟德奎正在院门前栽槐树，高老算拿着算盘跑来了，站在佟德奎跟前说："佟老犟，今天我来跟你算总账。三十年前你是队长，我是会计，三十年后，你当了院长，我还要当会计。"

佟德奎放下铁锹，直起腰说："我这个院长是不拿钱的，白尽义务。"

"我当会计也不要钱，也白尽义务。"高老算说。

"你、你怎么总跟着我呢？这些年，你处处和我作对……"佟德奎历数了三十多年来的一些事情。

高老算说："正因为有我，你德奎才有斗志，才有成就。你我是分不开的。三十年前我不服你，现在我还是不服你。论算账你还是算不过我。"

"可是，你永远只能是会计，不能当队长，更不能当院长。"佟德奎自豪无比地说。说完，两个人都笑了。

家恒走过来说："大叔来当会计，我是最放心的了。"

佟二堡召开皮草协会换届大会。佟家恒主动提出自己年纪大了，让年轻人当会长。他们能带领佟二堡的皮草行业走向新的辉煌。他的这一表态，赢得了大家热烈的掌声。

经过选举，周全国担任了佟二堡皮草协会会长，高兰兰等六人担任了副会长，佟家恒、高大明被聘为顾问。

第四十章

走 进 佟 画

二十一世纪的第十二个年头，人们走进了佟二堡，仿佛一下子走进了皮草的世界。蓝的天，白的云，绿的树，红的旗，扑面而来的林林总总、五颜六色的皮草广告，空气中流淌着皮草的气息。

最先映入眼帘的是海宁皮草城，这座面积三十万平方米的建筑，雄浑厚重，大气典雅。它的北面是建筑面积二十二万平方米的上海国际皮草城，其设计风格独特，让人耳目一新。它的南面是建筑面积十二万平方米的香港时代广场。整修一新的小浑河从这三座皮草城流过，就像一条银色的纽带，把它们紧紧连在一起。西面，紫郡河畔的高层建筑，让你看到了大都市的身影。统计数字显示，这里有一千一百多家企业，从业人员达五万余人。有七十万平方米的市场，经营三千多个品牌、近百种皮草制品。有二十万平方米的生产加工基地，硝染园区有六个硝染厂，年硝染皮毛三千万张。这里有二十多个国际品牌入驻，产品远销俄罗斯、韩国等三十多个国家和地区，形成了"买全球，卖全国，销世界"的经营格局。销售旺季时，每天客流量四万五千余人次，车辆一万五千台次，最高日销售额两亿元，年销售额突破了三百亿元。

今天的佟二堡已经不是一个普通的小镇了，这里正向着皮草名城、文化古城、生态水城、宜居新城的目标迈进，奋力建设世界级皮草产业基地。

高老算投资的葛西河也发生了巨变：葛西河上的万宝桥始建于明朝末期，距今已有四百多年的历史，修缮一新的万宝桥为葛西河增添了独特的历史人文气息。一期改造河道五点一公里，景观总面积一百万平方米。文化体育休闲设施一应俱全。这里已经成为一个生态公园，宽阔的湖面，长长的流水，无数的小鸟，木板铺成的栈道，浓绿繁茂的树木，轻柔如毯的绿地，鸟儿在林间欢唱，鱼儿在水中畅游。老人在这里休闲，中年人在这里散步，孩子们在这里玩耍，一幅盛世太平的景象，葛西河的二期、三期工程将更宏伟壮观。佟二堡以高老算、赵翠华、佟家恒、高大明、陈兰芝为代表的老一代皮草商人已经不做皮草生意了，他们在安度晚年，有的已经辞世。

以高兰兰、周全国、佟大萍、佟二萍为代表的新一代皮草商人正活跃在佟二堡皮草生意的舞台上，他们跑全国、飞世界、投巨资，努力使佟二堡这艘皮草航母在商海中乘风破浪，万里远航。

新一代皮草商人的故事将更加精彩动人……

2012年6月至8月写完故事梗概

2013年4月至5月写于佟二堡、辽阳

后　记

　　灯塔，是我的第二故乡，是我终生难忘的地方。一九七五年，十九岁的我中学毕业，上山下乡来到这里。佟二堡这个普通的人民公社，我也曾多次去过。一九七七年，我在这里参加"文革"后首届高考，进入大学学习。

　　时隔三十年后的二〇〇五年，我再次来到灯塔，在市政府、市委挂职，边工作边进行文学创作。佟二堡更是我常去的地方，那里皮草行业的发展引起了我极大的兴趣并收集了许多素材。二〇一〇年当我离开灯塔的时候，创作佟二堡皮草行业发展历程的文学作品的想法油然而生。辽阳市委书记唐志国、灯塔市委书记隋显利支持了我，使我有机会进驻佟二堡。灯塔市长李敬大、刘文龙，佟二堡管委会副主任李海新对我的创作给予了大力支持。于海方、王殿民、喻明霞等人做了很多服务。佟二堡五十多位皮草商人在繁忙之余接受了我的采访，讲述了大量鲜为人知的生动故事，为我提供了创作素材。作家钟素艳给予了很多帮助。作家出版社对此书的出版高度重视。我向他们表示深深的谢意。

　　佟二堡皮草商人奋斗的故事是生动感人的。但受本人创作水平所限，书中不足之处恳请谅解。

2013年5月28日于佟二堡

图书在版编目（CIP）数据

皮草商人/孙浩著. －北京:作家出版社，2013.8
　ISBN 978－7－5063－7047－9

　Ⅰ.①皮… Ⅱ.①孙 … Ⅲ.①长篇小说－中国－当代
Ⅳ.①I247.5

中国版本图书馆 CIP 数据核字（2013）第 193560 号

皮草商人

作　　者：孙　浩
责任编辑：那　耘
装帧设计：刘之君
出版发行：作家出版社
社　　址：北京农展馆南里 10 号　　邮编：100125
电话传真：86－10－65930756（出版发行部）
　　　　　86－10－65004079（总编室）
　　　　　86－10－65015116（邮购部）
E－mail：zuojia@ zuojia. net. cn
http：//www. haozuojia. com（作家在线）
印　　刷：三河市紫恒印装有限公司
成品尺寸：170×240
字　　数：270 千
印　　张：21.5
版　　次：2013 年 8 月第 1 版
印　　次：2013 年 8 月第 1 次印刷
ISBN　978－7－5063－7047－9
定　　价：29.00 元